KB129305

고요한 밤의 눈

제 6 회
혼불문학상
수상작

고요한
밤의
눈

박주영
장편소설

다산
책방

차례

밀리와 함께

2014.06.18 —— 2016.03.27

에필로그

나는 스파이이고, 이 세계는 끝났다.

1부

Happy New Memory

D :
사람들이 사라진다

이 세상에는 흔적도 없이 사라지는 것들이 있다. 기억과 양심, 진실 그리고 그것을 가진 사람도. 사람들이 사라진다는 얘기를 한 사람은 언니였다. 나는 언니의 이야기를 한 귀로 듣고 한 귀로 흘렸다. 새삼스러울 것이 없는 이야기였다. 사람들은 늘 사라진다.

내가 언니의 그 이야기를 다시 떠올린 건 그 이야기를 했던 바로 그 사람, 언니가 사라졌기 때문이다.

*

시간은 오후 6시 55분. 비교적 정시에 퇴근한 사람들로 지하철은 붐빈다. 피곤에 절어 있고 만남에 들떠 있고 휴식을 갈망하다 못해 잠을 원하는 사람들 사이에서 나는 아주 생생하다. 일어난 지 네 시간이 지나지 않았다. 다음 정거장의 내릴 문은 왼쪽, 그다음도 왼쪽, 그다음은 오른쪽, 다시 왼쪽. 붐비는 지하철 안, 나는 내릴 문 앞으로 시간차로 다가간다.

검고 긴 지하 터널을 지나는 창으로 내 모습이 보인다. 모자를 고쳐 쓰고 안경을 추켜올리고 가방을 점검한다. 그리고 일회용 지하철 승차권을 확인한다. 교통카드 기능이 있는 신용카드는 세 달 전부터 쓰지 않고 있다.

목적지에서 가장 가까운 지하철역의 한 코스 앞에서 내린다. 문을 나온 사람들이 양쪽으로 흩어진다. 더 많은 사람이 움직이는 쪽으로 따라 움직인다. 줄줄이 에스컬레이터를 타는 틈새에 끼어 위로 올라온 다음 일회용 승차권으로 바깥으로 빠져나와 가장 가까운 지상 출구를 통해 거리로 나왔다. 큰길에서 골목으로 다시 사잇길로 들어간다. 걷는다. 빠르게. 그러다가 느리게 다시 빠르게.

건물이 보인다. 지하 이층, 지상 오층의 건물 입구를 지켜본다. 경비원은 일곱 시에 퇴근했다. 경비절감을 위해 야간경비원을 해고한 지 이 년이 되었다. 그 대신 입구에 비밀번호와 카드키로 된 경비시스템이 생겼다. 경비원이 퇴근한 일곱 시 이후에도 사람들은 부산히 움직인다. 누군가는 늦은 퇴근을 하고 누군가는 야근을 하고 누군가는 저녁을 먹고 다시 사무실로 돌아오고 누군가는 담배를 피우기 위해 건물을 나선다. 누군가 건물을 나가기 위해 안쪽에서 문이 열리는 틈에 나는 건물로 들어간다.

엘리베이터를 타고 사층에 내려 비상계단으로 오층으로 올라간다. 엘리베이터에도 복도에도 CCTV가 없다. 입주자들 중 일부가 사생활 보호를 위해 강력하게 반대했기 때문이다. 원하는 사람들만 개인적으로 공동공간인 복도가 아닌 자신의 사무실 안에 알아서 보안시스템을 설치하기로 했다.

이 건물의 어디에도 공용 CCTV가 설치되지 않은 것은 네 사람의 주도적인 주장 때문인 걸로 추측된다. 변호사, 회계사, 사금융인, 그리고 민간조사원. 최대한 합법적으로 혹은 최소한의 불법으로 모종의 문제들을 해결하는 사람들. 언니도 건물 밖 조각 간판에 정신과라고 써붙임으로써 환자의 신변 비밀 보장이라는 명목하에 CCTV 설치 반대에 동참했다. 환자가 줄어든다는 것이 이유였지만 사실 언니의 진짜 병원은 이곳이 아니다.

언니는 이곳에서 비밀 환자들을 만났다. 카드가 아닌 현금으로만 진료비를 내고, 보험 영수증 처리가 필요치 않은, 그럴 수 있기에 정신과 의사를 만나는 특별한 환자들이었다. 미치기 일보 직전이지만 그렇다는 것을 들키는 순간 현재의 삶을 지킬 수 없어지거나 그럴 거라고 단단히 믿고 있는 사람들. 처음부터 이곳은 그런 언니의 비밀 환자 중 한 명이 제공한 곳이었다. 그녀가 아이와 외국으로 떠나면서 언니에게 이 비밀스런 장소를 물려주었다.

변호사, 회계사, 사금융인, 그리고 민간조사원, 또 정신과 의사. 그들은 고객들 때문에 혹은 자신들 때문에 사생활이 보호되길 원하는 사생활 보호자들이었다. 지하 이층, 지상 오층 건물에 그런 사람들이 더 있을지도 모른다.

언니의 병원 문 앞에 선다. 호수와 언니의 이름 이니셜이 적힌 조그만 문패는 떼지 않고 그대로이지만 문에 끼워둔 표식이 사라졌다. 문틈에도 바닥에도 표식이 끼워져 있지 않다. 문은 이중 잠금 장치가 되어 있다. 열자리 이상의 비밀번호로 된 디지털 도어락과 특수열쇠…… 특수열쇠를 가진 사람이 비밀번호까지 알아야 이 문을 통과할 수 있다. 내가 아는 한 열쇠는 언니와 나, 두 사람만 가지고 있다. 첫 번째 가정, 저 안에 언니가 있다. 두 번째 가정, 침입자가 있거나 왔다가 갔다.

나는 비밀번호로 디지털 도어락을 해제한 후 열쇠로 문을 열고 들어갔다. 모든 것이 그대로였다. 적어도 그대로인 것처럼 보였다. 입구 옆 캐비닛 두 번째 칸 잡동사니 가득한 그곳에는 표식이 있다. 언니가 직접 문을 열고 들어왔다가 표식을 끼워두지 않고 나갔다는 뜻이다. 왜? 나에게 경고하기 위해서? 무엇을?

*

언니의 첫 번째 공간에 침입자가 온 것은 일 년 전이었다. 사십오층 주상복합 건물에 언니의 정식 병원과 등록된 집이 있다. 언니의 삶은 저층의 병원과 고층의 집을 오가는 것이 거의 전부였고, 하루 종일 그 건물을 벗어나지 않는 날이 대부분이었다고 해도 과언이 아니었다.

보안이 철저하기로 유명한 공간에 살면서 나 아닌 누군가가 내 공간을 드나들고 내 물건에 손댔으리라고 여기기는 쉽지 않다. 안심을 사기 위해 우리는 비싼 대가를 지불한다. 그러므로 어떤 확증은 가능성에서 생겨난다. 언니는 누군가 자신을 감시하고 있을지도 모른다고 생각하는 사람이었다. 내가 보기에 그 의심은 강박에 가까웠다.

그날 침입자는 아무것도 가져가지 않은 것처럼 보였다. 처음부터 무엇을 가져가기 위한 침입은 아니었을지도 모른다고 언니는 말했다. 보안의 정도가 같다면 그 건물에서 물질적으로 언니에게서 가져갈 것이 다른 사람보다 많지 않은 것은 분명했다. 정말 언니의 말대로 침입자가 있었다면 침입자에게는 다른 목적이 있었다.

언니는 환자와 자기 자신밖에 모르는 사람이었다. 그리고 그 '자기 자신'에는 자신과 똑같으면서 완전히 다른 내가 포함되어 있었다. 언니는 나보다 세상에 겨우 오 분 먼저 태어났을 뿐인데 아버지와 어머니가 사라진 이후 늘 나와 제 자신을 책임지는 사람이었다.

침입을 의심하기 시작한 날부터 언니는 다음을 대비해야 한다고 했다. 우선 언니는 나에게 머리카락을 기르라고 했다. 그리고 언니는 머리카락을 잘랐다. 그때 우리의 머리카락 길이 차이는 십오 센티미터 이상. 똑같은 얼굴도 다르게 보이게 할 수 있는 차이였다. 머리 모양이 같아지자 우리는 다시 거울을 보는 것 같아졌다.

언니와 나는 일란성 쌍둥이다. 완전한 자유주의자, 무정부주의자이자 히피였던 부모는 우리를 낳고 정부에 등록하는 일을 하지 않았다. 우리는 숲을 뛰어놀며 꿈을 꾸었다. 그 와중에 우리는 노래를 배우고 어느새 글을 알았다. 우리는 세상에 기록되지 않은 채로 일곱 살이 되었다.

우리가 일곱 살 되던 해 부모가 사라졌다. 마을 어른들 대부분과 함께. 부모 없이 숲의 마을에 남게 된 아이들은 친척이나 시설로 뿔뿔이 흩어졌다. 언니와 나는 어떤 가정에 입양되었다. 정확히 말해 서류상으로 입양된 사람은 한 사람이었다. 무슨 이유에서인지 양부는 서류상으로만 존재했고 양모는 나를 언니와 같이 데려가면서도 정부에 등록하지 않았다. 우리는 여전히 외딴 마을에 살았고, 나중에는 대도시 아파트에 살았으나 외딴 집에 사는 것과 다를 바 없었다.

양모가 정부에 등록한 한 사람은 사실 언니와 나, 누구든 될 수 있었다. 언니가 공식적인 삶을 살고 내가 비공식적인 삶을 산 건 내가 언니보다 기억력이 조금 더 좋았던 탓도 있지만 그 덕분에 더 비정상적으로 보였기 때문이다. 나는 학교에 적응하지 못했을 것이다. 아는 것을 모르는 척하지 못했을 것이며 틀린 것을 맞다고 하지 못했을 것이다.

언니와 나는 한 번 본 것, 들은 것, 읽은 것을 거의 모두 기억하는 유별난 재능을 가졌다. 그러나 때로 모든 것을 기억한다는 것은 아무것도 기억하지 못하는 것과 같다. 별 다섯 개의 기억과 별 한 개의 기억이 같으면 기억의 가치를 판단할 수 없기 때문이다.

언니가 마지막으로 했던 이야기가 무엇이었던가. 세상엔 자신밖에 모르는 권력자들이 수두룩해. 사람들을 쓰고 버려. 사라지고 있어…… 패자……들…… 그것에 관한 떠도는 이야기와 거대한 음모, 혹은 사건은 실체가 있는 것인가?

나는 표식을 문틈 내 자리에 끼워두고 나왔다. 언니가 다시 온다면 내가 이곳에 왔다가 갔다는 것을 알아볼 것이다. 이제 다시 언니의 첫 번째 공간으로 가야 한다. 이 사회에서 살아 있기 위해 필요한 것들을 챙기고 존재하지 않는 사람답게 나도 사라져야 한다.

우리가 사라진 다음에도 세상은 아무 일도 없을 것이다. 다른 누군가가 사라졌을 때처럼…….

첫 번째 공간의 환자들은 예약된 날짜에 찾아올 것이다. 문을 두드리다 답이 없으면 돌아갈 것이다. 그리고 다음 예약을 잡기 위해 전화할 것이다. 응답이 없으면 병원을 바꿀 것이다. 두 번째 공간인 이곳에서는 주의 깊게 보지 않으면 보이지도 않는 간판을 통해 병원을 찾을 환자는 없을 것이다. 이대로도 몇 달은 충분히 지나갈 것이다. 어쩌면 그보다 더.

내가 사라지더라도 경찰에 신고하거나 하지는 마. 그래봤자 소용없는 일이야. 언젠가 언니가 그렇게 말한 적이 있었다. 실종 가족 때문에 고통 받는 환자를 상담한 후였던 걸로 기억한다. 경찰에 신고했지만 그들의 무관심에 더 분통이 터져 환자는 화병이 생겼다고 했다. 그리고 그때 분명 언니는 내 입장을 상상했을 것이다. 경찰은 신고자의 신원을 확인할 것이다. 그들의 눈에는 자기가 자신이 없어졌다고 신고하는 것처럼 보일 것이다. 그러니까 나는 미친 정신과 의사처럼 보일 것이다. 그렇게 보이면 언니와 나, 둘 다 이 세상에서 사라지게 된다.

지금도 나는 이 세상에 기록되지 않은 채 존재한다. 이제 언니는 세상에 기록된 채 존재하지 않을 것이다.

X :

기억 없는 자의 독백

계절이 두 번 바뀌는 동안 나는 잠들어 있었고, 깨어났을 때 십오 년의 세월이 내 머릿속에서 사라졌다. 나는 내가 무슨 일을 하던 어떤 사람인지를 기억하지 못했다. 내가 누구인지를 기억하지 못하는 나에게 내가 누구인가를 말해줄 수 있는 사람은 누구이며, 그 사람이 말하는 내가 기억하지 못하는 나의 진짜 모습일까. 가끔은 여전히 꿈을 꾸고 있는 것 같다.

이것은 내가 스파이였다는 사실을 알게 되기까지의 이야기이다.

— 세 달 전

"여기가 어디죠?"
"병원입니다."

"제가 왜 여기 있는 거죠?"

"환자분은 십 개월 동안 혼수상태이다가 깨어나셨습니다."

"오늘이 며칠인가요?"

내가 기억하는 마지막 날짜는, 그들이 말해준 날짜로부터 십오 년 전 시월의 어느 날이었다. 그때 나는 열아홉 살이었고, 고등학교 삼학년이었다. 나는 문학이나 철학을 전공할 것인지, 법대를 갈 것인지를 고민하고 있었다. 나는 무슨 전공을 선택했을까. 그리고 시험에는 합격했을까. 오늘이 정말 의사가 말해준 날이라면 나는 서른다섯 살이다. 의사는 내가 십 개월 동안 의식불명이었다는데 나는 십오 년을 의식불명인 채로 살아온 것만 같았다.

"저희 부모님께는 연락하셨습니까?"

"이런 말씀 드리기 죄송스럽지만, 부모님은 두 분 다 돌아가셨더군요."

부모님의 죽음에 대한 기억이 없으니 그들은 지난 십오 년 사이에 사망했으리라. 그들이 죽었다고 생각하니 좋은 기억들만 생각날 법도 하련만 아니었다. 철들고 난 후의 기억 속에서 그들은 너무 한결같아서 로봇 같았다. 기억하지 못하는 부모의 죽음이라는 사건은 아무런 느낌도 없었다. 나는 슬프고 아픈 상처 없는 인간으로 다시 태어난 것일까.

"네. 그럼 그동안 저에 관한 처리는……."

내 부모는 사망했다고 하고, 나에게는 형제도 자매도 없다. 나는 결혼을 했을까? 그랬다면 지금 왜 아내나 아이는 내 옆에 없을까? 그럼, 그런 게 없는 거겠지. 어느새 나는 내 삶을 추측하는 사람이 되어 있었다.

"친구 분께서 처리하셨습니다."

의사가 말했다. 역시 아내는 없는 게 맞는 모양이다. 이런 일은 친구보다 가족이 우선이다. 그렇다면 의사가 말하는 '친구'는 누구일까?

"저는 이제 어떻게 되는 겁니까?"

"몇 가지 검사를 하고 경과를 두고 봅시다."

의식불명에서 깨어난 후 나는 텔레비전을 보고 신문을 읽고 잡지를 보고 책을 읽었다. 그러자 내가 지난 시간의 흐름을 인식하고 있다는 걸 알게 되었다. 대통령이라던가, 흥행 영화라던가, 베스트셀러라던가 하는 정치 사회 문화적 변화를 나는 알고 있었는데, 다만 그것을 겪는 내 모습이 내 기억 속에 없었다. 나는 내 손으로 대통령을 뽑지 않았고, 극장에 가서 영화를 보지 않았고, 책의 페이지를 넘기지 않는 식이었다. 내가 직접 겪은 경험담이 아닌, 더 이상의 해석의 여지가 없는 사실이나 정보를 나는 거의 모두 알고 있었다.

내 육체는 서른다섯 살의 건장한 남자였고, 내 정신은 서른다섯 해를 데이터로 축적하고 있었지만, 나 자신에 대한 기억은 십오 년 전까지였다. 그러니까 나는 이십대 전체와 삼십대 초반의 개인적인 추억이 없는 사람이 되어 있었다.

의식을 찾고 삼 주가 지났지만 나는 여전히 스무 살 이후의 내 개인적인 삶을 기억해내지 못했다. 나는 내 삶을 기억하는 것과 기억하지 않는 것으로 분류했으며 그것은 이제 시간적 분류를 의미했다. 그러니까 내가 기억하는 것은 태어나서 이십 년이었으며 내가 기억하지 못하는 것은 지난 십오 년이었다.

"기억을 일부 잃은 것 외에는 놀라울 정도로 후유증이 없으십니다. 오히려 저보다 건강하신 걸요. 그리고 의사로서 이런 말 하는 거 좀 그렇지만 모두 기억하고 사는 사람이 어디 있습니까? 너무 괘념치 마십시오."

의사는 그렇게 나를 애써 위로하기까지 했다. 그리고 뇌에 문제가 있다거나 해서 기억에 문제가 생긴 것은 아니며, 정신적인 문제인 것 같다고 했다. 의사는 퇴원을 한 후 통원치료를 받으면서, 정신과 상담을 병행할 것을 권했다.

나는 퇴원 전 입원 서류를 살펴보았다. 서류에 보호자로서 서명한 이는 Y였다. 기억에 없는 이름이었다. 나는 그 서류를 담당한 간호사에게 Y에 대해 물어보았다. 간호사는 Y가 여자였으며, 내가 의식불명으로 누워 있는 동안 한 달에 한두 번 정도 병원에 와서 내 상태를 묻고 내 얼굴을 보고 갔으며, 자신이 바빠서 자주 오지 못하니 필요하면 언제든 연락을 달라고 당부했다고 했다.

그런데 Y는 내가 깨어난 지 한 달이 다 되어가는 지금까지 한 번도 병원에 오지 않았다.

*

신분증에 기록된 나의 집으로 나는 아마도 십일 개월 만에 돌아오는 것이리라. 이곳은 어디 산다고 말하는 것만으로도 재산의 급수를 짐작할 수 있을 그런 이름을 가진 아파트였다. 십일 개월 동안 병원에 있다가 나온 초췌한 산발의 사내가 이 동네, 이 아파트 이름을 대자마자 택시 기사는 나를 다르게 보기 시작했다. 그리고 이제 나는 내 삶이 그런 것들로 가득 차 있다는 것을 알게 되었다. 나는 아마도 원하는 학과에 가지 못했을 것이다. 그랬다면 이런 삶의 풍경을 갖는 건 불가능했을 테니까.

나는 타인의 집에 들어선 것처럼 이 집 주인의 삶을 상상했다. 쓰고 있는 방은 셋이었고, 하나는 침실, 하나는 서재, 하나는 드레스룸이었다. 드레스룸에 들어서자 제일 먼저 눈에 띈 것은 색깔별로 정리되어 있는 아르마니 꼴레지오니, 에르메네질도 제냐, 휴고 보스의 클래식 슈트였다. 그리고 그다음 내 눈길을 끈 건 브라이틀링, 크로노스위스, 바쉐린 콘스탄틴, 브레게, IWC의 시계였다. 시계는 스무 개가 넘었는데 그 가운데 다섯 개가 기억났다. 아버지의 롤렉스와 오메가, 어머니의 피아제와 까르띠에, 샤넬이었다. 그제야 나는 그들의 죽음이 실감났다. 그 시계들은 그들이 아끼던 것들로 죽지 않았다면 내 집에 있을 리가 없었다.

나는 서재로 발걸음을 옮겼다. 서재에는 커다란 책상 위에 데스크 탑과 노트북이 놓여 있었고, 책상 바로 뒤 책장에는 파일들이 있었다. 그리고 오른쪽 책장에는 경제 관련 책들이, 왼쪽 책장에는 철학과 문학 책들이 있었다. 오른쪽 책장 가운데 칸에는 다이어리가 수십 개 꽂혀 있었다. 나는 그중 몇 권을 꺼내 보았다. 다이어리는 시간을 분 단위로 나눈 보고서에 지나지 않았다. 내가 잃어버린 과거의 시간 속에서 몇 시 몇 분에 무얼 했는지를 알 수 있었지만 그렇다고 내가 어떤 인간인지를 알게 되지는 않았다.

지난 십오 년간의 내 삶은 졸업장, 자격증, 사원증으로 간단히 요약되었다. 나는 생명을 구하는 의사가 되지도 않았고, 정의를 실현하는 판사도, 억울한 사람을 구하는 변호사도 되지 않았다. 그리고 그 모든 사람에게 생각할 거리나 위안, 위로를 주는 문학에 종사하지도 않았다. 물론 의사가 판사가 변호사가 작가가 모두 그러지는 않는다. 나는 돈을 구하는 사람이 되었다. 어쩌면 나는 의사나 판사, 작가가 되었어도 마찬가지였을 것이다. 나는 유명 금융회사의 애널리스트였다. 그리고 그 어디에도 다른 사람의 흔적은 없었다. 서른다섯 살의 나는 완전히 혼자였다.

*

이제 회사로 가야 할 때가 되었다. 지금 당장 업무에 복귀하는 건 어려울 것이다. 지난 십일 개월 내가 일을 멈춘 동안의 시장상황을 돌이켜보아야 할 것이다. 십일 개월 동안 세상으로부터 분리되었던 나의 분석을 누가 믿어줄까. 내가 그 일을 다시 할 수 있을까. 어쨌든 미래로 나아가기 위해 결정적으로 처리해야만 하는 일이었다.

서재에는 정보들이 파일로 차곡차곡 정리되어 있었다. 이를테면 내가 일하는 회사에서 같이 일하는 동료들, 그리고 분석해온 회사에 관한 것들. 그러나 같이 일하는 사람들에 대해 어떤 기억도 떠오르지 않았다. 나는 소설의 인물 요약본 같은 파일 속의 그들을 들여다보았다. 하나같이 클론처럼 비슷비슷한 졸업장과 자격증을 가진 인간들. 그들을 가르는 건 실력이라고 부르는 실적이었다. 나는 그들의 얼굴과 내력을 외우기 시작했다.

내 차는 검정색의 BMW5였다. 운전면허를 딴 기억도, 차를 운전한 기억도 없었다. 하지만 운전면허증에 의하면 나는 스무 살에 운전면허를 땄다. 아버지에게는 벤츠가 있었고 어머니에게는 소나타가 있었다. 부모가 나에게 내 차를 사주지 않았다고 해도 나는 스무 살부터 운전을 했을 것이다. 의심의 여지가 없었다. 나는 먼지가 뽀얗게 앉은 검정색 BMW를 세차한 후 회사로 갔다.

그런데 어찌된 일인가? 이 반응은…… 그동안 어떻게 지내셨어요? 하는 인사는 그럴 수 있지만…… 이들은 내가 그동안 병원에 있었다는 사실을 모르고 있다. 그런데 무모한 결정이었다느니, 용기가 부럽다느니, 하는 반응은 뭔가? 이제야 알겠다. 나는 이미 회사를 그만두었다. 여기 올 필요가 없었던 걸까? 그들은 나에게 질문함으로써 자신들의 삶을 재고하고 있었다. 그들이 나를 통해 자신의 미래를 예측했던 것처럼, 나는 그들을 통해 나의 잃어버린 과거를 분석했다.

나는 개인의 희생을 강요 차원이 아니라 필요이자 의무로 받아들이면서 성실하게 이 조직을 위해 일하는, 훌륭한 애널리스트였다. 그런 내가 왜 이 일을 그만두었을까? 스카우트? 비슷한 일로의 이직? 가능성이 있지만 이들에게는 아무 말도 하지 않은 것이 분명하다. 어쨌든 서른다섯에 인생을 새로 시작하려 했을 리는 없다. 내가 조사하고 분석한 내 삶에는 조직과 정장과 숫자만이 존재할 뿐이었다.

*

나는 바로 내 위의 상사였던 이를 만났다.

"그동안 잘 지냈나?"

나는 긍정도 부정도 아닌, 보는 이에 따라 해석될 수 있는 애매모호한 표정을 지으면서 대답한다.

26

"이사님도 잘 지내셨죠?"

여기서는 '도'가 중요하다.

"자네나 나나 피차 바쁜 사람이니 길게 얘기하지 않겠네. 핵심만 말하지. 돌아오게."

돌아오게, 라는 핵심을 위해 그는 계속 얘기한다.

"회사에서 진짜 일다운 일을 하는 사람은 십 퍼센트도 되지 않아. 사십 퍼센트는 그 십 퍼센트에게 도움이 될 수도 있는 일을 하는 거고, 나머지 오십 퍼센트 중에 절반은 있으나 마나 하고 또 절반은 일에 오히려 방해만 되지. 자네가 십 퍼센트 중의 십 퍼센트가 될 수 있다는 건 자네도 알고 나도 아네. 돌아오게."

나를 돌아오게 하기 위해 바쁘다던 그의 이야기는 자꾸 길어진다. 그는 자기에게도 나 같은 갈등이 있었다고 이야기한다. 나는 그가 말하는 '같은'의 정황이 궁금하다. 그는 자신이 마흔이 다 되어 결혼했지만 열 살 연하의 미인 대회 출신 아내와 결혼했고, 최근 영재 판정을 받은 아들과 엄마를 닮아 얼굴 하나만으로도 삶이 수월할 것 같은 딸이 있다고 했다. 남들처럼 살지는 못하지만 결국 남들보다 나은 삶을 갖게 되었다고 그는 말했다. 남들보다 '나은'에서 '나은'은 그러니까 평균보다 예쁜 아내나 평균보다 월등한 유전자를 받은 2세와 평균보다 높은 연봉을 말하는 것 같았다.

나의 과거는 모르지만 미래는 이제 알 것 같다. 낯선 이 중년의 사내가 향후 십 년 혹은 그의 말대로 분발한다면 향후 오 년 후의 내 모습이다. 나쁘지 않다고 생각했지만 충분하지도 않은 미래였고, 그 '충분하지 않음'의 이유를 정확히 알 수는 없었다. 하지만 그것은 나뿐만

이 아닐 것이다. 대부분의 사람들이 자기 자신과 자신이 사는 세상을 잘 안다고 착각하면서 아무렇지도 않게 살아간다. 나는 그런 대부분의 사람이 될 수 있을까.

내가 기억을 잃었다는 이야기 따위는 입 밖에 내지 않았다. 내가 잃어버린 기억으로 이곳에서 할 수 있는 일은 아무것도 없어 보였다. 그들이 나에게 요구하는 모든 능력은 여전히 나에게 있었다. 그런대로 나는 아무 일도 없었던 것처럼 살아갈 수 있을 것이다. 그럼에도 내가 느끼는 이 허전함의 원인은 내가 잃어버린 기억 어딘가에 있는 것일까. 그것을 찾기 위해서 나는 그 시간을 나 대신 기억하고 있을 누군가를 찾아야 한다. 거기에 내가 원하는 것이 없다고 해도. 없다는 것을 다만 확인하기 위해서라도.

*

프로이트는 대화가 히스테리성 고통을 평범한 불행으로 바꾼다고 했다. 나는 내 심연에 존재할지도 모를 고통을 평범한 불행으로 바꾸어줄 대화가 필요했지만, 그런 대화를 나눌 수 있을지도 모를 누군가가 있을 수 있다면 그 사람은 내 잃어버린 기억 속에 있을 것이었다. 그러므로 내가 할 수 있는 유일한 선택은 닥터 프로이트였다.

정신과 의사는 오십대의 넉넉한 몸집의 여자였다. 전혀 정신과 의사처럼 보이지 않았고, 오히려 옆집 아줌마처럼 보였다. 하지만 옆집 아줌마가 정신과 의사일 수도 있는 거니까.

"여기는 어떻게 오게 되신 거죠? 누가 추천이라도 했나요?"

"아니요. 그냥 지나가다가 봤습니다."

사실이 그랬다. 입원해 있던 대학병원의 정신과는 내가 연구대상이 된 듯한 느낌이 들어 싫었다. 의사가 추천한 몇 군데 병원을 알아보고 그중 한 군데에 가볼 생각이었는데 회사에서 돌아오는 길에 이 병원을 발견했다. 우연이었지만 나쁘지 않은 선택이었다. 의사의 졸업장과 학위증서는 이 병원의 외관이나 후미진 위치에 비해 너무나 훌륭한 것이었다.

"원래 그렇게 오시는 경우는 잘 없는데."

나는 의사에게 내가 입원해 있던 병원의 진료기록과 소견서를 건넸다. 기록을 훑어본 후 의사가 말했다.

"너무 조바심내지 않으셔도 됩니다. 기록을 보니 일상생활에는 그리 불편이 없으시겠고, 본인에 관해 기억하지 못하는 사실은 다 사실이니까 확인으로 새롭게 인식하시기만 하면 됩니다. 그러니까 나이 같은 본인의 신상정보는 말입니다. 외우시고 잊지 않으시면 문제가 없는 겁니다."

나는 고개를 끄덕였지만, 의사의 말에 완전히 동의한 것은 아니었다. 그저 그녀의 말처럼 되기를 바라거나 내가 그렇다고 믿을 수 있기를 원했다.

"이런 유의 병원은 처음이신 겁니까?"

"잘 모르겠습니다."

열아홉 살까지의 나는 분명 그랬지만 스무 살 이후의 나는 알 수 없었다. 어쩐지 앞으로 나는 잘 모르겠다는 말을 입에 달고 사는 사람이 될 것 같았다. 의사의 손에는 펜도 녹음기도 없었다. 내 머릿속을 들여다본 사람처럼 의사가 말했다.

"저는 환자분과 상담하는 동안에는 어떤 기록도 하지 않습니다. 정신과가 처음이신 분들도 영화나 드라마에서 많이 봐서인지 아무것도 안 적고 이러고 있으면 이상하게들 생각하시더군요. 하지만 그게 다 설정이죠. 누가 압니까? 의사들이 중요한 척하면서 적어대는 게 낙서일지. 이건 농담이구요. 사실은 제가 기억력이 비정상적으로 좋거든요. 기억력이 얼마만큼 좋은지 궁금하세요?"

이걸 네, 라고 대답해야 하나, 망설이는 사이 의사는 계속 얘기했다.

"모두 다 기억합니다. 일부러 기억하려고 하지 않는데도 전부 다 기억합니다. 그러니까 제가 제 일을 제대로 안 한다는 염려는 하지 않으셔도 됩니다. 그래서 좀 괴롭기도 합니다. 여기 즐겁고 행복한 일로 오시는 분들은 별로 없으시거든요. 환자분들은 자기 불행을 얘기해서 좀 나아지겠지만 그 나아지는 몫을 제가 떠맡는 거죠. 그러니까 일단 생겨난 불행은 사라지지 않고 총량을 유지합니다. 세상의 모든 불행이 원래 그런 겁니다. 그렇게 안됐다는 눈으로 쳐다보실 필요는 없습니다. 그래도 저는 이 일을 거저 하는 게 아니지 않습니까. 세상에는 돈도 얻지 못한 채로 점점 더 불행해지는 사람도 많습니다. 그럼 시작할까요?"

나는 그녀에게 병원에서 깨어났던 순간부터 이야기를 시작했다. 의사는 그때 어떤 기분이 들었는지, 무슨 생각을 했는지를 질문했고, 나는 또 잘 모르겠다는 대답을 했다. 의사는 그렇게 정직하게 대답하지 말고, 상상을 해서라도 대답을 찾아보라고 했다. 그렇게 이야기하고 질문에 대답하는 사이 시간이 흘러갔다.

시간이 거의 끝나갈 때 의사가 물었다.

"잠은 잘 주무십니까?"

나는 그동안 그 문제에 대해 고민해보지 않았다. 그러니까 잘 자고 있는 것이리라. 그런데 그 질문을 받고 나니 앞으로는 잠이 잘 오지 않을 것 같았다. 어쩌면 내가 잃어버린 기억 속의 나는 불면증이었을지도 모르니까. 어쩐지 그게 어울리는 것도 같았다. 나는 잠이 오지 않는 날이 있다고만 대답했다. 의사는 수면제를 주겠다고 했다.

다음 약속을 하고 자리에서 일어나는데 그녀가 옆집 아줌마처럼 다정한 목소리로 말했다.

"약간의 기억상실은 영혼을 편안하게 하기도 합니다."

내가 잃어버린 십오 년의 어떤 기억이 그녀가 말하는 '약간'에 해당되는지 궁금해졌다.

"그래도 다음에 뵐 때는 자기 자신에 대해 더 많이 확신하시게 되어야겠죠."

나는 고개만 끄덕였다. 아폴로 신전의 입구에는 이런 말이 쓰여 있다고 한다. 너 자신을 알라. 그러면 신들과 우주의 모든 신비를 알게 되리니. 과거의 나에 대해 알게 된다고 해서 신들과 우주의 모든 신비를 알게 되지는 않겠지만 지난 십오 년의 나의 기억을 영원히 신비로 남게 하고 싶지는 않았다.

병원 서류에 기록된 나의 보호자, Y에게 연락을 해야 한다. 내가 서류를 통해 알고 있는 나 이상의 것을 그녀는 말해줄 수 있을 것이다.

*

내가 Y에게 연락을 미룬 것은 그녀와의 관계에 대해 한 톨의 힌트도 얻을 수 없었기 때문이었다. 나는 법적으로 미혼이었고, 내 집에는 어떤 여자의 흔적도 없었지만, 그렇다고 그녀가 내 여자이거나 내 여자였을 가능성을 배제할 수는 없었다. 그러나 그녀가 내 여자라면 의식불명의 나에게 필요한 최소한의 것만 해주고 내가 깨어난 후 병원에 나타나지 않은 것도 이상했다. 나는 그녀가 누구인지, 아니, 그녀가 나에게 무엇인지를 알 수 없다는 게 두려웠다.

어쨌든 그녀를 만나는 일은 위험부담이 있었다. 현재로서는 그녀가 과거에 나와 특별한 관계였을 가능성이 높았고, 그녀에게는 혹은 나에게는 그녀와 헤어질 수밖에 없었던 이유가 있었을 것이다. 그녀는, 내가 기억상실증에 걸렸다고 해서 나를 동정하고 그 연민을 사랑으로 착각할 여지가 있는 여자일까? 내가 그녀를 어떤 이유로 버렸다면 나는 지금 그녀에게 몹쓸 짓을 하는 것이 되리라. 하지만 어쩔 수 없었다. 기억상실이 과거의 모든 잘못을 용서받을 수 있는 이유가 되지는 못할 테지만 혹시나 저질렀을지도 모를 기억나지도 않는 잘못 때문에 영원히 이 만남을 미룰 수는 없었다.

분석은 끝났다. 이제 확인만이 남았다.

나는 그녀에게 전화를 걸었다. 그녀는 내 이름을 듣고도 아무 말이 없었다.

"만나고 싶습니다."

"왜?"

기억도 나지 않는 그녀는 나에게 서슴없이 반말을 했다.

"제가 누구인지 알고 싶습니다."

그녀가 내 이름을 불렀다. 그리고 말했다.

"어떻게 된 거야? 아니, 만나서 얘기해야겠지. 그게 낫겠다."

그녀는 약속장소와 시간을 정해주고는 전화를 끊었다. 그런데 그곳에서 나는 그녀를 어떻게 알아볼 수 있을까? 내게는 몇 권의 사진첩이 존재했다. 누구나 그렇듯이 그 사진첩은 시기별로 나눠져 있었다. 나는 스무 살 이후 어느 때의 사진첩을 곰곰이 들여다보아야 그녀를 찾을 수 있는지 알 수 없었다.

약속 시간보다 먼저 나가 그녀를 기다렸다. 약속 시간 이십 분 전부터 여자가 입구에 들어설 때마다 나는 심장이 조여들었다. 이러다가 그녀가 정말 나타나면 심장마비로 다시 병원으로 가야 할지도 모른다는 생각마저 들었다.

내가 잠시 한눈이라도 판 것일까. 어떤 여자가 내 앞에 서 있었다. 어디서 나타난 것인가. 그걸 묻고 싶은데 그사이 그녀는 내 앞자리에 앉고 커피를 시켰다. 그녀가 나에게 건넨 첫 이야기는 다음과 같았다.

"그럼 영원히 기억이 돌아오지 않는 거야?"

내내 이 자리에 앉아서 무슨 이야기인가를 나누었던 사람 같았다.

"돌아올 수도 있고, 안 돌아올 수도 있다고 했습니다."

나는 높임말을 하고, 그녀는 반말을 했지만 그 상황을 누구도 개의치 않았다. 그녀에게 나는 아는 사람이었지만, 나에게 그녀는 오늘 처음 본 사람이었다.

"내가 누군지도 기억나지 않는 거지?"

"나는 내가 누군지도 다 기억나지는 않습니다."

그녀는 '정말 그래?'라는 표정으로 재밌는 일이라도 생긴 것처럼 나를 빤히 쳐다보더니 '설마 그런 거짓말을 하겠어?'라는 표정으로 곤란한 일이 생긴 것처럼 나를 다시 바라보았다. 내가 그녀의 입장이라고 해도 곤란하고 피곤할 것 같았다.

"그럼 어디서부터 시작하지?"

"왜 병원에서 나의 보호자가 된 거죠? 우린 무슨 관계인가요?"

"우리가 무슨 관계인지는 나도 모르겠어. 병원에서 왜 하필 나한테 연락을 했냐가 궁금하겠지. 네 지갑에 내 명함이 있었대."

"명함? 그럼 우린 일 때문에 만난 사이인가요?"

그녀는 고개를 저었다.

"우리는 십 년 전쯤에 마지막으로 만나고 그 이후로는 한 번도 만난 적 없는 사람들이야. 그러니까 우리가 마지막으로 만났을 때 나는 네가 가지고 있던 명함 속의 사람이 아니었어."

"한 번도 만난 적이 없다면 명함은?"

"나도 몰라. 내 명함이 왜 너에게 있었는지."

"우리는 어떻게 아는 사이죠?"

"우리는 같은 대학을 다녔어. 그 이상은 얘기하고 싶지 않아. 기억해봐야 좋을 것 없는 일들뿐이야. 몰라도 되는 일들. 어떤 일들은 나도 너처럼 기억나지 않았으면 좋겠거든."

무슨 대단한 일이 있었기에 기억하기 싫다는 것일까. 나는 궁금해졌지만 이제는 물을 수 없었다. 그녀는 단호했다.

"이렇게까지 네가 아무것도 기억하지 못할 거라고는 상상도 하지 못했어. 나에 대해 아무것도 기억 못하는 너에게 내가 알고 있는 네 이야기를 하는 게 옳은 일일까? 그리고 내가 아는 네가 진짜 너일까? 지금은 얘기 못하겠어. 다음에 이야기하자. 네가 뭐라도 기억해내면 말이야."

그녀의 말대로 내가 뭐라도 기억해낸다면 그건 그녀가 기억도 하기 싫은 그런 종류의 일이지 않을까. 사람들은 행복보다 불행을 선명하게 기억한다고들 하지 않는가. 세상에 행복한 사람들보다 불행한 사람들이 많은 건 기억 때문일지도 모른다. 그렇다면 나는 기억을 잃기 전보다 지금이 행복한 건가.

그녀는 가방에서 명함첩을 꺼내서 명함 한 장을 나에게 건넸다.

"나는 어떻게 네가 내 명함을 가지고 있었는지가 궁금해. 언제부터 가지고 있었는지, 왜 연락을 하지 않았는지도. 기억은 나지 않아도 너는 너니까, 생각해보면 알 수 있을 거야. 적어도 왜 그랬는지는."

나는 그녀의 명함을 보는 순간 안락한 삶을 버리고 열정을 좇아 최소한의 것만 가지고 사는 사람을 상상했다. 그 명함에는 이렇게 쓰여 있었다.

'다큐멘터리 작가 감독 Y.'

그녀가 만든 다큐멘터리는 인간에 관한 것일까, 자연에 관한 것일까. 나는 그녀가 새롭게 보였고, 어떤 인생을 살아왔는지, 어떤 사람인지 더 궁금해졌다. 이 단순한 명함만으로 나는 그녀에게 호감을 느꼈다. 지금은 기억할 수 없는 어느 때 이 명함을 처음 손에 넣던 그 순간에도 어쩌면 그랬을지도 모른다.

*

"그녀를 만나셨군요."

나는 의사에게 그녀를 만난 이야기를 들려주었다. 집으로 돌아와 그녀의 흔적을 찾아 대학 때 사진첩을 뒤졌지만, 역시나 그 시절 친구들은 하나도 떠오르지 않았으며, 어쨌든 그녀로 보이는 여자가 두 명쯤 있었다는 얘기를 했다. 그리고 나는 의사에게 그 사진들을 보여주었다.

"제가 보기에도 이 두 사람 중에 하나일 것 같은데요. 두 분이 혹시 연인 사이였다면 이 분일 가능성이 높지만 저는 이 분일 거 같아요. 사진으로 보기에는 당신은 이 남자분이랑 상당히 친하셨던 거 같군요. 그리고 이 여자분도 이 남자분과 상당히 가까워 보입니다. 그녀의 삶에 대한 이야기를 좀 더 들어보시는 건 어떨까요? 당신이 그녀의 명함만을 지갑에 가지고 있었다면 이유가 있을 겁니다."

굳이 정신과 의사의 조언이 아니더라도 나는 그녀를 다시 만날 작정이었다.

"저번처럼 수면제를 드릴까요? 아님, 다른 게 필요하신가요?"

"필요 없을 거 같아요."

"네, 그럼 다음에 뵙지요. 가시기 전에 딱 한 말씀만 더 드릴게요. 인간은 DNA의 산물이 아닙니다. 인간은 기억의 총합입니다."

"수수께끼인가요?"

"그렇게 느끼셨나요? 그럼 그럴 수도 있겠죠."

인간이 기억의 총합이라면 나는 불완전한 인간으로 살아야 한다는 말인가. 어쨌든 그 불완전한 퍼즐에 조각 하나라도 제자리를 찾아주길 바라며 그녀를 만나러 갔다.

　이번에도 나는 약속 시간보다 훨씬 일찍 도착했다. 그녀의 얼굴을 모를 때보다 마음은 편했다. 오늘은 뭐든 마시면서 기다릴 수도 있을 것 같았다. 술을 마시고 싶은데, 싱글몰트 위스키를 마셔야 할지, 와인을 주문해야 할지, 아님, 소주나 맥주가 더 좋은지 판단할 수 없었다. 어떤 것이 좋고 비싼지는 알 수 있었지만 내가 그것을 좋아하는지는 알 수 없었다. 술은 스무 살 이후의 영역에 속했다. 어쩌면 여자도 그럴 것이다.

　그녀가 나타났다. 우리는 대학을 졸업하고 만나지 못했다는 그녀의 말을 믿는다면 못 만났든 안 만났든 그 세월이 십 년이다. 그런데 그녀에게는 우리가 만나지 못한 십 년이 아무 의미도 없는 건지 너무도 스스럼없었다. 그럴 정도로 그녀와 나는 친밀한 사이였던가. 이토록 친밀한데 왜 만나지 않고 산 것일까.

　"우리 혹시 애인 사이였니?"

　내가 그렇게 묻자 그녀는 깔깔거리면서 웃었다.

　"너, 정말 아무것도 기억나지 않는 모양이네. 내가 너한테 우리 애인 사이였다고 말하면 이제부터 우린 애인 사이였던 사람들이 되는 건가?"

　"분명히 해두고 싶어서."

　나는 그녀에게 반말을 하기로 했다. 내 입장은 이해하지만 계속 높임말로 어색하게 굴면 다시는 만나지 않겠다고 그녀가 말했기 때문이다. 반말을 하기 시작하자 그것도 영 어색하지만은 않았다. 어쩌면 나는 두 번쯤 만나면 자연스럽게 말을 놓는 인간이었는지도 모른다.

"맞아. 우리 사랑하긴 했었어. 다시 태어난다고 해도 그때만큼 뜨겁게 사랑할 수는 없을 거야. 하지만 우리는 서로를 사랑한 게 아니라, 함께 세상을 사랑했어."

"결혼은?"

"누구? 나? 내가 결혼한 여자처럼 보여?"

"요즘 여자들 외모만 보고는 그런 거 잘 모르잖아."

"한 번쯤 했을 수도 있고. 그게 중요하니? 어쨌든 지금 난 혼자야."

그녀의 결혼이 나에게 확인해야만 하는 일이었을까? '결혼'으로 분석할 수 있는 일들은 생각보다 많다. 그 단어가 등장했을 때의 그녀의 반응으로도. 병원에서 깨어나서 내가 스무 살이 아니라 서른다섯 살이라는 걸 알았을 때 내가 궁금했던 것은 여러 가지였지만 그중 세 손가락에 꼽을 수 있는 것이 결혼이었다. 내가 결혼하지 않았다는 사실을 알았을 때 나는 실망했던가, 아니면 안심했던가. 분명한 것은 그녀가 나처럼 혼자라는 사실을 알게 된 지금 반갑고 안심이 된다는 것이다.

"일은 어때? 네가 하는 일 정확히 어떤 거지?"

"너, 내가 마이클 무어라고 생각하는 건 아니지?"

"왜?"

"예전의 너라면 분명 그렇게 생각했을 거 같아서. 나, 하는 일 뭐라고 해야 하나. 사람 쫓아다니는 일이지. 너무너무 성공해서 온 세상 사람들이 다 부러워하는 사람들, 가난과 병마 속에서도 굴하지 않는 사람들, 뭐 그런 거."

"언제 한번 네가 찍은 거 보고 싶은데."

"아직 내 이름으로 찍은 제대로 된 게 없어. 한심하지, 이 나이에."

그녀는 자신의 일을 후회하고 있는 듯 보였다. 현실을 너무 몰랐으며, 현실과 이상은 끊임없이 그녀를 괴롭힌다고 했다. 그런 이야기를 할 때의 그녀는 나이보다, 아니, 나이만큼 늙어 보였다.

나는 그녀에게 가져온 사진을 보여주었다.

"이 사진, 나도 있었어. 버리지 않았다면 우리 모두에게 있는 사진이야. 넌 버리지 않았구나. 우리들 가운데 정말 아무도 기억나지 않아?"

나는 고개를 끄덕였다. 나는 그녀가 말하는 우리라든가 우리 모두가 누구를 의미하는지 알 수 없었다. 적어도 이 사진 속의 인물들은 모두 우리임에는 틀림없는 것 같았다.

"그때의 네 이야기를 어떻게 하면 좋을지 고민했어. 그래서 말이야. 우리가 너에 대해 무슨 말을 했었는지, 그리고 네가 우리에 대해 그때 무슨 말을 했었는지를 이야기할게."

나는 그녀가 이야기하는 십 년 전 내 이야기를 들었다. 그녀는 자신이 알고 있는 '우리'의 마지막 모습을 묘사했고 '우리'의 근황도 간략히 전했다.

인간이 기억의 총합이라면 그 기억을 가진 누군가를 찾아야만 한다고 생각했다. 나를 기억하고 있는 그 누군가. 하지만 그녀는 정답이 될 수 없다. 그녀는 십 년 전의 나만을 알고 있고, 그때의 나와 지금의 나는 완전히 다른 사람일 수도 있었다. 그녀의 이야기를 들으면 들을수록 나는 그런 생각이 들었다. 그녀의 말은 진실일 테지만 그것은 그녀의 진실뿐이었다.

X :
황금수갑

24시간만 기억할 수 있어서 매일 같은 남자와 사랑에 빠지는 여자가 나오는 영화가 있다. 단기기억상실증에 걸려 단서들을 온몸에 문신하고 아내를 죽인 자를 찾아다니는 남자가 나오는 영화도 있다. 알츠하이머에 걸려서 기억이 점점 사라지는 가운데 마지막으로 범인을 찾아나서는 탐정이 나오는 영화도 있다. 기억을 잃어버린 채 누군지도 모르는 사람들에게 쫓겨다니는 스파이가 나오는 영화도 있다. 기억을 잃어버린 후 평범한 주부의 삶을 사는 킬러가 나오는 영화도 있다. 그들은 모두 기억을 잃어버렸지만 누군가가 그들을 기억하고 여전히 그들을 찾는다. 세상 끝까지. 그래서 그들은 끝끝내 자신이 누군지를 알게 된다.

그는 자신이 나의 상사라고 했다. 나는 이미 나의 상사를 만났다. 그렇다면 그는 누구인가? 그 상사 위의 상사일 수도 있겠지. 그렇다고 해서 내가 이렇게 그를 만날 이유가 있을까? 나는 내 위의 상사가 말했듯이 회사에서 아주 가능성 있는, 현재는 십 퍼센트이며 앞으로 그 십 퍼센트의 십 퍼센트가 될 인물일까. 그래서 그들은 내가 절실히 필요한 것일까.

"나는 자네가 다니던 그 회사의 상사가 아니야."

그는 자신이 내가 다니던 회사의 상사가 아니고, 내가 속한 어떤 조직의 보스라고 말했다.

"자네는 우리 조직에 속한 특수요원이네. 우리 같은 사람을 세상은 흔히 스파이라고 부르지."

프로필에 의하면 나는 군복무를 한 적도 없었다. 그런 내가 스파이라고? 도대체 무슨 일을 하는 스파이였다는 말인가? 내가 무슨 대단한 기밀이라도 다뤘다는 말인가?

"이 일을 자네에게 처음 제안했을 때도 자네는 지금 같은, 그러니까 나는 그런 사람 아니라는 표정을 지었지. 사람들은 영화를 너무 봤어. 우리가 살인, 암살, 납치, 고문을 하고 정보를 빼내고 분쟁을 일으키거나 조정한다고 생각하지. 물론 그런 일을 담당하는 이들도 있네. 세상에 알려진 조직의 요원들은 위험을 즐기네. 그들 중의 일부는 폭력적 성향을 가지고 있어. 자기들의 화를 세상을 향해 표출시키지. 그것도 국가라는 이름으로. 그 사람들은 그런 성향 때문에 요원이 되는 걸세. 우리는 그들과는 다르네. 우리 일은 더 섬세하고 정교하고 비밀스러워. 우리는 보통 사람들과 섞여서 그들처럼 일하고 살면서 기다리지. 하지만 우리가 없으면 세상은 분명 지금과는 다른 모습일 거야."

자기 집을 지키겠다고 싸우는 시민들이 반체제 테러리스트로 체포

되고, 정부와 다른 자기 의견을 세상에 대고 말하면 레볼루셔니스트가 되는 시대에 평범한 회사원이 스파이가 아니라는 법도 없다. 하지만 내가 기억하는, 그러니까 열아홉 살까지의 나는 그런 일을 할 사람이 아니었다.

"이게 자네의 파일이네. 여기 자네에 대한 모든 것이 있어."

나는 그가 건네준 나의 파일 첫 장을 읽었다. 사립초중고교를 졸업했으며 대학에서는 경영학을 전공했고 증권회사에 입사해서 기획팀에서 오 년간 근무한 후 애널리스트가 되었다. 다섯 가지 외국어를 읽을 줄 알며 그 가운데 두 가지 외국어는 원어민 수준이다. 은행가인 아버지는 내가 대학을 졸업하고 입사하던 그해, 에세이스트이자 대학교수인 어머니는 사 년 전 사망했다. 하지만 그것은 이미 내가 알고 있는, 아니, 알아낸 것들과 다르지 않은 것들이었다.

"자네의 진짜 삶이 스파이로서의 삶이네. 우리에게는 일과 삶이 다르지 않고, 일이 곧 삶이지. 이 사회의 가치가 자네의 가치고, 이 사회의 목적이 자네의 목적이고, 이 세상은 자네의 목적을 실현할 수단이네."

"도대체 제가 무슨 짓을 했다는 겁니까?"

"소리 없는 전쟁의 시대야. 환율과 주식 가치는 급변하고, 금융위기설이 끊이지 않으며, 기업의 구조조정과 공공재의 민영화 논란이 입에 오르내리고 있지. 현 정세를 열렬히 옹호하는 것도, 극렬히 반대하는 것도 전체에 비하면 소수에 지나지 않네. 그들의 의견이 세상을 움직이게 할까? 아닐세. 세상은 움직이지 않아. 왜냐하면 우리 같은 사람들 때문에. 우리 같은 사람들이 움직일 때 세상은 비로소 변화하게 되는 거네. 세상이 위험에 빠지지 않게 하려면 우리가 우리로 남아야 하네.

이 보이지 않는 전쟁에서 우리는 자네가 제자리를 지켜주길 바라네."

내가 파일을 다음 장으로 넘기려고 했을 때 그가 다시 말했다.

"나머지는 내가 가고 난 다음에 혼자서 읽는 것이 나을 걸세. 자네 삶이니 질문할 것은 없을 테지. 우리가 자네에게 원하는 것과 자네에게 줄 수 있는 것은 마지막 장에 있네. 돌아올지 말지, 선택은 자네가 하는 걸세. 참, 자네는 와치 마니아지. 나도 자네처럼 시계를 좋아하네."

그의 시계는 나와 같은 오메가 스피드마스터 프로페셔널 문워치 아폴로11이었지만 전 세계에 69개만 존재하는 리미티드 에디션 플래티넘 버전이었다. 그는 이름과 휴대폰 번호만 적힌 명함을 나에게 건네주었다. 그는 이름만으로 이미 충분한 사람이었다.

"나는 이제 차를 수집하네. 자네 차를 바꿀 때가 되지 않았나? 조언이 필요하면 연락하게."

나는 차를 바꾸고 싶은가? 차를 바꾼다고 인생이 바뀌지는 않는다. 하지만 차를 바꾸면 바뀌는 것들이 있다. 인생에 충분하다는 건 없다. 시계를 모으고 차를 모으고 그림을 모으고 요트를 모은다. 집을 사고 땅을 사고 금을 사고 주식을 살 수도 있다. 세계는 숫자이다.

그가 가고 난 후 나는 남아서 파일을 계속 읽었다. 거기에는 나이, 몸무게, 키 같은 신체적 사실과 부모, 친척, 학력 같은 객관적 진실로 시작해서 내가 작성한 보고서와 누군가가 나에 대해 판단한 보고서로 이어졌고, 내가 현재 가지고 있는 것들과 그들이 앞으로 줄 수 있는 것들이 있었다. 고급아파트와 비싼 물건들, 블랙카드와 클럽의 멤버십들. 이 모든 특권을 누린 것이 오로지 다 나의 능력이었을까.

선택의 순간들이 모여 지금의 나를 만들었을 것이다. 그 순간들이 내 머릿속에서 사라졌다고 해서 그때 내가 한 일이 세상 속에서 사라지는 것은 아니다. 나는 그들에게 특별하게 선택된 사람이었다.

*

그가 알려주기 전까지 나는 시계 없이도 살 수 있는 사람이었다. 내 취미가 시계수집이었다는 사실을 나는 몰랐다. 그가 알려주고 파일에서 나의 수집목록을 확인하기 전까지는. 기억을 잃었다고 소중한 것이 변할 수도 있는가.

어쩌면 시계는 내가 잃어버렸거나 영원히 가질 수 없는 다른 무언가의 대체물이었을지도 모른다. 시계들이 하나하나 내 것이 되었던 그때의 나를 기억할 수 없는 지금, 저 시계들은 그저 비싼 시계에 지나지 않는다. 정교한 수백 개의 부품들이 섬세한 조율로 바늘을 숫자 위로 움직이게 만드는 시계. 다만 나는 비싼 시계를 움직이는 부품이었던 것이다. 이 세계의 부품인 내가 멈추면 숫자들이 멈출까.

그녀에게서 전화가 걸려오지 않았다면 나는 며칠이고 그 파일을 들여다보았을지도 모른다. 그 안에서 거짓과 진실을 분석하고 잘잘못을 판단하려 했을 것이다. 하지만 그녀를 만나야 했다. 그녀는 일 때문에 이곳을 떠난다며 작별인사를 하려고 전화했다고 했다.

"떠나기 전에 만날 수 있을까?"

내 질문에 그녀는 선뜻 대답하지 않았다. 대신 이렇게 물었다.

"무슨 일 있어?"

나는 아무 일 없다고 대답했다. 이번에는 내가 그녀에게 약속 시간과 장소를 말했다. 바쁘면 나오지 않아도 된다고 말했지만 나는 그녀가 꼭 나오길 바랐다.

빈민국의 아이들을 화면에 담기 위해 떠난다는 그녀에게서는 어떤 희망도 절망도 느껴지지 않았다. 이제 그런 일은 그녀에게 놀랄 일이 없는 그저 평범한 일인 듯했다. 나는 매너리즘에 빠진 그녀를 위로해주고 싶었다.

"넌 좋은 일을 하고 있어. 네가 하는 일은 세상에 도움이 되는 일이 잖아."

"아니야, 나한테 도움이 되는 일이지. 이건 시시한 일이야. 먹고살기 위해서 하는 시시한 일."

그녀는 당장의 생계를 위해서 무슨 일이든 해야 하고, 그 일이란 자신이 꿈꾸던 일과는 전혀 다르며 이 세상과도 대체로 관계가 없다고 했다. 살기 위해서 어쩔 수 없이 하는 일이라고 했다. 그런 그녀를 보면서 나는 내 일과 내 삶을 생각했다. 그들은 나에게 선택의 여지가 있다고 말했지만 거절할 경우 내가 이 삶을 유지할 수 있는 다른 방법이 있을까.

"힘든 일이 있을 때 이제 내가 할 수 있는 건 눈감고 못 본 체하는 거야. 눈을 감아도 문제는 사라지지 않는다는 걸 알면서도 말이야. 눈을 떴을 때 상황은 더 나빠져 있을 뿐이지. 나도 너처럼 기억을 잃어버렸으면 좋겠어."

가장 덜 양심적이고 덜 진지한 사람들이 성공하는 사회는 잘못되었다. 하지만 언젠가부터 우리가 속한 이 세상이 틀렸다고 느끼면서도 더 이상 싸우지 않는 사람들이 늘어났다. 누군가는 먹고 살기 바빠서, 누군가는 더 잘 먹고 더 잘살기 위해서. 다만 지켜보고 기다리다가 결국에는 사회뿐 아니라 자신의 내부에서도 아무런 의미를 발견하지 못하게 되고 그냥 차라리 아무것도 모르고 살아가기를 바라게 되고 만다. 그녀는 그런 사람들 중의 한 사람이었다. 기억하지 못했으면 좋겠지만 여전히 기억하고 있는, 그래서 가끔은 바꿀 수 있다고 희망했다가 또 좌절하고 마는, 더 양심적이고 더 진지한 사람들.

"기억을 잃어버리면 무얼 할 수 있지?"

나는 그녀에게 물었다. 정작 기억을 잃은 내가 알지 못하는 것을 그녀가 알고 있다는 듯이.

"다시 시작하는 거지. 전부 다. 다시 태어날 수 있는 절호의 기회일지도 모르잖아. 살면서 느꼈던 좌절감이나 실망감 같은 것, 이를테면 불가능에 대해 아무것도 모를 거잖아."

"너는 뭐가 불가능한데?"

"다시는 그때의 나로 돌아갈 수 없다는 거. 그때의 나, 참 괜찮았거든."

그녀가 말하는 그때가 언제인지 나는 알 수 없었다. 어쨌든 그녀는 조금 취했고, 곧 살아나갈 돈을 벌기 위해 떠나야만 했고, 그래야만 하는 지금이 그때가 아니라는 것만은 알 수 있었다.

"지금도 괜찮아."

"거짓말."

"거짓말 아냐."

"넌 그때의 나를 기억 못하잖아."

"그래도 느낄 수 있어. 지금의 네가 그냥 네가 되지는 않았을 테니까. 언제 돌아와?"

"잘 모르겠어."

"같이 갈까?"

나는 내 심장이 시키는 대로 그녀에게 말했다. 하지만 내 머리는 여전히 나에게 묻고 있다. 나에게 선택의 여지가 있을까? 그녀의 말대로 다른 누군가로 새 삶을 사는 것도 가능할까? 기억나지는 않지만 내가 꿈꾸었을지도 모를, 더 나은 사람으로.

— 오늘날

아침의 공항 공기가 마음에 들었다. 설렘과 기대, 새로운 출발 같은 것으로 공항은 일렁이고 있었다. 삶이 내가 원하는 방향으로 흘러가줄 것만 같았다. 그리고 그곳에 그녀가 있었다. 나는 그녀의 이름을 불렀다. 그녀가 나를 향해 천천히 걸어왔다.

"진짜 나올 줄은 몰랐어."

"아침은 먹었어?"

그녀는 내 질문에 대답하지 않았다.

"넌 나랑 같이 갈 수 없어. 너는 여기 있어야 하는 사람이야. 그동안 고마웠어."

명백한 거절이었다. 그리고 어쩌면 이것은 내가 기억하게 될, 내 인생의 첫 번째 실연이었다. 이럴 때 삼십대 중반의 남자들은 어떻게 할까? 시계를 사고 차를 바꿀까? 시계를 모으고 차를 바꾸려고 더 열심히 일할 수도 있겠다. 불행한 사람들은 일밖에 할 게 없다. 인생이 무의미하게 느껴져도 살아가려면 그렇게라도 해야 한다. 어쨌든 마지막인데 추하게 굴 수는 없다. 추억이라고는 없는 내 기억에 이 장면은 언제까지고 남을 테니까.

"우리 마지막으로 악수나 할까?"

나는 그녀에게 손을 내밀었다. 그녀가 내 손을 잡는 순간 나는 거기서 멈출 수 없었다. 나는 손을 끌어당겨 그녀를 가슴에 안았다. 내 가슴에 안긴 채 그녀가 내 귀에 대고 아주 조용히 속삭였다.

나는 그녀를 놓았다. 내 품에서 벗어난 그녀는 조금 전과는 다른 사람이었다. 나는 그녀에게 누구냐고도, 왜냐고도 묻지 않았다. 나는 침묵했고, 그래야 내 삶이 안전하다는 걸 알았다.

반짝이는 트렁크를 끌고 게이트를 통과하는 그녀의 뒷모습을 끝까지 바라보았다. 그녀의 차림새는 자기배반적이었다. 루이비통의 베르니 트렁크부터 샤넬 클래식백, 피아제의 폴로 시계, 티파니의 키 목걸이, 레드 솔의 크리스찬 루부탱 하이힐까지, 그녀가 몸에 걸치고 나간 것을 나는 숫자로 환원시켰다. 그것은 숫자일 뿐 아니라 기호이자 나에게 보내는 일종의 암호였다.

Y :
의미 있는 여정

— **오늘날**

하늘에서 바라보면 세상은 한없이 평화롭다. 인간이 없으면 이 세상은 어쩌면 훨씬 더 좋은 곳이 될지도 모른다.

내가 비행기를 처음 탄 것이 언제였더라. 그때 내 옆에는 엄마가 있었다. 기숙사에 들어가기 전이었던 것 같다. 우연히도 가는 비행기에도 오는 비행기에도 같은 스튜어디스가 있었다. 어쩌면 또 다른 동일 인물이 있었을지도 모르는데 나는 그 한 명만 기억했다. 그때 엄마는 모두를 기억하지 못할 바에야 차라리 아무것도 기억하지 말라고 말했다. 그것이 오히려 나를 평화롭게 할 것이라고. 그 말의 진정한 의미를 나는 아주 나중에야 깨달았다.

이제 나는 기억해야 할 모든 것을 기억해야만 한다. 그래서 지금으

고요한 밤의 눈 49

로서는 기억의 짙고 옅음을 평가해보자면 엄마다운 엄마에 대한 기억이 가장 흐릿하다. 어릴 때 기억이니까 현재로부터 가장 멀기 때문이기도 하고, 생존에 결정적인 영향을 미치지 않는 기억이기 때문이기도 할 것이며, 생각하면 할수록 괴롭고 슬프고 외롭기 때문일 수도 있다. 엄마는 이제 기억해야 할 것들을 기억하지 못한다. 그리고 나는 그런 엄마를 기억하고 싶지 않지만 기억하게 된다.

처음이자 마지막이었던 둘만의 여행에서 엄마는 지도를 버리고 자기 길을 스스로 가고 싶어했다. 하지만 그건 결국 그저 그런 휴가에 불과했다. 우리는 떠났던 그 자리로 돌아왔으며 어떤 측면에서 그 자리는 상대적으로 더 나빠져 있었으니까. 이제 나는 그것을 아주 잘 안다.

옆 자리의 남자의 낌새가 아까부터 이상하더니 결국 예상대로이다.

"얼굴이…… 낯이 익네요. 어디서 뵌 것 같은데……."

이렇게 말을 걸어올 때까지 얼마나 많은 그의 과거의 시간들이 지나갔을까. 하지만 그가 정말 어딘가에서 나를 보았다고 해도 그는 나를 기억할 수 없고, 그건 지금의 내가 아닐 가능성이 높으며, 나를 보지 않고도 나를 어디선가 만난 것처럼 느낄 수 있다. 그게 정상이다. 내 얼굴은 그러기 위해 매년 업그레이드를 받는 거니까. 내 얼굴은 황금비율이고 내 키는 표준보다 살짝 크며 내 몸무게는 표준보다 살짝 가볍다. 너무 크지도 작지도 너무 뚱뚱하지도 마르지도 않았다.

나는 성형수술을 한다. 더 예뻐지기 위해서도, 더 젊어 보이기 위해서도 아니다. 아주 조금씩만 고친다. 그래서 내 얼굴은 익숙하면서도 낯선 얼굴이 된다. 이 얼굴이 나의 무기이며, 나의 매력이고 나의 능력이다. 얼굴을 조금씩 바꾸면서 언제까지 이 세계에 남을 수 있을까. 일에 대한 고민은 아주 오래 전부터 시작되었지만 나는 애써 하지 않으려고 했다. 선택의 여지가 없다. 방식은 두 가지뿐이니까. 은퇴하거나 승진하거나.

"이름이 기억나지 않는데…… 얼마 전에 천만 관객이 봤다던 그 영화에 나오는 배우랑 정말 많이 닮으셨는데, 그 배우는 아니죠? 아니, 그 영화가 아니면 얼마 전에 끝난 미니시리즈에 나오는 배우를 닮은 것 같기도 하고……."

'배우'와 '아니죠?' 사이에 몇 개의 얼굴이 스쳐 지나갔을 것이다. 그러고도 그는 어떤 얼굴 하나로 배팅하지 못했다. 세상에 젊고 예쁜 여자는 많다. 점점 더 많아지고 있다. 나는 미소를 짓는다. 그리고 아무렇지 않게 고개를 돌린다. 그의 머릿속의 물음표가 어떤 이름으로 맞다, 틀리다로 귀결될 때까지 나는 이곳에 있지 않을 것이다.

나는 내가 원하지 않는 상대에게 특별하게 특정 인상을 남겨서는 안 된다. 누군가의 기억에 흔적을 남겨서는 안 되는 존재들이 있다. 그 기억은 나는 물론 그를 위험하게 만들 수도 있다.

내가 떠나온 곳에서 내가 아닌 나를 여전히 기억하고 있을 사람을 생각한다. 그는 안전할까.

그에게 말했던 원래 목적지로는 처음부터 갈 생각도 이유도 없었다. 하지만 상상한다. 그와 함께 그곳으로 가서 이전 세계와 완전히 결별하는 나의 모습을, 내가 만들어낸 아주 괜찮은 나로 살아가는 모습을. 하지만 이상적인 상상일수록 절대 현실이 될 수 없다.

상상의 목적지로 가기 위한 경유지가 이제 진짜 내 목적지가 되었다. 그 나라의 공항에 내려 택시를 타고 호텔로 이동한다. 복잡해서 느린 도시, 교통지옥을 가로지르며 택시라니. 하지만 출장비를 걱정할 급수는 지난 지 오래다. 얼마든지 마음대로 쓸 수 있고 써야 한다. 내가 속한 세계에서 돈이란 그저 업무상의 숫자에 불과하다.

우리 일에는 휴식이 없다. 휴가라고 떠난 곳에서 갑자기 일이 시작되기도 한다. 내 의지로 떠난 곳에서 내 계획과는 상관없는 일이 벌어지고 전모를 알 수 없는 일의 일부를 감당해야 할 때도 있다. 그러나 오늘, 지금, 아직은 모른다. 모른다는 건 쉴 수 있다는 뜻인 동시에 쉬어야 한다는 의미이다. 나는 언제까지일지 모르지만 내게 주어진 시간을 즐기리라고 결심한다.

며칠 뒤면 연휴인지라 이 나라의 호텔에는 내 모국어를 쓰는 인간들로 북적인다. 휴가일수를 앞당겨 충분히 쉬거나 즐기려는 사람들의 얼굴에서는 서글픈 흥분이 느껴진다. 그들은 온 가족이 모이는 명절에 갈 곳이 없는 사람들일까, 갈 곳에 가기 싫은 사람들일까. 아마도, 가야 할 곳을 회피한 사람들이 더 많지 않을까. 이들은 그래도 축복 받은 자들이다. 저주 받은 자들은 갈 곳이 없는 것이 아니라 가야만 하는 곳을 벗어날 수 없다.

카운터 안내인은 내가 자신과 같은 민족인지 아닌지 확신하지 못하는 듯하다. 이렇게 사람이 많다면 모국어를 쓰는 것도 나쁘지 않으리라. 회사에서 예약해준 이름을 대지 않고 회원 카드 중 하나를 내밀고 새로 룸을 배정받는다. 엘리베이터를 타고 계획보다 더 크고 전망이 좋은 방으로 들어간다. 커튼을 열고 잠시 창밖을 바라본다. 그리고 다시 커튼을 닫고 트렁크를 풀기 시작한다.

트렁크와 지금 내 몸에 걸치고 있는 것들은 모두 새것이다. 나는 이곳으로 오기 이틀 전 이 모든 것들을 새로 구입했다. 웬만한 사람의 연봉에 해당되는 금액의 지출이었다. 그 지출을 업무 비용으로 처리할 수 있을까. 승진하면 가능할 텐데, 개인적으로 부담하기에는 조금 무리한 지출이긴 했다. 내가 속한 또 다른 세상에서 돈이란 피와 땀이다. 어쩌면 나는 지극히 개인적인 피와 땀을 이번 일에 썼을지도 모른다. 하지만 후회하지 않는다. 누군가의 인생을 구했을 수도 있기 때문이다.

내일 일은 내일 생각하자고, 결국 그렇게 생각해버린다. 그러면서 내일이 없는 것처럼 살고 있다. 그러니까 오늘 지금 당장의 문제는 이런 것이다. 회사에서 호출이 오기 전까지 나는 어떤 사람이어야 할까.

*

새벽까지 잠을 이루지 못했다. 하루치 수면제는 남겨두고 싶어 참다가 겨우 잠이 들었는데 그 시간이 언제인지는 모른다. 꿈인지 현실인지 알 수 없어 안심할 수 없는, 그래서 악몽에 가까운 꿈을 잔뜩 꾸었고, 덕분에 여전히 피곤하다.

침대 옆 테이블의 시계 바늘이 가리키는 시간은 여덟 시. 오전인지 오후인지 알 수 없다. 어쩌면 다음날일 수도 있겠다. 한참을 그렇게 누워 있다가 정확한 시간을 확인한 건 배가 고팠기 때문이다. 다음날 저녁이다. 마지막 임무에서 벗어나고 그로부터 떠난 지 아직 이틀이 되지 않았다. 그러므로 그가 나오는 꿈을 꾸고 일어나자마자 그가 생각나는 것이 당연한 것일까.

룸서비스로 간단히 식사를 해결하고 호텔의 바로 간다. 사람들 속에서 내가 어디에 있는지 다시 확인하고 싶다.

주문한 진 토닉을 한 모금 마셨을 때 누군가 말을 걸어온다.

"제가 바빠서 텔레비전을 잘 안 봐서 그러는데 혹시 연예인이세요?"

이 남자는 비행기에서 나를 어디서 본 것 같다고 말했던 옆자리 남자랑 다르다. 이 남자는 내가 연예인일 가능성에는 관심도 없다. 낮과 밤의 인간이 있다. 낮의 인간은 자신의 얼굴을 보살핀다. 밤의 인간은 자신의 얼굴을 가면으로 가린다. 그리하여 뭐든 할 수 있다고, 해도 상관없다고, 하면 어떠냐고 생각한다. 지킬 것이 없는 밤의 인간은 무례하다. 자신의 인생에도, 그리고 타인의 인생에도.

알아서 뭐 하시려구요? 하는 질문이 솟구쳐 오르지만 대신 나는 침묵과 미소로 응대한다. 무시와 상처는 관심과 호의보다 기억에 오래 남는다. 특히 이런 부류의 인간에게는. 나는 웬만해선 기억되어서는 안 되는 인간이다.

"그냥 궁금해서요. 저 이상한 놈 아닙니다."

당신이 이상한 놈이든 아니든 나는 궁금하지 않다. 나는 당신 눈에 보이는 것과는 달리 연약한 여자가 아니니까. 그런 생각을 하는데 그가 명함을 내민다.

"저는 이런 사람입니다."

이 명함은 진짜 그의 것일까. 명함이 증명하는 곳으로부터 아주 먼 곳에서 이 명함은 무엇을 할 수 있을까. 우연을 운명으로 이으려는 필사적인 몸부림일까. 아니면 운명을 거부하기 위한 위장책일까.

"일 때문에 오셨어요?"

"네."

"저는 놀러 왔어요."

"아!"

X만을 위해 내가 만들었던 명함을 생각한다. X의 과거, 현재를 분석해서 만들어낸 최적화된 명함. 다큐멘터리 작가 감독, Y. 그 명함 뒤에서 나는 실패하고 후회하고 눈물을 흘리고 어쩔 수 없다고 말하며 이대로 살겠다고 말했다. X는 그런 나를 위해 인생을 바꾸기로 결심했다. 하지만 그 결심은 내 계획에는 없던 것이었다. 그래서 그의 새로운 결심을 바꾸고 나의 계획을 결론지어야 했다. 이제 X는 다시 명함이 증명하는 사람이 되었을 것이다. 그게 그에게 어울리는 인생이다.

명함을 건네며 자신을 소개하고 짐짓 믿으라고 말하는 남자와 시시한 대화를 이어간다. 사람들은 일시적인 감정에 이끌려 위험에 함부로 스스로를 노출시킨다. 처음 만난 여자의 그럴듯한 이야기에 끌린다. 짐작한다. 추측한다. 망설일 필요 없다고 여긴다. 지금 내 앞의 이 남자의 머릿속에서 나는 대학원 박사과정 중 모처럼 쉬고 있는 스물일곱 여덟쯤 된 여자이다. 부모님은 보나마나 꽤 살 것이고, 부모와 교수에게만 모범적이고, 기회만 되면 언제나 스스럼없이 일탈할 준비가 되어 있는 여자. 이 남자가 속한 세계에서도 매력이 곧 실력이다.

나는 스물다섯에서 마흔까지의 나이를 넘나드는 인생을 살고 있다. 당신은 나에게 물을 것이다. 당신은 진짜 배우인가? 나는 그렇다고 말해줄 수도 있다. 텔레비전이나 영화에 나오는 배우들, 그들은 나에 비하면 하수이다. 목숨 걸고 연기한다는 뻔한 거짓말, 나에게는 진실이다. 내가 아닌 나로 사는 것, 온전히 그 사람이 되지 못하면 나는 살아갈 수 없다.

다섯 개의 신분증으로 수시로 거짓말을 하고 늘 가면을 쓰고 살아온 나는 누구인가.

*

쉬고 먹고 마시고 쉬고 자고 다시 먹고 마시고 쉬고 그러면서 하루 이틀 사흘이 지나간다. 정신이 정확히 반으로 쪼개져 한쪽에서는 쉬고 즐기라는 명령을 따르고 다른 한쪽에서는 무슨 일이 일어날지 모르니 긴장을 늦출 수 없다는 습관성 경계 태세를 갖는다. 몸은 하나인데 늘 두 개 이상의 정체성을 가진 채 살아가야 한다.

긴장을 늦추는 순간 위험해질 수 있다. 차라리 24시간 특별임무 상태인 것이 나을지도 모른다. 나를 완전히 비우고 내가 맡은 역할의 옷을 입은 상태. 나는 어쩌면 지난 삼 개월을 그런 상태에서 살았는지도 모른다. 그 옷은 처음에는 조금 어색했지만 차츰 편안해졌다.

내 역할이었던 그녀는 단출했고 자유로웠다. 다큐멘터리 작가 감독…… 내가 한 번도 생각해보지 못했던 삶을 상상하게 했다. 어쩌면 내게는 그 상상의 시간이, 준비 기간이 너무 길었던 것일지도 모른다. 몰입했고 열연했고 잠시 본래의 나를 잊었던 것일까. 실수도 실패도 아니었다. 어쩌면 나는, 그래도 진짜 나일지도 모르는 인간이 되는 순간이 있다. 그러나 여기서 멈추어야 한다. 반드시 멈추어야 할 것이다.

프로젝트와 프로젝트 사이 우리의 휴가는 일주일이 적당하다. 너무 쉬면 감을 잃을 수 있다. 정작 사흘은 늘 준비 경계 태세이므로 진짜 쉬는 건 하루나 이틀에 불과하다. 마지막 하루, 이틀은 돌아갈 마음의 준비가 시작되기 마련이니까. 이제 사흘이 지났고 나는 이 삶에 익숙해질 수 있다. 내가 본래 이런 사람이라고 상상한다. 그러면 그럴 수 있다. 놀고 쉬고 자고 먹고 마시는 지금 이 시간은 내가 나에게 준 임무이자 역할인 것이다. 또 다른 나로 변신할 임무가 주어질 때까지 나는 백지이다. 그 백지에 내가 그리는 나를 그려본다. 그래도 진짜 나는 없다.

휴대폰에 비상메시지가 뜬다. 호출이다. 무언가 잘못되었다.

가족의 긴급 상황. 내가 맡은 일이 잘못된 경우. 설마 그가? 가슴이 뛰기 시작한다. 그들이 예측하지 못하고 내가 감당할 수 없는 일이라도 일어난 것일까? 세상에 그런 일은 없다는 걸 알고 있다. 하지만 그런 일이 정말 일어난다면…….

회사는 이 감정을 배신이라고 규정할 것이다.

D :

비밀에 대한 예의

"오래간만에 왔습니다."

남자는 조금은 안심이 된다는 얼굴로 말했다. 하지만 나는, 이 남자를 처음 본다. 나는 이 남자를 분명 처음 보는데 이 남자는 나를 오래간만에 보는 것이라면…….

오 분 전 초인종이 울렸고, 비디오폰으로 건물 공동 출입구에 서 있는 이 남자가 보였다. 내가 망설이는 사이 그가 초조한 얼굴로 자신의 이름을 말했다. 사무실 별로 호출을 하려면 비밀번호를 알아야 한다. 그것도 어떤 규칙에 의해서 한 달에 한 번씩 바뀌는…… 게다가 더 난해한 건 이 사무실의 호수이다.

건물은 지상 오층이지만 공식적으로 사층까지만 사용되고 실제 사층은 사층이 아니라 오층으로 불린다. 긴 복도의 양쪽으로 사무실이 한쪽은 다섯에서 여섯, 한쪽은 넷에서 다섯, 한 층마다 아홉 개에서 열한 개씩이다. 게다가 실제로는 사층이지만 오층으로 불리는 층에 있는 사무실이라고 해서 차례대로 501호, 502호…… 이런 식으로 진행되지 않는다. 사무실의 호수가 아주 임의적이다. 마치 가입 시 가입자가 정하는 휴대폰 번호처럼. 어쩌면 바꿀 수도 있을지 모른다. 그러니까 사무실 주인이 호수를 가르쳐주지 않으면 자신이 가려고 하는 곳의 호수를 짐작할 수 없다. 모르는 사람은 모를 수밖에 없는 두 개 번호의 조합을 알아야 초인종을 누를 수 있는 것이다.

그는 언니 대신 내가 이곳을 지키기 시작한 후 초인종을 처음 누른 사람이다.

"사실은 갈 곳이 없었습니다…… 선생님이 여기 계셔서 다행입니다."

언니가 첫 번째 공간에서 사라진 지 한 달이 넘었다.

"선생님밖에는 내 이야기를 할 사람이 없습니다."

그의 눈에는 간절함이 있다. 저렇게 간절하게 하고 싶은 이야기가 무엇일까. 어떤 고민이기에. 삼십대 남자에게서 십대 소년의 눈이 보인다. 당신은 누구이고, 왜 여기에 왔나.

"그녀가 떠났습니다. 결국, 혼자서……."

이런, 이런…… 실연인가.

"선생님께 전부 다 말할 수도 없고 말해서도 안 될 것 같지만, 누구에게라도 이야기하지 않으면 진짜 미쳐버릴 것 같습니다."

"잘 오셨습니다."

나는 그를 모른다. 모르는 그에게 상담은커녕 어떤 말도 제대로 할 수 없다. 하지만 아무것도 하지 않을 수도 없다. 정말 아무에게도 말할 수 없어서 '나'를 찾아온 사람이라면…… 어쨌든 여기서 이대로 멈추고 돌려보낼 수는 없다. 그에게는 정말 아무도 없고, 나에게도 정말 아무도 없으니까. 나를 찾아온 유일한 사람인 그를 도우려면 어떻게 시작해야 할까.

"지금 몹시 상심한 상태이십니다. 이럴수록 더 차분하게 자신을 되돌아볼 필요가 있습니다. 마지막으로 오셨던 게 언제……"

"지지난 주였습니다."

적어도 지지난 주까지 언니는 살아 있었던 것이다. 그리고 이 남자를 만났다. 이 주…… 언니는 어디로 사라졌을까, 그리고 진짜 왜 사라졌을까.

"제가 노트를……"

남자가 나를 쳐다본다.

"선생님은 쓰지 않으시잖아요."

"아, 제가 그렇죠. 상담 내용을 쓰지는 않지만 그래도 뭔가 쓰긴 쓰죠. 저도 사람이니까요."

"그래서 저보고도 제가 쓴 뭔가를 찾아보라고 하신 거군요."

"찾아보셨나요?"

"네, 하지만 개인적인 것은 없더군요. 그리고 지금으로서는 찾는다고 해도 거기에 잃어버린 기억을 찾을 수 있는 뭔가가 쓰여 있지는 않을 거 같아요. 아무래도 저는 그런 사람이었던 것 같아요."

남자는 기억을 잃어버렸다. 이제 내 기억을 뒤져봐야 한다. 언니가 무심코, 혹은 무심한 척하면서 진짜 하고 싶었던 이야기…… 기억을 잃어버린 남자? 기억을 못하는 건 정신병의 흔한 증세 중 하나이다.

60

진짜 중요한 것이나 엄청나게 큰 것을 기억하지 못하지 않는 한 우리는 그냥 살아간다. 망각은 자연스러운, 지극히 인간적인 현상 중 하나이다. 하지만 이 남자는, 겉으로 보기에 지극히 멀쩡해 보이는 이 남자는, 자신의 그 어떤 기억을 궁금해하고 있다. 그는 무엇을 잊어버린 채로 살아가고 있는 것일까.

그런 생각을 하고 있는데 그가 노트 하나를 수줍게 건넸다.

"대신 분석하고 정리할 겸해서 제가 알고 있는, 저에게 일어난 일을 써보았습니다."

"아, 네."

"읽고 폐기해주세요."

"정말 폐기해도 될까요?"

"그럼요. 선생님이 사라지지 않는 한 제가 쓴 글은 그대로 선생님의 머릿속에 남아 언제든 다시 재생될 수 있는 거잖아요. 저는 선생님과의 약속을 지키기 위해 썼고 다른 누군가가 이걸 본다면 어떤 일이 일어날지 알 수 없습니다."

이 남자는 도대체 무엇을 이토록 두려워하는 것일까. 기억상실증에 더해 혹시 과대망상증…… 누군가를 알기 위한 가장 좋은 방법은 무엇일까? 언니는 대화라고 생각했다. 정신과 의사다운 대답일까. 아니면 언니다운 대답일까. 정신과에서는 미친 자의 허무맹랑한 소리까지 일단은 진실이다. 그에게는 그렇게 보이고, 그렇게 보이는 그의 내면과 머릿속으로 들어가야 한다. 정확히 똑같은 방식으로 미쳐주는 것이다.

나는 그가 쓴, 그가 자신의 이야기라고 믿고 있는, 그 자신의 이야기를 읽기 시작했다. 이야기 속에서 그는 X였다. 그리고 그녀는 Y였고,

나는, 아니 언니는 D였다. 그리고 익명으로 표시된, 다른 인물들. 적당히 이니셜을 붙여야 할지도 모르겠다.

"선생님이 이미 아시는 건 조금 바꿨습니다. 예를 들면 닥터 D의 외모나 나이 같은 것……."

"재밌네요. 소설처럼……."

이것으로 나는 남자가 스무 살부터 십오 년의 개인적인 기억을 잃어버렸다는 것, 그리고 잃어버린 기억에 대해 알려줄 가족이 없다는 것, 우연히 언니의 병원을 찾아왔다는 것 등등을 알 수 있었다.

매우 신중하고 집요하게 작성되었음에도, 아니 그랬기에 그의 이야기는 부분부분 맥락이 맞지 않았고 논리에 빈틈이 있었다. 그것은 남자가 하고 싶은 이야기의 전부가 아니었다. 그에게는 무언가 감추어야 할 것이 있었다. 끝내 비밀로 남아야 할 것들은 검정색으로 덧칠해 지워버렸다. 어쨌든 그것이 일부임에도 나는 읽은 후 그 모두를 그의 앞에서 곧바로 파쇄했다. 비밀에 대한 예의였다.

언니와 나에게도 비밀이 있다. 우리는 기억력이 엄청나게 좋아서 기록은 형식적인 것이다. 모든 기록은 나를 위해서가 아니라 나 아닌 타인을 위해서 한다. 우리의 머릿속보다 더 선명한 매체는 없다. 그렇지만 이 남자가 특별하다면, 언니는 어딘가에 기록을 남겼을 것이다. 하지만 이 남자가 진짜 특별하다면, 어디에도 기록을 남기지 않았을 것이다.

모든 사람은 일종의 유언을 남기기 마련이다. 어쩌면 언니의 마지막 비밀 환자였을지도 모를 이 남자, 언니가 사라지기 직전까지 아니 사라지면서도 끝까지 만났던 사람, 이 남자는 언니의 실종, 사회적 죽음과 어떤 연관이 있을까. 언니가 사라지고 곧 첫 번째 병원과 집이 압류되었고 언니는 파산했다. 그리하여 언니는 경제적 고충으로 도피 중인 사람이 되었다.

"이 이야기에 따르면, 당신은 그러니까…… 선택의 여지가 없다고 생각했군요."

"제로섬 게임입니다. 누군가는 얻고 누군가는 잃게 되죠. 아무도 잃는 쪽이 되고 싶어 하지 않을 뿐이에요. 수단과 방법을 가리지 않고 최대한 얻는 쪽이 되려고 하는 거죠. 그런데 말이죠. 그 대신에 또 잃는 게 있지 않을까요. 그래서 또 다른 제로섬 게임이 되는 거죠."

주로 얻는 쪽, 이기는 쪽, 혹은 그런 편으로 살아왔을 남자가 다 잃은 것 같은 표정으로 내 앞에서 한숨을 내쉰다.

이 남자처럼 언니에게 자신의 비밀을 이야기하던 사람들은 전부 어디로 갔을까. 자신의 비밀을 털어놓던 사람이 사라졌는데 아무도 찾지 않는다. 기억이 없다면 오늘의 나와 어제의 나, 내일의 나와 오늘의 나는 같은 사람일까. 이 남자를 더 알아보아야 한다. 언니는 돈이 아니라 비밀 때문에 사라졌을지도 모른다.

"당신의 기억에는 추억과 연관된 것이 없다고 했어요. 그러니까 당신 집에 있는 물건에도 추억이 없는 건가요? 사진이나 편지, 주고받은 선물 같은 것들."

보통 사람에게 일상은 매일 망각의 강을 건너는 것과 같다. 알람에 맞추어 겨우 일어나 요기를 하고 일터로 나가는 분주한 하루의 시작부터 그 하루를 바삐 보내고 지친 몸으로 귀가해 식사를 하고 텔레비전을 보거나 켜놓은 채 앉아 있다가 잠드는 나른한 하루의 끝까지, 그 하루의 순간순간을 함께하는 누군가의 눈빛을, 몸짓을, 이야기를 시간과 함께 잊어버린다. 그래서 사람들은 그 순간을 잊지 않기 위해 사진을 찍고 글을 쓰며 기록한다. 하지만 기록은 기억을 완전히 대신하진 못한다.

"그때 선생님께 사진은 보여드렸죠. 다른 건 아직⋯⋯."

"그 사진을 다시 한 번 보죠."

"선생님은 사진도 한 번 보시면 다 기억하지 않으시나요?"

"그래도 다시 한 번 보죠. 다른 관점으로 제대로. 그러면서 추억, 아니 추측해보죠. 분명 도움이 되실 겁니다."

"네, 알겠습니다."

일곱 살, 부모가 사라진 그 해 우리가 가장 먼저 한 일은 사진을 불태운 것이다. 일곱 살 이후 우리에게는 모든 사진이 한 장씩뿐이다. 해마다 즉석사진 부스에 들어가 둘이서 사진을 찍었다. 그리고 여행지에서 폴라로이드 카메라로 세상에 하나뿐인 사진을 남겼다. 우리에게는 정지된 시간이 필요했다. 그리고 이제 그 사진들은 모두 언니와 나의 머릿속에만 있다. 사진은 증거가 된다. 사진을 보고 기억하고 불태운다. 하지만 이제 기억보다 사진이 진실일 수 없는 시대이다. 사진도 얼마든지 조작될 수 있다. 그리고 조작에는 이유가 있다.

이제 그가 듣고 싶어 하는 이야기를 해줄 차례이다.

"겁나는 거 압니다. 하지만 진짜 인생이 두려워서 거짓 인생에 뛰어들지는 마세요."

남자가 고개를 끄덕인다. 진짜 인생⋯⋯ 나는 진짜 인생을 살기 위해 인생을 등록하지 않았다. 얼굴이 똑같은 언니의 등 뒤에 숨어 오로지 나로서만 살았다. 하지만 그것이 내가 살고 싶은, 진짜 나의 인생이었을까. 아무것도 모르던 어린 시절 처음에는 부모가 결정했고 부모가 사라진 이후로는 언니와 나, 둘이서 결정했다. 나의 존재 자체가 우리 부모를 없애버린 그들에 대한 저항이라고 믿었는지도 모른다.

어찌되었든 그에게도 나에게도 시간이 필요하다.

"스트레스 상황이 오면 숨고르기를 하면서 여유를 가지세요. 어떤 생각이든 이미지든 자유롭게 떠오르도록 그냥 내버려두세요. 자기 자신을, 정신을 통제하지 말고, 스펀지처럼 상황을 풍경을 소리를, 아무것도 판단하지 말고 흡수하세요. 디테일이 저절로 찾아들고 스며들 거예요. 조금씩 억눌렸던 어떤 흐름들이 어느새 기능을 시작하게 될 거예요. 그럴 때 해야 하는 것들에 집중해서 정확하게 하면 됩니다. 그러다가 말할 사람이 필요하면 언제든 다시 저를 찾아오세요."

남자는 처음보다 한결 나아진 표정으로 자리에서 일어나 문을 열고 나갔다.

이제 시작이다. 때가 되면 남자는 자신의 이야기 전부를 나에게 보여줄 것이다. 그리고 언젠가는 그 이야기 전부를 세상이 알 수 있을까. 무언가를 얻으면 무언가를 잃게 되는 제로섬 게임…… 여전히 두렵다. 하지만 그를 만나기 전보다는 덜 두렵다.

우리는 각자 혼자지만 아주 미세한 선으로 연결되어 있다. 중간의 점이 사라져 완전히 사라진 것처럼 보였던 선이 어떤 의지로 다시 연결되기 시작했다.

그가 말한 것만으로도 시작하기에는 충분했다. X는 내가 기다려온 바로 그 사람이었다. 시작이었고 언젠가 끝이 될 수도 있을 사람. 어느 날 기억이 사라진 사람. 기억이 사라졌으나 아무렇지도 않다고 여길 수 있는 사람. 그래서 아무도 그의 사라진 기억에 대해 무엇이냐고 물을 수는 있어도 왜인가를 궁금해하지 않을 사람.

언니는 사람들의 기억이 사라지고 양심이 사라지고 그러다가 사람들이 사라지기도 한다고 했다. 그리고 그런 이야기를 하던 언니가 사라졌다. 아무도 언니가 사라진 걸 눈치 채지 못하는 건 내가 그 자리를 대신하고 있기 때문이지만 그의 기억이 사라졌음을 아무도 눈치 채지 못하는 건 이상하다. 같은 자리에서 같은 일을 하면 같은 사람인가.

나는 그냥 평범한 사람이다. 내가 특별한 건 기록에 없는 사람이라는 것, 그리고 비범한 기억력뿐이다. 그리고 이 건물에는 나 같은 사람들이 있다. 지극히 평범하지만 세상의 기록에는 없는 아주 특별한 한 가지 능력 혹은 기술을 가진 사람. 변호사, 회계사, 사금융인, 민간조사관, 그렇고 그런 문제의 해결사들…….

그에게 의뢰하자.

같은 층 흥신소의 조사원을 불러 이것저것을 설명하자 그의 얼굴에 당혹감이 피어오른다.

"내가 또 누굴 조사해달라고 한 적 있나요?"

"선생님, 오늘따라 이상하시네요. 선생님께 여러 가지 문제가 있다는 건 압니다. 그렇다고 이러시면 제가 섭섭합니다. 선생님이 부탁하신 일은 꾸준히 하고 있습니다. 걱정 마세요. 당부하신 것 모두……."

"제가 무얼 부탁했나요?"

"또 확인하시는 겁니까? 저는 그 일의 의미 같은 건 모릅니다. 해달라는 일만 합니다. 판단은 하지 않습니다. 선생님이 부탁하신 일은 약속대로 자료 백업을 하지 않습니다. 전달하지 않은 자료만 있을 뿐입니다. 지금 그걸 드릴까요?"

언니와 나는 부모님에게서 불신을 물려받았다. 우리 부모님과 그 친구들은 이 사회의 지도층을 믿지 않았고 전세계적 상품을 신뢰하지 않았고 전자본주의적 가치를 증오했다. 그리고 그들에게서 우리가 또 물려받은 것이 있다. 소수의 가치, 취향, 신념 같은 것들…… 그리고 그것들을 위해 끝까지 싸워야 한다는 것도. 부모님과 우리가 다른 것은 우리에게는 그런 신념, 가치, 취향을 나누고 함께 싸울 공동체가 없었다는 것이다. 세상에 단둘뿐이었다. 나는 여태껏 그렇게 생각했다.

나는 조사원이 건넨 파일을 보고 기억한 후 없앴다.

미궁, 미로의 시작…… 미궁의 기원은 그리스 전설인 라비린토스이다. 실 끝을 입구의 문에 묶어놓고 들어가 괴물을 해치운 후 그 실을 따라 나오면 되는 단방향의 고전적 미로. 한붓그리기 미로는 빙빙 원을 돌지만 길을 찾기는 어렵지 않다. 어떤 이야기에서 미로는 좀 더 미로답다. 수많은 갈림길에서 방향을 선택해야 하는 퍼즐형 미로. 이것은 그 책을 향한 복잡한 미로의 서막에 불과하다.

B :
보스의 세계

사마천의 『사기』 화식열전 69권에 이런 구절이 있다. 대체로 일반 백성은 상대방의 재산이 자기보다 열 배 많으면 몸을 낮추고 백 배 많으면 두려워하고 천 배 많으면 그 사람 일을 해주고 만 배 많으면 그 사람 노예가 된다. 이것이 사물의 이치이다.

*

"고객님, 선물 받으신 건가요? 영수증이 있어야 교환이든 수선이든 진행할 수 있습니다."

지갑을 상자째 꺼내자 판매원이 말했다. 무엇 때문인지 정확히 알 수는 없지만 기분이 나쁘다. 지갑은 내 돈 주고 내가 직접 샀다. 꼭 필요한 물건을 사러왔다가 그 물건과 함께 지갑도 충동적으로 구입한 것이다. 꼭 필요한 물건이 아니었기에 두었다가 며칠 전 다시 보니 엣

지코트가 살짝 벗겨져 있었다.

"구입할 때는 그런 안내를 못 받았는데요. 구매 기록이 남아 있지 않나요?"

"네. 고객님. 저희는 고정 구매 고객님들의 경우에만 구매 기록을 남깁니다."

이제 뭔가가 점점 더 분명해진다. 말의 내용, 뉘앙스, 태도 등등 종합적으로 뭔가 나를 귀찮아하고 있다는 느낌.

"그러니까 어쩌다가 와서 사는 나 같은 사람들은 AS라도 받으려면 영수증을 몇 년씩 계속 가지고 있어야 한다 그 말입니까?"

나는 단골로 불릴 정도로 지속적으로 구입을 하는 것은 아니지만 이 매장에서 물건을 산 게 이번이 처음도 아니다. 내 직업상 나는 사람들에게 깊은 인상을 주어서는 안 된다. 그러니 이 사람들이 나를 기억 못하는 건 당연하지만 이런 취급을 내 직업에 따른 불편, 부작용으로만 취급하기엔 부당하다.

"고객님 죄송합니다만 AS는 일 년까지만 무상 진행되고 일 년 안에도 고객님의 부주의로 인한 건 유상 진행됩니다."

이 정도면 이제 이 물건은 쓰고 싶지 않아진다.

"환불은 안 된다는 얘기인가요? 어떤 경우에 환불이 되는 건가요?"

"고객님, 매장 매니저를 불러서 자세히 안내해드릴게요. 조금만 기다려주시겠습니까?"

나는 순식간에 진상 고객이 되어 노련한 매니저의 처리 대상이 된다. 이러지도 저러지도 못한 채 매장 한 귀퉁이에 서 있다. 그렇게 내가 매니저를 기다리는 사이 다른 손님이 들어왔다.

"교수님, 그럼 이거 어떠세요? 오늘 들어온 건데요."

고객님도 아니고 사장님도 아니고 교수님이라고 부르는 건 묘하다. 그가 어떤 사람인지 알 만큼 여기 자주 온다는 뜻인가. 그들이 꺼낸 것은 내가 예약해놓은 시계였다. 나는 아직 시계가 입고되었다는 연락을 받지 못했다. 그들은 확정 예약은 불가능하다고 했었고, 입고되는 대로 연락 주겠다고 했었다.

"이거 작년부터 예약 받은 한정판인데요."

"그래, 좋은데. 그런데 내가 가져가도 돼? 난 예약도 안 했는데."

"교수님 마음에만 드신다면 그건 저희가 알아서 해야지요."

나는 출시된다는 이야기를 듣자마자 예약을 해놓고도 연락을 못 받은 것은 물론 그것을 예약한 고객임을 알아보지도 못하는 상황에 지금 놓여 있다. 누군가는 줄 서서 차례를 아직도 기다리는 중인데 다른 누군가는 그 줄 따위 무시하고 다른 문으로 입장하는 건 부당하다. 그때 매니저가 나타났다.

"환불을 원하신다고요? 규정상 영수증이 없으면 환불이나 AS가 안 되는데 이번에는 특별히 AS를 접수해드리도록 하겠습니다. 여기 수선증에 연락처 남겨주세요. 다음부터는 영수증 꼭 챙기시고요."

지금 뭔가 이 분위기는…… 선심을 쓰는 듯한, 특별대우는 특별대우인데 매우 거지 취급 받는 듯한 기분. 판매자라면 제품을 보면 알 것이다. 이 물건을 설령 여기에서 구입하지 않았다고 해도 신제품이니까 당연히 어디서든 AS 가능 기간이라는 것을. 여기 제품은 전 세계 어디서든 AS가 가능한 글로벌 워런티 제품으로 홍보하고 있다.

"규정은 지키시는 게 좋을 거 같습니다."

"네?"

"그쪽 규정상 AS든 환불이든 안 되면 안 되는 거죠."

"그럼 그냥 가져가시겠다고요?"

"네."

"네, 알겠습니다."

물건을 재빠르게 건네주며 나한테서 벗어나려는 그들에게 나는 말한다.

"이쪽 벽면 여기서부터 여기까지 전부 선물 포장해주세요."

"네?"

"전부 하나씩 상자에 담아서 선물 포장해주세요. 리본도 달고. 전부 교환 가능 영수증까지 첨부해서요. 이것과 이건 제가 직접 가져가고 나머지는 배송도 되죠? 그런 서비스도 고정고객 아니면 안 되는 건가요?"

"고객님, 그럼 이리 오셔서 계산부터 하시지요."

계산부터 하라…… 저걸 다 계산할 능력이나 되고 이런저런 요구를 하라는 이야기인가.

"네, 그러지요."

나는 지갑에서 카드를 꺼냈다.

"일시불로 끊으세요."

매니저가 카드를 보다가 조심스럽게 내 얼굴을 본다. 눈이 마주치자 고개를 숙인다. 나는 계산이 끝나고 포장이 될 때까지 기다린다. 우아하게, 아니, 잔인하게. 매장의 직원 모두가 그 일에 매달린다.

내가 누구인가는 내가 그 카드를 내미는 순간 의문의 여지가 없어졌을 것이다. 나는 원하기만 하면 이 매장의 물건을 모두 살 수도 있고, 지속적으로 그리하여 내 눈앞의 이를 승진시킬 수도 있다는 사실. 그리고 나에게 잘못 보이는 순간 다음부터 여기 계속 있을 수 없다는 사실. 그리고 그 영향력이 여기 이 허영의 매장 안에서만 이루어지지는 않는다는 공포. 그것은 일반인은 느낄 수 없는 것일 테다. 그러니까 거리에서 좌판을 벌이는 할머니나 시장에서 장사하는 아주머니, 마트의 계산원은 알지 못하는 사실이다. 이들은 이런 카드가 아무에게나 발급되지 않는다는 것을 알기에 지금 두려워한다.

문 앞까지 따라나서는 매니저의 배웅을 받고 매장을 나섰다가 곧 다시 돌아갔다. 내가 매장에 들어서자 이번에는 매니저가 냉큼 달려온다.

"나가다보니 저기 다른 매장 물건이 더 마음에 드는데 환불 가능하죠? 일주일 안이니까. 분명 미심쩍으실 테니까 포장 하나하나 풀어서 확인해보세요. 그리고 저 같은 뜨내기 고객은 영수증 필히 지참해야 하죠? 구매 내역 같은 거 관리 안 하시니까 그것도 일일이 확인하시고요."

나는 카드 결제를 취소 받았다. 그들의 얼굴에는 두려움이 서려 있다. 입은 웃고 말은 상냥한데 눈에는 공포가 있다.

이것이 끝이 아니다. 이렇게 간단히 끝낼 거면 시작도 안 했다. 나는 빈손으로 매장을 나왔다가 다시 매장으로 들어갔다.

"저기 다른 매장 제품이 마음에 들었는데 다시 보니 여기 것이 더 괜찮은 것 같네요. 특히 서비스가 아주 인상적이어서요. 이번에는 이쪽 벽면 여기서부터 여기까지 제품 아까처럼 해주세요. 한번 해보셨으니 잘 하시겠죠."

처음과 마찬가지로 여기서 다시 결제하는 이 물건들도 나에게 필요한 것이 아니다. 내가 이 매장에서 원하는 것은 단 한 가지이다. 내가 누구인지 보여주는 것.

급기야 더 높은 누군가가 나타났다. 나는 직원 교육을 참 제대로 시키셔서 어찌나 규정을 잘 지키는지 나도 좀 배워야겠다고 말했다. 그는 거듭 사과하고 어떻게 해드려야 될지 모르겠다고 말했다. 뭔가를 섣불리 말했다가는 더 큰 화를 부를 것을 알고 있는 사람이다. 나는 이쯤에서 그만둔다. 그리고 딱 하나만 더 한다.

"아, 잊고 있었어요. 제가 작년 말에 시계를 예약했는데, 그거 언제 나와요? 아직 연락을 못 받아서……."

아까 교수님에게 예약하지 않은 손님은 구하기 어렵다던 그 시계를 특별히 권하던 직원의 얼굴이 무너진다. 그들은 서로를 쳐다본다. 거짓말이나 변명을 하기엔 이미 늦었고 그러다가는 이번에야말로 진짜 무슨 일이 일어날지 모른다. 그들은 분주해진다. 여기저기 전화를 걸어 시계를 구하느라 난리이다.

그사이 나는 아까 교수님을 응대하던 직원에게 묻는다. 이 매장에 그 시계를 예약한 사람은 몇 명이냐고. 직원은 잘 모르겠다고 한다. 예약하지 않은 사람도 살 수 있는 거냐고 묻자 예약한 고객님이 모두 사시는 건 아니라서, 라고 대답한다. 그게 아니라 살 수 있는 능력이 되는 건 아니라서가 그녀가 정말 하고 싶은 대답일 것이다. 하지만 그 판단을 왜 네가 하느냐고 묻고 싶다.

내가 누구인지 알아? 같은 말을 하고 싶을 때가 있다. 나도 갖지 못하는 그 물건들을 가져간 이들을 추적하고 싶은 충동을 느낀다. 어떤 집의 어떤 자식으로 태어나 어떤 식으로 살아왔기에 줄 한 번 서지 않고 그 귀하디귀하다는 것들을 가져가는지 따져보고 싶다.

시계를 결제하면서 나는 이 백화점의 멤버십 카드를 처음으로 같이 내민다. 그들은 또다시 몰라봐서 죄송하다고 말한다. 이 등급이면 여기 이 매장에 직접 오지 않고 특별 쇼핑도 가능하다는 안내를 하다가 다 알고 계시겠지만, 이라는 말을 덧붙인다. 이런 등급의 멤버십이 가능할 정도로 쇼핑을 하지는 않는다. 그럴 만큼 여기서 돈을 써본 적도 없다. 큰돈을 쓰는 건 시계를 살 때뿐이지만, 눈에 띄지 않으려고 한 매장에서만 구입하지 않는다. 이 멤버십은 아내와 가족이라서 파생된 것이다.

아내는 자기가 어떤 일을 하는 남자의 여자인지 모른다. 우리 같은 사람들은 우리가 하는 일에 대해 말할 수 없고, 눈에 띄는 자리로 승진이 되지도 않는다. 결국 정상적인 부부 생활은 불가능하다고 볼 수 있다. 우리의 배우자들은 학력이나 능력에 비해 유난히 운이 나쁜 실패자나 자신의 일이 세상 전부인 줄 아는 일중독자와 결혼한 줄 알고 있고 어쩌면 일부는 사실이기도 하다. 하지만 무식한 군인들과 게으른 경찰들과 요란한 정치가들이 떠나도 우리는 멈추지 않는다.

세상을 바꾸는 사람은 우리들이다. 그 믿음이 가족에게도 비밀로 한 채 뒤에 숨어서 묵묵히 우리의 일을 하게 만드는 원동력이다.

*

아내와 아이가 이 나라를 떠난 지 오 년째이다. 하지만 나는 아내가 오늘 하루 어디서 무얼 했는지 안다. 물론 아이도. 두 사람은 자신이 무슨 책을 읽고 어떤 영화를 보고 무엇을 먹고 무엇을 사고 어디를 갔는지 페이스북, 블로그, 트위터, 인스타그램에 전시한다.

아내의 블로그를 보고 있으면 내 눈에는 아내가 그저 헌 물건에 열광하는 것처럼 보인다. 하지만 분명 아내는 자신을 수집가로 믿고 있다. 의미 없는 물건이 자신을 통해 사연을 간직한 채 더 빛날 수 있다고 생각한다. 이를테면 아버지가 삼십 년 동안 매일 팔목에 차고 다니던 시계는 세상 어떤 시계와도 비교할 수 없다. 아내는 자신의 부모에게서 오래된 물건과 오래된 자산을 동시에 물려받았다. 그리하여 아내는 새로 나온 에르메스와 오십 년 된 에르메스를 동시에 블로그에 올릴 수 있는 사람이 되었다. 백 년 전 그림과 최근 전시회에 올라온 그림에 대해 동시에 논할 수 있음은 물론이고 아버지 서재에서 초판본을 발견할 수 있고 어머니 옷장에서 아내가 태어나기 전부터 있던 샤넬을 찾아 지금 입을 수도 있다.

아내의 블로그에는 거의 매일 쇼핑한 물건들이 오른다. 가격 정보를 나누고 부러움에 넘치는 댓글이 달린다. 적어도 두 달에 한 번은 퍼스트클래스에 탑승해 여행을 가고 내키는 대로 훌쩍 어디로든 떠날 수 있는 여자. 일주일에 두 권 이상의 책을 읽고 세 편 이상의 영화를 보는 여자. 마흔이 넘어서도 삼십대 초반처럼 보이고, 아이를 명문학교에 보내는 여자가 내 아내다. 부러움을 넘어서 질투와 시기의 대상을 지나 팬덤을 형성하는 여자.

아내는 세상사에 아무 관심도 없고 자기 세계에 빠져 지낸다. 아내는 그런 세대의 출연을 알린 인물일지도 모른다. 요즘은 그런 애들이 아주 많고, 너무 많아서 탈이다. 예전에는 아내처럼 부잣집에서 자란 아이들도 아내처럼 자기만 알지는 않았다. 어쩌면 나는 그래서 아내가 좋았던 것인지도 모른다. 나와는 너무 달라서. 처음 만났던 때부터 같은 일을 보고 나는 화를 내고 아내는 슬퍼했다. 아내는 십 퍼센트이다. 전체 인구의 상위 십 퍼센트로 태어날 때부터 축복받은 사람들.

나는 잘하고 있는 것일까. 아내가 여전히 그렇게 살 수 있는 건 나 때문이기도 하다. 십 퍼센트로 태어난 아내는 나를 만나 일 퍼센트가 되었다. 저절로 불어난다고 믿는 돈, 자신만 유난히 운이 좋다고 믿게 만드는 그 무엇을 내가 만든다. 하지만 아내와 아이는 그 사실을 알 리 없다.

가끔 이 일에 회의가 들 때면 아내와 아이를 생각한다. 내 아이가 아직 받지 않은 상처, 그러나 미래에 받을 수밖에 없는 상처, 그 상처를 최소화시켜주고 싶다. 가장 상처받지 않으며 살 수 있는 일 퍼센트에서 영원히 머물게 해주고 싶다. 그리고 구십구 퍼센트를 함께 생각하고 그들에게 상처를 주지 않는 방법을 고민하는 일 퍼센트가 되길 바란다. 상처를 주지도 받지도 않는다고 믿는 아내처럼 태어나서 죽을 때까지 계속 꿈을 꾸게 해주고 싶다. 하지만 그것은 그저 꿈일 뿐이다. 나에게는 화나고 아내에게는 슬픈…….

내가 가족과 떨어져 홀로 지내면서 버는 돈으로 먹고 입고 놀고 공부하는 아이는 엄마를 더 좋아한다. 엄마는 모르는 것이 없고 이야기가 잘 통하며 친구 같다. 언젠가 아이가 쓴 에세이를 읽은 적이 있다. 가난한 집에서 태어나 늘 일등을 해온 아버지의 성취가 존경스럽다는 이야기였다. 그 이야기는 세상 사람들이 나에게 하는 일반적인 평가와 그리 다르지 않았다.

그리고 그 글에서 내 마음을 진짜 건드린 건 두 가지였다. 가난과 존경. 어릴 적 우리 집은 부자였던 적도 없었지만 가난한 적도 없었다. 다들 가난한 시절이었으니까 그렇게 생각하지 않은 게 아니라 정말 그때 나는 내가 가난하다고 생각한 적이 없었다. 아버지 혼자 벌어서 가족을 먹여 살리고 저축하고 집을 샀으며 어머니는 전업주부로 집에서 정말 살림만 했다. 나는 학비를 벌기 위해 아르바이트를 한 적도 없다. 나는 아무 걱정 없이 공부만 했고 공부를 잘해서 아무 걱정이 없었다. 그저 그렇게 그 시절 내 미래는 창창했다.

아이의 눈에 나는 무에서 유를 창조한 사람이고 아내는 처음부터 완벽한 유였는지도 모른다. 이제 사람들은 무에서 유를 창조하는 것보다 처음부터 유인 편을 존경을 넘어 숭배한다. 내 아이는 이해할 수 있다. 그애도 처음부터 유를 타고 났으니까. 하지만 내가 이해할 수 없는 건 태어날 때도 무이고 앞으로도 계속 무일 사람들이 타고난 유들을 찬양하고 지지하는 것이다. 백화점의 이 사람들처럼.

오늘 같은 대우를 받지 않았다면 이런 식으로 위험하게 나를 각인시키지 않았을 것이다. 우리는 특별한 사람들이지만 평범하게 살아야 한다. 하지만 가끔은, 아니 아주 자주 세상은 평범한 사람들이 살기 힘들다는 것을 결코 평범하지 않은 나에게 알려준다. 평범한 사람들이 무시 받는다고 부당하다고 불편하다고 느끼지 않고 사는 세상을 만들기 위해 나는 특별한 사람이 되려고 했던 것 같다. 그런데 나는 결국 실패한 것인가. 나 자신으로서도, 스파이로서도.

그럼에도 불구하고 여전히 무엇이 우리를 스파이로 살게 하는 것일까.

Y :

취한 꽃들의 시간

흑과 백. 보스의 사무실은 모노톤이다. 이 사무실의 인테리어는 보스의 취향일까. 사십대 중반으로 추정되는 보스는 미남형보다는 호남형에 가까운 얼굴을 하고 있다. 이 사무실 바깥에서 그를 만난다면 나는 그를 어떤 사람으로 상상할까. 단아한 미인 아내, 예쁜 아이가 하나혹은 둘, 남들보다 성취가 빠르지만 예의 바르며 누구에게도 적당히친절하지만 백 미터 정도의 거리를 항상 유지하는 남자. 혹은 살면서내내 일등만 해온 데다 부족함이라고는 없어서 결혼상대를 만나기 어려울 정도의 완벽주의자 독신남.

사실 보스에 대해 나는 아무것도 모른다. 이 사무실에는 가족사진도 졸업장도 자격증도 그 무엇도 없으니까.

"뭐 좀 마실 텐가?"

"괜찮습니다."

"나는 마셔야겠어."

보스는 위스키를 스트레이트로 따라 마신다. 보스에 대해 내가 아는 게 있긴 하다. 그가 위스키를 마시면 기분이 좋지 않다는 뜻이다.

"여행은 즐거웠나?"

"네."

"여행이나 다니면서 살고 싶은 건가?"

"그런 생각 해본 적 없습니다."

"그런데 왜?"

고개를 들고 그가 예리한 눈으로 나를 쳐다본다. 그의 눈을 피하지 않는다. 눈싸움이라도 하는 것처럼 그와 나는 팽팽히 오 분을 대치한다.

"왜 그랬어?"

보스가 묻는다. 나는 대답하지 않는다.

"그가 알아채면 어쩌려고 그랬나?"

"모를 거라고 생각했습니다."

"왜?"

"여자한테 별로 관심이 없는 타입이니까요."

"그런 남자가 공항까지 나왔나?"

나는 대답할 수 없다.

"덕분에 일이 복잡하게 됐어. 네 임무는 그가 자기 일을 계속하도록 하는 거였어."

"그는 자기 일을 계속할 겁니다."

"그럼 공항에는 왜 나온 거지?"

그들은 벌써 감시 카메라를 확인했을 것이다. 이미 알고 있는 것을 확인하기 위한 질문일 것이다. 아니라고 해도 할 수 없다.

"배웅을 하려던 것뿐입니다."

"정말, 그것뿐인가?"

"그는 정말 제가 친구라고 믿었던 것뿐입니다."

"선을 지켰어야지."

"저는 선을 지켰습니다."

"그가 선을 지키도록 했었어야지. 그것도 예상 못하면 어쩌자는 건가? 자네 실수가 이쯤에서 끝난 걸 다행으로 여겨. 경위서 제출하고. 이 참에 좀 쉬도록 해."

각오하고 있던 일이다. 공항에서 그를 만났을 때부터. 아니 그 이전 이전부터. 나는 실수하지 않았다. 전부 예상한 건 아니지만 그럴 수도 있다고 생각했다. 그리고 그런 일이 일어났을 때 적절한 대처를 했다. 내가 다치지 않고 그가 사라지지 않는 선에서. 하지만 변명은 받아들여지지 않을 것이고 그러고 싶지도 않다. 나는 순순히 징계를 받을 것이다. 이 세계에서의 징계란 인사고과에 영향을 줄 뿐이다. 아쉬운 건 지금이 나에게 꽤 민감한 시기라는 것.

햇빛이 좋은 오후 나는 회사를 나선다. 거리는 화사하고, 평화롭다. 이런 때 나는 누구여야 할까. 진짜 나를 생각한다. 진짜 나는 지금 이런 시간 할 일이 없다. 진짜 나에게는 기다리는 가족도 만날 친구도 없다. 진짜 나는 백지이다.

그의 얼굴이 제일 먼저 떠오른다. 지난 몇 개월 어쨌든 그와 나는 친구였으니까. 그가 우리 세계로 들어왔다고 해도 나와는 일의 영역이

다르니 다시 만날 일은 없으리라. 그 사실이 안심이 되면서도 조금은 쓸쓸하다. 이 감상적인 감정은 진짜 나의 것일까. 스파이가 아닌, 어쩌면 인간으로서의 나.

*

요원번호 YA-292513

사건번호 216-610-812-901

본인은 X의 보호감시 업무를 십 개월 동안 진행하였으며 그가 깨어난 후에는 그의 지인으로 가장하여 그를 원래 일로 복귀시키는 업무를 맡았습니다. 일은 착오 없이 진행되었으나 그는 애초의 계획과는 달리 공항에 나왔습니다. 중간의 착오는 예상하지 못한 바였으나 본인은 임기응변으로 대처했으며 그 대처는 최선이었다고 봅니다. 결국 본인은 그를 업무에 복귀시켰습니다. 그러나 그 과정에서 예기치 못한 실수가 있었던 점도 인정하는 바입니다…….

이렇게 쓴다. 그리고 그후에도 손가락은 자판을 좀처럼 떠나지 못한다. 이 일을 하면서 끝난 일을 돌이켜본 적이 없다. 돌이켜볼 시간도 이유도 없었다. 하지만 지금 나는 남은 여백을 바라보며 그 시간을 돌이켜본다.

쓴다. 계속해서. 끝나지 않았다. 아직. 시작도 하지 못했다.

지난 삼 개월 동안 나는 다큐멘터리 작가 감독으로 살았다. 나였던 그녀는 외국어 고등학교를 졸업하고 정원이 이백 명도 넘는 경영학과를 이학년까지 다니다가 미국으로 건너가 한 영화학교를 졸업했다. 이여자는 내가 고정으로 가지고 있는 신분 다섯 개 가운데 하나이다. 직업은 그때그때마다 달라지고 졸업한 학교도 늘 다르지만…… 일회용 신분은 아니라는 뜻이다. 실제로 출생신고서도 있고 현주소도 있지만 살아 있지는 않은, 아니 가끔 누군가의 필요에 의해서만 살아 있는 인간이다.

나는 공식적으로 한 달에 두 번 그를 만났다. 병원에 의식불명으로 누워 있는 그를 방문하고 상태를 관찰한 후 간략한 보고서를 썼다. 그것이 나의 주요 업무 가운데 하나였다. 그리고 나는 그를 공부했다. 그의 집을 뒤지고 그의 삼십오 년 세월을 읽고 그의 행적을 추적했다. 그러면서 그가 깨어나는 순간을 준비했다. 그동안 봄이 여름으로, 여름이 가을로 바뀌었다. 그리고 구월 둘째 주 화요일 그가 깨어났다. 그가 깨어나는 순간 나는 병원에 있었다. 손가락이 움직이고 눈을 뜨고 입을 여는 그를 지켜보았다. 아이가 태어나는 것처럼.

병원에서 깨어난 서른다섯의 그는 예정대로 이십 년의 기억만 가지고 있었다. 나는 그가 잃어버린 십오 년의 세월 속에 포함된 어떤 여자 역할이었다. 그는 빠르게 회복되어갔다. 육체적으로, 하지만 기억은 돌아오지 않았다. 그가 움직이고 걷고 먹고 마시는 것을 멀리서 지켜보았다. 그리고 그가 나를 찾는 순간을 가만히 기다렸다.

그 과정에서 결과적으로 나는 해야 할 일보다 많은 일을 하고 말았다. 일인실 병실의 그를 비공식적으로 더 많이 방문했으며 시간이 날 때마다 그의 옆에 있었다. 살아 있으나 잠자는 것 같은 그의 곁에서 나는 책을 읽고 텔레비전을 보고 라디오를 들었다. 그러면서 때때로 그에게 말을 걸었다. 참혹하게 평화로운 시간이었다.

병원은 나에게 꽤 익숙한 공간이다. 내가 어릴 때부터 엄마는 병원을 들락거리다가 열다섯 살이 되던 해부터는 아예 병원에 수용되어 있다. 엄마는 이제 나를 거의 알아보지 못한다. 나를 기억하는 날보다 기억하지 못하는 날이 너무 많아서 나에 관한 엄마의 기억은 한없이 제로에 가까워지고 있다. 유일한 혈육, 유일한 가족인 나를 잊으면서 엄마는 자기 자신을 세상에서 지운다. 하지만 자신의 본질이 무엇인지 기억하지 못하는 사람은 우리 엄마만은 아니다. 깨어나면서 그도 그런 존재가 된 것이다. 그것이 내 임무였고 내 일이었다.

회사는 앞으로 내가 그에게 해야 할 일을 전체적으로 구체적으로 알려주진 않았다. 그가 깨어나면 그의 친구가 되는 것이 나의 역할이었다. 그 역할의 세부는 그를 분석하고 해석해서 내가 설정해야 했다. 나의 목표는 그가 벗어나서 닿고 싶어 하는 인생의 허망함을 일깨우는 것이었다. 이상이란 어디까지나 이상일 뿐이며 현실이란 절대 변하지 않는 진리 가운데 존재한다고, 그가 살던 대로 사는 것이 얼마나 축복받은 삶인지를 믿게 만들어야 했다.

그가 혼수상태에서 깨어나 나를 찾도록 기다리는 동안에도 나는 그를 24시간 밀착 감시했다. 스무 살부터의 십오 년이라는 시간이 사라진 그는 완전한 혼자였다. 부모도 형제도 아내도 자식도 없었으며 친구마저도 제대로 기억할 수 없었으니까. 그가 기억하는 친구들의 모습이란 건 지금의 그처럼 어른이 아닌 소년소녀들이었다. 스무 살 이후에도 그들을 계속 만났는지, 그랬다면 자신처럼 어른이 되었을 그들이 어떤 모습을 하고 있을지 그는 결코 알 수 없었다. 아무것도 확신할 수 없었으므로 그는 움츠렸고 어디로도 움직일 수 없었다. 그것은 내가 파악한 그의 기본적인 성향이기도 했다.

그는 지나칠 정도로 깔끔하고 신중하면서 진지한 사람이었다. 함부로 행동하거나 충동적으로 결정하는 건 그와는 어울리지 않았다. 그 신중함과 진지함은 잃어버린 십오 년의 세월에 속한 것이었을까. 어디서부터 잘못되었는지 모르겠다. 예정대로라면 그는 절대 공항에 나오지 말아야 했다. 애초에 자신이 가진 그 모든 기득권을 포기하고 공항에 나올 사람이 아니었다.

하지만 나는 그가 공항에 나올지도 모른다고 생각했다. 논리적인 이유 같은 것이 아니었다. 이성적으로 분석하면 그는 절대 공항에 나오지 않는다가 맞았다. 하지만 여자로서의 나의 육감은 그가 나올지도 모른다에 일말의 가능성을 두고 있었다. 만에 하나 그가 나오고 나를 따라 떠나겠다고 한다면 무슨 일이 일어날지 모른다. 나의 징계는 둘째 문제였다. 그가 어떻게 될지 모른다. 제자리로 돌아가서 해야 할 일을 하지 않는다면 그는 그들에게 더 이상 필요 없는 존재이다.

무슨 일이 있어도 그를 제자리로 돌려보내야 했다. 공항에서 나는 그의 손을 잡고 안녕을 빌었다. 일종의 진심을 담아서. 그리고 속삭일 수밖에 없었다. 살던 대로 살면 돼. 비밀로 해줄 테니 당신도 나를 비밀로 해. 당신은 우리 편이야. 스파이가 된 걸 환영해.

여기까지가 그와 있었던 일, 그리고 나에게 일어난 일의 전부이다. 경위서를 쓰기 위해 시작했던 글은 다른 방향을 보고 있다. 나는 삭제

버튼을 누른다. 하지만 머릿속에 정리된 문장은 사라지지 않는다.

형식적으로 잘 갖추어진 보고서를 작성해서 올리고 징계가 내려질 때까지 나에게는 새로운 일이 주어지지 않을 것이다. 일이 없다면 나는 누구일까. 이런 일을 하는 다른 사람들은 어떻게 살아가는 것일까. 친구가 있지만 친구조차 거짓이다. 동료가 있을 테지만 대부분 실체를 알 수 없다.

우리는 점으로 존재한다. 내가 정확히 아는 것은 다섯 점 정도. 처음에는 내 바로 위의 점으로 시작했다. 대부분은 자신의 윗점과 아랫점을 아는 것으로 스파이 생활을 끝낸다. 많이 알면 알수록 위험해진다. 많이 알고 실수하면 죽지만 적게 알고 실수하면 살아 있을 수는 있다.

점을 장악하는 것, 그 점을 잇는 선을 파악하는 것, 그리고 면을 이해하는 것이 스파이의 재능이다. 그는 이제 나에게 면이 된 것일까.

Y :

감시사회

누구나 감시를 받는다. 프랜차이즈 매장, 커피숍, 백화점, 식당에는 음성탐지기, 감시카메라가 설치되어 있고 그 자료는 모두 분석실로 보내진다. 백만 개의 눈, 천만 개의 귀가 시스템이 되어 사람들을 감시하고 분석하고 결과를 토해낸다. 휴대폰과 이메일, 목소리, 검색어를 통해 특정 단어를 걸러낸다. 그리고 CCTV를 통해 특정인물을 포착한다. 그 누구라도 그 단어를 쓰거나 그 인물과 접촉하면 리스트에 포함된다. 리스트에 포함되면 더 많은 눈이 그를 바라보게 되고 더 많은 눈이 그를 지속적으로 포착하게 되면 점검대상이 된다. 점검대상이 되면 보다 철저한 일정기간의 감시와 조사, 분석을 통해 위험인물 군으로 분류되거나 보류된다.

징계가 끝나고 나에게 새로운 일이 주어졌다. 그런데 어쩌면 이 새로운 일도 징계의 연장일지도 모른다는 생각이 들기 시작했다.

*

㈜SIS 시스템 조사 보안 서비스

파일번호 123325-NH (분류 코드 813-7)

조사요원 SR-7175 작성

관찰대상 : Z

19○○년 11월 10일 출생. ○○일보 신춘문예 단편소설로 등단. 출판사 장편소설 공모 상을 수상하며 첫 책 출간. ○○일보 신춘문예 영화평론으로 등단. 영화사 시나리오 공모전 최우수상 수상—영화화되지 않음, 이후 소설로 발표. 아버지 암으로 사망, 어머니 교통사고로 사망. 형제자매 없음. 현재 전업 작가. 법적으로 미혼. 주거형 오피스텔에 월세 거주.

추가 자료: 관찰 대상자는 2주일에 한 번 시립도서관에 감. *열람 및 대출 도서자료 첨부 목록 참고. 비정기적으로 길을 돌아다님, 비정기적으로 커피숍에 혼자 앉아 있음. 대부분의 시간을 혼자 지냄. 관찰기간 동안 연애를 한다는 징후는 전혀 발견하지 못함. 만나는 사람도 거의 없음. 일상생활에서 특이사항 없음. 혼자서 마트 가기, 혼자서 식사하기, 혼자서 영화 보기, 통화량도 발신보다 수신이 많으며 문자나 메일도 개인적인 것은 거의 없음.

소설가 Z의 이 주일의 삶을 관찰했다.

일은 더디고 느리게 진행된다. 작전을 지휘하는 자가 있다. 일종의 통제실에서 지휘자는 인력을 배치하고 명령을 내린다. 나는 그 지휘와 명령의 중간책임자로 실무를 담당하고 결과를 보고서로 작성하는 일을 한다. Z의 행동, 말, 움직임을 분, 초 단위로 나누어 기록한 데이터를 정리해서 보고서를 작성한다. 지휘자의 지시대로 팀을 풀로 가동시켜 24시간 밀착 감시를 했지만 이 정도의 인원과 장비가 동원될 일인지 의심스럽다.

대개 이런 일들은 보고서가 올라가면 관리자가 알고 싶은 것에 대해 세부 브리핑을 요구하는 요약이 결정적이다. 하지만 관리자는 나를 부르지 않을 것이다. 소설가 Z의 삶은 생략하거나 요약할 것이 없고 오히려 늘려 적어야 할 지경이다. 곧이곧대로 효율적으로 적으면 분량이 너무 적어 마치 우리가 모두 일을 열심히 하지 않은 것처럼 보인다.

요약이 전혀 필요 없는 소설가의 이 주일의 시간. 그가 주로 전화를 하는 곳은 배달 음식점, 그가 가장 많이 전화를 받는 곳은 택배기사. 이 주 동안 이십 페이지의 잡문 하나를 썼고, 장편소설이라고 이름 붙인 폴더에서 문장을 썼다 지웠다 한다. 그리고 단편소설 소재라고 적힌 폴더에 길어야 다섯 문장으로 끝나는 메모를 한다. 팔십 몇 만원의 단편소설 원고료가 입금되었다.

직장도 없고 애인도 없고 심지어 할 일도 없어 보이는 서른다섯의 독신 남자. 그에게 특별한 것이라고는 소설가라는 정체성뿐이다. 이 무료한 일상이 온전히 소설에 바쳐지고 있는 것인지. 아님, 소설이 이 무력한 일상의 핑계인지는 알 수 없다.

애초에 무엇 때문에 그가 표적이 되었는지부터가 의문이다. 반사회적이거나 반정부적이거나 반경제적인 구석도 없다. 위험도가 제로에 가까운 것으로 판단된다. 아무도 그를 찾지 않고 그도 아무도 찾지 않는다. 무엇보다 나의 불만은 나 정도의 스파이가 맡기에는 등급이 너무 낮은, 사소한 임무처럼 보인다는 것이다.

감시에는 두 가지 극단적인 방법이 존재한다. 느린 방법은 접근해서 신뢰 관계를 얻는 것이다. 만나서 눈앞에서 표정을 살피고 대화를 나누면서 무슨 생각을 하는지 알아내고 어떤 사람인지를 파악하다가 그가 언제 만나도 이상하지 않을 사람이 되는 것이다. 빠른 방법은 집을 뒤지고 휴대폰을 복제해서 문자와 통화 내용을 파악하고 마이크 기능을 원격 작동시켜 그가 일상에서 하는 모든 대화를 청취하고 카메라로 일거수일투족을 감시하는 것이다.

후자의 방법이 낮은 요원들이 하는 것이고 높은 요원들은 전자의 방법으로 감시한다. 친밀감을 이용해서 약점을 찾아내고 행방과 계획을 스스로 고백하게 한다. 그가 무슨 생각을 하고 결국 어디로 갈지 그 자신보다 더 빨리 정확하게 알 수 있게 된다. 사람들은 자기 자신이 얼마나 나약한지 얼마나 강한지 잘 모른 채로 살아가기 때문이다. 두 번째 방법은 첫 번째 방법을 보조하는 역할을 할 뿐이다. 탈탈 털어서 흥미로운 사실을 찾아내는 것까지다.

내가 X를 감시한 것이 전자의 방법이라면 소설가 Z는 후자의 방법이다. 전문 요원 승진 대상에 오르내리는 책임 요원인 나에게 주어진 일 치고 이번 일은 너무 약하다. 업무의 강도 면에서도 그렇고 중요도 면에서도 그렇다고 판단된다.

이번에도 나는 승진에서 누락되는 것일까.

*

"Z에 대한 보고서는 잘 봤어."

소설가에 대한 1차 보고서를 제출하고 며칠 후 보스가 나를 사무실로 호출했다.

나는 Z를 위험인물 군이 아니라고 판단했지만 지휘자의 지시는 계속 Z를 감시하라는 것이었다. 나는 지휘자에게 의문을 제기했고, 지휘자는 자기 선이 아니라 윗선, 그러니까 보고서의 마지막 지점에서 결정된 사항이라고 했다. 지휘자도 소설가가 위험인물이 아니라고 판단했다는 것을 나에게 암시했다.

그 순간 나는 전문요원인 지휘자와 책임요원인 나의 차이를 깨달았다고나 할까. 나는 상부에 내 의견을 피력하는 편이지만 지휘자는 상부에서 듣고 싶어 하지 않는 말은 굳이 할 필요가 없다고 여긴다. 지휘자가 맞다. 결과적으로 내 의견이 내 주장만으로 수용될 가능성은 없다. 물으면 대답해야 하지만 묻지 않는 건 말하지 않는 편이 나은 것이다.

"그리고 자네 불만도 잘 들었고."

지휘자의 윗선, 아마도 내가 쓴 보고서의 마지막 도착점이 보스였던 모양이다.

"지휘자가 고자질이라도 했다고 오해할까봐 그러는데 그건 아니야. 자네 보고서에는 자네 불만이 고스란히 드러나더라고. 내가 읽는 건 아주 잘하거든. 예전에 자네를 내 라인으로 끌어오면서 내가 자네에게 첫 번째로 당부했던 거 기억나?"

내가 보스의 라인이었나…… 게다가 나를 끌어왔다고…… 그렇게 생각한 적 없지만 보스와의 첫 만남에서 그가 했던 이야기는 기억한다.

"진심으로 일하라고 하셨죠."

"진심이야. 사심이 아니라…… 사심을 끌어올 때 우리 일은 망하는 거거든."

이로써 나는 트러블메이커로 찍히는 것일까. 이제 와서 굽혀봐야 소용없다. 차라리 소신 있게 내 판단을 피력하는 게, 적어도 인상을 남길 수는 있을 것이다. 자기 말대로라면 그동안 나를 쭉 봐온 보스니까.

"보스는 제 글에서 제 불만을 읽었다고 하셨습니다. 사적인 불만, 있습니다. 저도 인간이니까요."

"인간……."

"하지만 중요한 건 제가 개인적으로 뭔가를 얻으려고 그런 판단을 한 것이 아니라는 겁니다. 저는 객관적으로 그가 위험인물이 아니라고 판단했습니다. 보고서를 보시면 아시겠지만 Z는 소설 쓰는 거 외에는 거의 아무것도 안 합니다. 사실 소설도 안 쓰는 거나 마찬가지죠. 쓰고 지우는 게 거의 다입니다."

"그러니까…… 위험한 인물일 수 있어."

"도대체 뭐가 위험하다는 거죠. 왜 관심을 갖고 제출된 보고서를 분석까지 하라는 겁니까?"

"자네는 협력 업무에 차출된 거야. 난 그 건의 최종관리자가 아니야."

"보스보다 더 윗선에서 명령이 내려온 건이라는 뜻인가요?"

"자네가 거기까지 알아야 할까. 정말 알고 싶나. 아는 것에는 책임이 따르네."

나의 판단과는 달리 보스는 소설가를 계속 감시하고 자세히 분석해야 한다고 한다. 내 판단을 다시 피력해보지만 보스는 책임 운운하면서 단칼에 내친다.

다시 생각해봐도 이 일은 나를 길들이려는 일종의 징계임이 분명하다. 그것도 나를 자기 라인으로 관리하려는 보스의 개인적인 테스트이자 처벌. 애초에 나는 소설가 감시 건에 필요한 인력이 아니었을지 모른다는 의심까지 든다. 내가 분석한 보고서의 도착점은 보스가 마지막일 것이다. 최종 담당자에게는 가지도 않을 보고서를 보스가 요구하고 있는 것일지도 모른다.

나는 처벌을 순순히 받아들이기로 한다. 질로서 승부할 수 없다면 양으로 보여주면 된다. 내가 열심히 하고 있다는 것을. 결코 요령을 피우거나 내 판단으로 나와 상대와 나아가 세상을 위험하게 할 리는 없다는 것을.

보스가 불만이라고 표현한 일련의 상황이 내가 승진을 하고 싶은 또 하나의 이유라는 걸 깨닫는다. 스스로 판단하고 싶다. 이 세상에서 일어나는 일들을, 그 가치를, 그 방향을…… 하지만 지금은 명령에 따를 수밖에 없다.

나는 소설가의 모든 것을 읽고 다시 쓰기 시작했다.

*

이 주일의 1차 점검 후 위험인물 군으로 분류되면 다시 한 달간 집중적으로 24시간 감시하면서 모든 통화를 도청하고 일, 금전관계, 사생활까지 다 뒤진다. 휴대폰 통화내역과 문자 수발신 분석은 물론 영수증이 일일이 분석된다. 중국집에서 주로 짜장면을 시키는지 짬뽕을 시키는지, 만약 짬뽕을 시키면 어떤 방식으로 먹는지, 이를테면 국물부터 마시고 시작하는지 면부터 먹는지, 마시는 커피의 브랜드나 선호하는 원두의 종류, 첨가하는 것이 있는지, 있다면 얼마만큼인지 같은 것까지 모두 파악한다. 문자를 보낼 때 띄어쓰기를 하는지 마침표를 적는지, 이모티콘을 쓰는지. 관찰과 자료의 축적을 통해 분석한다.

주요인물이 되면 될수록 디테일이 더 중요해질 테니까. 첫 분석은 아주 꼼꼼하게 이루어지고 거기에 추가되거나 고쳐지는 것들이 있다. 그라는 인물을 던지면 그의 다음 장면을 상상할 수 있을 정도까지 한다. 소설가가 소설의 등장인물을 만들어내는 것처럼 우리는 그의 디테일로 다음 행동을 상상하고 예측할 수 있어야 한다.

우리는 없는 것도 만들어내는 사람들이다. 하지만 결코 있는 것을 놓쳐서는 안 되는 사람들이다.

Z가 무언가를 새로 쓰기 시작했다.

세계의 90퍼센트가 멈추었다. 의외로 조용했고 당연히 아무 일도 없었고 한없이 평화로웠다. 사람들은 아무 일도 하지 않고 살았다. 모종의 합의, 아니 체념의 전적인 공유에서 시작된 일이었다. 그리고 얼마 후 세계의 99퍼센트가 멈추었다. 그러자 무슨 일이 일어났다. 무언가가 아주 고요하게 시작되었다.

Z :

겨우 살아남은 문장

하루에 평균 50명이 자살했다. 전체 인구의 0.01퍼센트가 하루에 스스로 죽음을 택했다. 하루를 살아내는 것은 하루 동안 죽음을 선택하지 않고 견뎠거나 오늘도 죽음의 준비가 끝나지 않았다는 의미에 불과했다. 불행이 만연했다. 불행이 당연했으므로 아무도 불행하다고 토로하지 않았다.

노트북 앞에 앉아 단어, 문장을 썼다 지웠다 한다. 밤이 되면 그 가운데 아주 일부만이 살아남고, 다음날 아침 깨어 다시 보면 살아남는 것이 거의 없다. 그렇게 한 달 동안 몇 개의 문장을 썼다. 내가 겨우 살아 있는 것처럼 문장도 겨우 살아남아 힘겹게 소설이 되려 한다.

글을 멈추면 다시 세상의 소리가 들린다. 신도시의 오피스텔은 묘하다. 층마다 스무 개가 넘는 방이 있고, 방마다 적어도 한 명 이상의 사람이 살 것이다. 엘리베이터에 같이 타도, 같은 층에서 같이 엘리베이터를 기다려도 누구도 인사를 나누지 않는다. 저마다 불행을 짊어지고 사는 것처럼 어깨가 무겁다. 젊은이는 젊은이대로. 늙은이는 늙은이대로. 삶이 풀려나가지 않고 꼬이기 시작한 이후로 누구나.

이곳에 산 지 일 년이 막 지났다. 그 이전 이 년도 이 비슷한 곳, 이것보다 조금 더 큰 평수의 오피스텔에서 살았다. 갈수록 보증금이 줄어들고 월세가 적은 집을 찾지만, 집값도 물가도 그만큼 올라 줄어드는 건 방의 크기뿐이다. 그리고 나라는 인간처럼 사는 집도 점점 더 오래되고 낡았다.

십 년 전에는 나에게도 벽으로 생활공간이 분리된 몇 개의 방이 있는 집이 있었다. 그보다 더 오래, 그러니까 십오 년 전까지는 우리 집이라고 부를 곳이 있었다. 지금 내가 잠을 자고 소설을 쓰고 밥을 먹는 이 오피스텔은 집이면서도 집이 아닌 것 같은 곳이다.

일 년 전 이곳에 와서 이 방의 유일한 창가에 책상을 놓았다. 유리창 너머로 보이는 건 빌딩 숲. 이십오층 고층 건물 뒤로 삼십층 고층 건물, 그 뒤로 크레인이 보인다. 끊임없이 짓고 허문다. 어느 날 문득 길을 걷다보면 있던 건물이 없어지고 공터가 되었다가 다시 어느새 건물이 된다. 그리고 그 건물 칸칸이 사람들이 일하고 살아간다.

아직은 창이 있는 방에서 살아간다. 하지만 언제까지 그럴 수 있을까. 그 작은 창으로 지금 아침이 오고 있다. 아침이 오자 어김없이 졸음이 찾아온다. 밤을 새우고 남들 출근하는 시간에 겨우 잠이 든다. 이 생활은 여러모로 정상적인 삶을 불가능하게 만든다.

스물다섯 살에 소설가가 되었다. 십 년 동안 소설만 썼다. 다니던 학교도 그만두었고, 대학졸업장도 없는 내가 이제 와서 다른 어떤 일을 할 수 있을까. 순진하게 무모했다. 요즘 같은 시대에 소설가가 되었다면 나는 대학을 그냥 다녔을 것이다. 소설은 온전히 사치스런 취미이자 허영이 되었을 것이다. 이제는 그런 시대이다. 불과 십 년 만에 세상이 이리 변할 줄 누가 알았을까. 십 년 전에도 세상이 아주 살기 좋았던 것은 아니었다. 하지만 나빠지니 알겠다. 그때가 얼마나 좋았는지.

오늘은 잠들기 전에 해야 할 일이 있다. 편집자에게 연락을 해야 한다. 다음 책을 내려면 그래야 한다. 하지만 자꾸만 미루고 싶다. 경험상 점점 이 일이 그리 유쾌한 일이 아니라는 것을 알게 되었다. 망설이다가 편집자에게 문자를 보냈으나 답이 없다. 며칠 전에 보낸 메일에도 여전히 답장이 없다.

팔리지 않는 작가와는 웬만해선 연락이 되지 않는 편집자의 악명을 나는 몰랐다. 같은 일을 하는 사람들을 거의 만나지 않았으니까. 어쩌면 몇 년 전까지만 해도 십 쇄는 찍는 작가였으니까. 시시한 작가가 되어간다. 출판사는 무관심하고 언론과 평론이 언급하지 않는 것이 독자들의 저평가로 이어진다. 전문가의 평가와 출판사의 광고로 책의 가치가 좌지우지되는 세상이 되었다. 그런 것을 아예 모르는 독자만이 우연히, 그리고 기꺼이 나의 독자가 된다. 독자와 호응하는 것이 아니라 관계자와 호응해야 먹고 사는 게 더 편리한 작가들. 하지만 이 모두가 루저의 변명에 지나지 않으리라.

책을 내건 안 내건, 아니 그쪽에서 책을 낼 수 있든 없든 결정을 내려야 한다. 더는 미룰 수 없는 일이다. 삼십 분이 지났지만 여전히 문자에 답이 없다. 편집자의 출판사 자리로 전화를 건다. 편집자가 전화를 받는다.

"오! 작가님 마침 연락드리려고 했는데, 회의 중이었거든요."

"언제쯤 통화가 편하신가요?"

"아무 때나 연락주시면 되죠."

"언제 출판사로 한번 갈까요, 제가."

"오늘 저녁에 작은 모임이 있어요. 신인상 수상자가 결정되어서 그 친구 축하하면서 밥이나 먹으려구요."

"아, 그래요."

"작가님, 시간 되시면 거기 오세요. 제가 연락처랑 장소 문자로 넣어드릴게요."

"오늘이에요?"

"부담 가지실 필요 없어요. 정말 시간 되는 친한 사람들끼리 밥이나 먹는 거예요."

"친한 사람들끼리 모이는데 제가……."

"작가님은 저랑 친하시잖아요."

확답을 할 필요가 없는 약속이란 걸 안다. 예의를 가장한 언젠가라는 시간은 영원히 오지 않는다. 특히 을에게는…….

몇 년 사이에 편집자와 나의 관계가 변했다. 그를 처음 만났을 때 우리 사이는 이렇지 않았다. 함께 좋은 책을 만들어간다는 느낌. 하지만 이제 이 관계는 세상이 말하는 갑을 관계에 가까워진다. 그를 비롯한 그들이 팔릴 수 있는 책이라고 판단해야 다음이 있다.

멍하니 모니터를 보고 있다. 커서는 변함없이 다음 단어를 기다리며 반짝인다. 일단은 자야 한다. 노트북을 덮으려는데 포털의 사이드에 자리한 이달의 운세가 보인다. 언젠가부터 나는 운세를 보고 있다.

불운이 나를 찾아온다고 생각했기 때문일까. 아니면 특별한 행운 없이는 이곳에서 벗어날 길이 없다는 것을 깨달았기 때문일까.

운세를 클릭하고 생년월일을 입력한다.

'큰 성공을 안겨줄 중요한 기회가 다가오고 있다. 얼마나 재빠르게 행동하느냐에 따라 이 기회를 잡을 수도 있고 놓칠 수도 있다. 하지만 분명한 건 이 기회는 지금 당신이 어디 있는지, 무엇을 원하는지 스스로를 돌아보게 만드는 계기가 되어줄 것이라는 점이다. 올해 다시 이런 기회가 찾아온다면, 당신은 이를 놓치지 않을 것이다. 이미 모든 준비가 되어 있기 때문이다.'

점성가의 문장에는 예측의 모호함 속에 단호함이 스며 있다. 몇 번을 읽어도 미진함이 남고 읽을 때마다 해석의 여지가 있다. 그것은 앞으로 올 시간이 아니라 지나간 시간에 대해 읽을 때도 다르지 않을 것이다.

나는 어디로 가고 있는 것일까. 저주를 받은 것처럼 무기력한 나날들. 몇 년 사이 쓴 소설들에 거의 아무런 반응이 없다. 처음에는 그럴 수도 있다고 생각했지만 두 번째 그러니까 다시는 책을 내지 못할지도 모른다는 생각마저 든다. 결국은 실망으로 실패로 끝나버린 일들. 하지만 여전히 꿈을 꾼다. 꿈을 꾸기 위해 노력한다.

이 세상의 모든 패자들처럼 패배를 결코 인정하지 않는다. 지금 져도 내일 이기면 이긴 거다. 무엇에 이겨야 하는지도 모르면서 매일 싸운다. 사는 건 누구에게나 전쟁이다. 그런데 언제부터 그렇게 생각하게 되었는지 모르겠다.

*

　모임에 갈 때마다 누군가 술을 엎지른다. 취해서 소주병을 넘어뜨린 저 여자는 저래 봬도 신진 평론가이다. 마감이 내일인데 여기서 술을 마시고 있다고 한다. 초등학생 아들은 교수인 남편과 방학을 맞아 유럽여행을 갔다. 그녀는 명문대를 나왔고 그 대학에서 박사과정을 밟고 있으며 집값 비싸기로 유명한 동네의 사십 평대 아파트에 산다. 이 모든 것을 그녀의 술주정으로, 자랑인지 불만인지 모를 넋두리를 통해 알게 되었다.

　그리고 또 알게 된다. 오늘만 해도 시어머니가 세 번이나 전화해서 혼자 어떻게 지내냐고 물었는데 걱정 같은 그 물음이 사실은 감시라고, 지금 여기서 술을 마시고 있는 걸 알면 시어머니가 또 잔소리를 할 거라고, 그러면서 자기 목소리가 지금 취한 것 같냐고 묻는다. 아무래도 조금 있다 시어머니가 또 전화를 할 거 같다면서.

　배우자도 있고 아이도 있고 시어머니까지, 찾는 사람이 너무 많은 평론가의 신세 한탄을 계속 들으면서 내가 어쩌다가 여기서 이런 이야기를 듣고 있나, 하고 생각한다. 정작 만나야 할 편집자는 인사만 겨우 했다. 여기 이곳의 아무도 나를 알지 못한다. 그리고 나도 이곳의 누구도 알지 못한다. 아무도 나를 알고 싶어 하지 않는다. 나도 아무도 알고 싶지 않다.

　여기서 신난 사람은 잘나가는 사람들, 그리고 아직 뭣도 모르는 막 시작한 사람들뿐이다. 내 앞자리의 신진 평론가처럼. 데뷔하자마자 적당히라도 청탁이 들어오는, 아니 조금이라도 자신이 감당할 수 있는 능력보다 더 많은 청탁이 있는. 이 세계에서 청탁은 살아가는 데 꼭 필요한 돈뿐만이 아니라 인정이다.

술에 취해 자신의 신세 한탄과 타인의 소설 평가를 왔다 갔다 하는 평론가 옆에서 묵묵히 맥주 한 잔을 마시고 있는 사람은 나랑 같은 해에 데뷔한 소설가이다. 그가 자신을 소개하는 모양새가 처음부터 조금 씁쓸했다. 자신은 당연히 나를 알고 있지만, 당신은 나를 모르는 게 당연하다는…… 하지만 나는 그를 알고 있다.

내가 그의 데뷔작에 대해 그리고 그다음 소설에 대해 아는 체를 하자 그의 표정이 밝아진다. 이 바닥에서 십 년을 구르고 여전히 표정을 숨기지 못하는 사람들이 소설가들이다. 글로는 세상의 온갖 거짓말을 다 하면서 말로는 한낱 거짓말도 하지 못하는 존재들. 그래서 그들은, 아니 우리는 소설을 쓰는 것일까.

소설만 쓰면 될 줄 알았는데 소설만 쓸 수는 없다. 십 년을 소설을 썼는데 소설만 쓰면서 사는 게 꿈이다. 그리고 그 꿈이 점점 더 꿈같다. 세상이 무섭도록 빠른 속도로 무섭게 변하고, 그 변화를 이 세계에도 잘 따라잡는 이들이 있다. 평론가가 학교 선배를 만나 떠난 자리에 최근 좀 잘나가기 시작한 듯한 어떤 작가가 자리를 잡는다.

"제가 선배님을 참 좋아했었거든요. 그런데 선배님도 좀 달라져야 하지 않나요? 평론을 의식하고 쓰세요. 아님, 독자라도 의식하던가. 언제까지 자기 자신을 위해서 쓰실 건가요? 이제 달라지셔야죠."

이 작가는 속물적인 걸 솔직한 걸로 생각하고 있는 것 같다. 아마도 저 솔직함 앞에는 자기방어가, 저 속물성 뒤에는 열등감이 있으리라.

"제가 왜 달라져야 하죠?"

"선배님도 먹고 사셔야 하잖아요. 이 동네 권력구조에 편입하셔야죠."

한때는 나도 거절을 두려워하지 않는 사람이었다. 적게 벌면 적게 쓰면서 어떻게든 소설을 쓰면서 살면 된다고 생각했다. 하지만 지금 나는 전업 작가지만 작가가 내 직업이라고 말하기에는 너무 초라한 돈을 벌고 있다. 게다가 소설로 버는 돈은 너무 적어서 365일 평균으로 나누면 초등학생의 용돈도 되지 않았다.

그가 나를 위한답시고 하는 이야기 모두가 나에게는 자기변명으로 들린다. 그는 계속해서 내가 뭘 모른다고 이야기한다. 뭘 모르지만 나도 아는 게 있다. 그건 바로 나 자신이다. 소설가가 갖추어야 할 것은 사회 생활력이 아니라 통찰력과 상상력, 추리력이라고 믿는 나 자신.

"나도 뭔지 잘 모르지만 그런 패거리가 있다는 걸 알 것도 같아요. 내부에 있는 자들은 모를 수도 있고 모른 척하고 싶을지도 모르지만 바깥에서 보면 또렷해 보이지는 않아도 윤곽 정도는 보이죠."

"이 사태의 해결책은 뭐라고 생각하죠?"

"책을 읽어야죠."

"네?"

"사람들이 책을 읽으면 다 해결돼요."

"……."

"사람들이 책을 읽지 않으니까 그들의 권력이 가능한 거죠. 그들이 누군가를 유명하게 만들 수도 있고 책을 팔리게 하고 사게 만들 수 있으니까, 그리고 최소한 발표기회를 주고 원고료도 주죠. 88만원이라도 벌어야 하잖아요. 작가도 사람인데, 그 88만원을 가급적 자기가 좋아하고 하고 싶은 그 일로 버는 게 그들 손에 달려 있는 거죠. 그래서 그

안에 들어가고 싶은 거죠. 하지만 그런 판단을 독자들이 할 수 있게 되면 그들은 유명무실해지겠죠. 책에 관한 한 대중민주주의가 도래하지 않은 거죠. 아니, 다시 엘리트 독재의 시대가 시작된 거죠."

쉬운 길이 내게 주어진 적이 한 번도 없었다. 깨지고 부서지면서 여기까지 왔다. 그리고 앞으로도 계속 갈 것이다. 갈 수밖에 없다. 나는 비겁해지고 싶지 않다. 어쩌면 이것도 변명이고 열등감이고 패배의식일 것이다. 그렇다고 해도 어차피 이제 이 일은 정신 제대로 박힌 인간이 할 수 있는 일이 아니다. 자부심과 자존심만으로 버티기에는 이 세상이 너무 좁고 빈약하지만 진짜 끝날 때까지는 끝이 아니다.

*

캄캄한 밤이 오고 사람들이 흩어진다. 버스나 지하철은 모두 끊겼고 집으로 돌아갈 방법은 택시밖에 없다. 택시비가 얼마나 나올까 계산해본다. 두 시간만 지나면 아침이고 첫 버스가 다닐 것이다. 카페에 간다. 커피를 시킨다. 그리고 가방에서 노트를 꺼낸다.

나는 열한 살 때부터 노트에 마음속에 스쳐간 기발한 영감과 궁금증, 그리고 마침내 찾아낸 해답을 꼼꼼히 기록했다. 나의 진짜 문장과 구상은 내 머릿속과 수기로 된 노트들에 있다.

아주 오래간만에 노트를 폈다. 그리고 쓴다.

90퍼센트는 삶을 포기했고, 10퍼센트 내에서 다시 90퍼센트는 화가 났고, 1퍼센트는 단단히 뭉쳤다. 10퍼센트는 서로를 견제했고 1퍼센트는 서로를 두려워했다. 10퍼센트의 꿈은 1퍼센트가 되지 못한다면 최소한 5퍼센트로 인원을 줄여 더 많이 갖는 것이었다.

N분의 1. 그들은 적어지면 더 많이 가질 수 있다는 생각만 했다. 90퍼센트는 노예일 뿐이었다. 멍청해서 도망가는 것조차 생각할 수 없는 노예. 사실 도망갈 곳이 없긴 했다. 돈 없이는 어디에도 갈 수 없었다.

Y :
에이 면허

총지휘자인 치프를 보는 건 일 년에 한두 번도 되지 않는다. 내가 크나큰 실수를 하지 않는 한 그를 만날 일은 없다. 그런데 그가 나를 보기를 원한다. 내 실수가 그렇게까지 큰 것이었나.

"어머니는 잘 계신가?"

"네."

그는 요원들의 삶 전체를 꾀고 있는 것일까? 임무를 수행하는 데 걸림돌, 약점, 혹은 담보로 내 어머니가 리스트에 올라 있음이 틀림없다. 아니면 소문과는 달리 그가 다정다감한 성격이거나.

"그 병은 기나긴 자기 자신과의 싸움이지. 자기 자신과의 싸움을 곁에서 지켜보는 것만큼 고통스럽고 무력한 일은 없지."

나는 할 말이 없다. 할 말이 있지만 말해서는 안 된다. 스파이에게 감정은 약점이다. 세상에서 제일 무서운 사람은 웃으면서 뒤통수를 치는 것들이다. 대놓고 나쁘다고 얼굴에 쓰여 있는 악당은 차라리 덜 무섭다. 적당히 피해가기만 하면 되는 목표물이니까. 하지만 친구인 척 위하는 척하면서 원하는 것만 쏙 빼어가는 것들, 이를테면 딜이 성립하지 않는 것들이 제일 위험하다.

"지금 무슨 일을 하고 있지?"

내가 무슨 일을 하고 있는지는 데스크 위에 놓인 파일에 쓰여 있을 것이다. 다 알면서 묻는다. 치프라면 내 대답에서 뭔가를 끄집어낼 수도 있다. 긴장되는 순간이지만 절대 긴장해서는 안 된다.

"소설가 Z의 감시 건을 맡고 있습니다."

"감시 건이라, 자네 경력에 하기에는 너무 쉬운 일이겠군. 그 전에는 어떤 일을 했었지?"

"X의 복귀 작업의 주연이었습니다."

"X는 어떤 사람인가?"

"제 의견은 중요하지 않습니다. 그가 어떤 사람인지 판단할 자격이 저한테는 없습니다."

"듣고 싶어. 자네에게 A면허가 주어질 자격이 있는지."

저절로 몸이 치프 쪽으로 쏠리는 솔깃한 제안이다. 스파이라면 누구나 꿈꾸는 자격. 어떤 요원들에게는 본인의 판단에 따라 인명을 좌지우지할 수 있는 권한이 주어진다. 그 권한이 A면허이다. 전문요원이 된다고 해서 모두에게 이 권한이 주어지는 것은 아니다. 하지만 이 면허를 받으면 전문요원이 될 수 있다.

수석요원까지는 바라지도 않는다. 거기까지 간 사람은 같은 나이의 요원 중 하나 정도뿐이고, 여자라면 같은 세대의 사람 중 하나 정도이니까. 전문요원이 되지 못하면 은퇴가 불가피한 나로서는 꼭 필요한 면허일 수밖에 없다. 이제까지 내가 명령에 따라 행동하는 자였다면 A 면허를 가진 전문요원 이후는 스스로 결정하여 행동하는 자가 된다.

"X건으로 복귀해야겠어."

"무슨 문제가 생긴 건가요?"

"문제가 생길 게 있나⋯⋯."

함정처럼 느껴지는 질문 아닌 질문이다.

"그가 자네를 원해."

"무슨 뜻인가요?"

"그들은 우리에게 특별요청을 할 수 있지. X의 그 특별요청 목록에 자네가 들어 있어. 지금 당장 요청을 거절하기는 아주 곤란해졌다는 얘기지. 그의 요구 조건 리스트를 실현시키는 게 우리 능력을 증명하는 것이 되니까. 우리 능력이 그가 상상하는 것에 미치지 못할 경우 그가 자기 일을 계속할 이유가 없겠지."

"그러니까 제가 일종에 그가 자기 일을 계속하는 조건 아니, 우리의 능력을 시험하는 조건이 되었다는 얘기입니까?"

"그래. 게다가 자네가, 그러니까 그가 생각하는 자네가 하고 싶은 일을 잘할 수 있도록 조치를 취할 것도 요청했네. 어쨌든 첫 단계는 자네를 다시 만나는 것일 테지만. 무슨 말인지 알겠나?"

무슨 말인지 안다. 일이 복잡해졌고 더 복잡해질 조짐이 보인다.

회사는 나를 감시자이자 인질로 삼을 것이다. 포섭된 스파이들에게는 제한 조건이 필요하다. 그처럼 가족이 없는 이들의 행동은 예측하기 어려울 때가 있다. 지킬 것이 없는 이들이 세상에서 제일 위험하다.

회사는 내가 그의 지킬 것이 되길 원할 것이다. 그가 원하지 않을 때에
도 회사가 원하는 대로 움직이도록 만들 최후의 인질. 회사로서는 더
없이 좋은 경계가 생기는 것이지만 이것이 나에게도 좋은 것일까. 게
다가 그는 내가 스파이라는 것을 알고 있고, 회사는 그가 내가 스파이
라는 것을 알고 있다는 사실을 알지 못한다.

"자네가 원하는 건 뭐지?"

"저는 아무것도 원하지 않습니다."

"아니. 자네는 원하는 게 있어. 이제부터 진짜 자네가 될 그 여자 말
이야. 이제 자네는 그의 여자로 살아야 할 테니까."

"꼭 그래야 하나요?"

"아직 공식적인 명령은 아니야. 하지만 우리 일에서 그의 중요성에
따라 결정될 일이지. 그가 아주 중요하다면 그의 옆에 영구적인 요원
을 붙여두는 방법이 나쁘지 않으니까. 정말 이 일을 하고 싶지 않다면
그것에 합당한 이유와 자네의 이후 목적을 우리에게 납득시켜야 할
걸세."

"그게 정말 가능합니까?"

"그 일은 평생 억지로 할 수 있는 일이 아니니까. 시간을 한없이 줄
수는 없어. 될수록 빨리 결정해."

치프는 나에게 결정하라는 듯이 말한다. 하지만 결정은 이미 그가
내렸고, 그리고 회사가 내렸다. 치프의 말은 그 결정에 따라 움직일 준
비를 하라는 지시에 불과하다. 방법은 X가 자신의 결정을 철회하거나,
내가 X보다 회사에 중요한 사람이 되는 것뿐이지만, 지금으로서는 둘
다 불가능한 가능성이다.

치프의 집무실을 나온 후 다음 목적지는 보스의 사무실이다.

"치프는 만났지?"

"네."

"다시 X를 맡아야겠어."

"제가 지금 하고 있는 일은요?"

"어떤 일? 소설가? 그 일보다 이 일이 더 중요해. 이건 너밖에 할 수 없는 일이니까."

나밖에 할 수 없는 일, 그런 신화가 스파이의 세계에도 존재한 적이 있었을 것이다. 적어도 치프의 세대에는, 그리고 어쩌면 보스의 세대에도. 하지만 우리 세대는 이미 그런 일은 없다는 걸 아는 세대이다. 그리고 우리 아래 세대는 아마도 그런 일에 관해서라면 어떤 말도 들어본 적 없을 것이다. 보스의 가치관, 치프의 가치관과 나의 가치관은 분명 다를 것이다. 하지만 같은 것도 있다. 우리는 죽을 때까지 어떤 식으로든 스파이일 수밖에 없다는 것.

"온 김에 소설가 Z 건을 직접 브리핑해보게."

이야기가 중심을 갑자기 벗어나는 느낌…… 왜? 너는 명령이나 따르라는 뜻…… 선택의 여지가 없다는 그런…… 순간적인 혼란 가운데 보스가 설명을 한다.

"자네는 그 일에서 언제든 빠져나갈 인력이고, 현재로서 그 건은 실무적으로는 자네가 제일 윗선이야."

이 설명은 사족처럼 느껴지지만 핵심이다. 저 말은 진실에서 아주 멀다. 그건 보스의 태도 때문이다. 보스는 친절한 사람도, 성실한 사람도 아니다. 그는 겉은 심플하고 속은 복잡한 사람이다. 그러니까 이 브리핑은 지금 그에게 꼭 필요한 것이다. 스파이가 하는 모든 일에는 이유가 있다. 유능한 스파이라면.

불필요한 이야기는 하지 않는다. 보스는 표정 없이 차분히 브리핑을 받는다.

"이 건을 얼마나 진행했지?"

"아직 별다른 성과가 없습니다. 곧 인원을 철수시켜야겠죠."

"그렇다면 자네가 X건을 맡는 데 지장은 없겠군."

"어쨌든 결론이 날 때까지 하던 일은 계속하겠습니다. 그래도 되겠습니까?"

"그러고 싶다면……."

보스의 태도와 이야기에는 모순이 있다. 내가 소설가가 가치 없다고 말하면 그는 중요하다고 말하고, 내가 열심히 하겠다고 말하면 적당히 하라고 한다. 어쨌든 아직 나는 소설가에게서 실재적인 어떤 위험의 징후도 발견하지 못했다. 내가 발견하지 못한 것을 보스는 발견했거나, 내가 알지 못하는 것을 애초에 알고 있다고 생각하는 것이 타당하다.

지금 소설가에게 가장 근접한 사람, 그리고 최근의 행적에 관해서 가장 많이 알고 있는 사람은 나이다. 그가 과거에 어떤 사람이었건 누군가가 지금의 나처럼 그를 밀착 감시하지 않았다면 그건 그냥 객관적이고 이성적인 정보에 불과하다.

내 사수였던 선배는 스파이로서 여성의 장점이 감성이라고 했다. 남자들이 흔히 말하는 좋은 의미의 감성, 혹은 나쁜 의미의 감상. 하지만 그녀는 보다 직접적으로 그것을 육감, 촉이라고 했다. 정확히 뭔지 알 수 없지만 이상한 느낌적인 느낌. 그냥 넘어갈 수는 없다. 위기가 기회일 수도 있고, 기회가 위기일 수도 있다.

무엇보다 분명한 건 방심해서는 안 된다는 것이다. 이 세계에서 살아남으려면…… 적을 과소평가해서는 안 되지만, 더 과소평가해서는 안 될 상대는 동료이다.

*

왜 X는 나를 요청 리스트에 넣은 것일까? 자신이 어떤 세계에 속하게 되었는지를 아직도 이해하지 못한 것일까. 이것도 저것도 아니라면 정말 나와 같이 있기를 원하는 것일까. 정말 그렇다면 또 왜? 질문이 질문을 낳고 그 질문이 또 질문으로 이어지며 뫼비우스의 띠처럼 휘돌아간다.

그를 만나 물어보는 것이 최선일 것이다. 하지만 그가 회사와의 협상을 끝내지 않은 지금 사방에 감시하는 눈이 있을 것이다. 휴대폰, 이메일, CCTV, 도청장치 등 모든 장비가 동원됐을 것이고 일거수일투족이 감시되고 있을 것이다. 그는 지금 내가 감시하고 있는 소설가와 같은 위험인물 군이 아니라 중요인물 군이니까, 사전 감시는 치열하고 치밀할 것이다. 뼛속까지 꿰뚫어보고 핏속까지 헤집고 있는 중일 것이다.

이 일을 누구에게 어디까지 이야기할 수 있을까? 전부를 털어놓을 수는 없다. 우리는 누구도 전적으로 신뢰할 수는 없도록 훈련되었다. 비밀을 나누는 친구도 진심을 나누는 동료도 없다, 없어야 한다.

스파이는 서로를 모른다. 일에 따라서 모이고 흩어진다. 서로 인사조차 하지 않는다. 자기가 맡은 일만 충실히 하고 헤어진다. 다시 만날 일은 없다. 하지만 가끔 그들 중 누군가를 세상 속에서 만나는 일이 있다. 교육에 따르면 그런 경우 우리는 서로를 모른 척해야만 한다. 그리고 교육 때문이 아니더라도 우리가 서로를 아는 체할 이유는 없다. 변변한 인사조차 나누지 않아 서로의 신상에 대해 아는 것이라고는 없고 일의 명칭이나 임시 암호명으로 서로를 호출하던 사이를 과연 안다고나 할 수 있을까.

그럼에도 불구하고 지금, 아니 이럴 때마다 한 사람이 생각난다. 흩어지고 모이는, 선이 되지 못한 무수한 점이 시작되기 전에 선배가 있었다.

나는 신입일 때 그녀를 처음 만났다. 그녀와 함께 한 일은 내가 처음으로 맡은 제대로 된 임무였다. 그녀는 그 작전의 시니어 급이었다. 나는 그녀가 책임지고 있는 작전의 지원인력 중 한 사람이었지만 사실은 보조, 심부름꾼이었다. 프로젝트의 보조 일을 하는 여자들은 많다. 하지만 프로젝트를 주도하는 여자는 드물고, 그녀는 단연 돋보이는 프로페셔널이었다.

첫 일 후에도 그녀는 자주 나를 지원인력으로 발탁했고 나는 그녀 밑에서 차근차근 제대로 현장 일을 배웠다. 실제로 그런 관계가 있을 수 없는 이 세계에서 그녀는 나의 선배이자 사수이자 언니이자 책임자였다. 그후로 십여 년이 흘렀다. 나는 이제 처음의 그녀보다 높은 자리에 있고 그녀는 지금 내가 이르고자 하는 자리에 올랐지만 곧 은퇴했다.

선배와 나에게는 우리만의 연락 방법이 있다. 같이 활동하던 시절부터 자주 사용하던 방법으로 좋아하는 스타의 팬 활동을 하면서 근황도 전하고 연락도 취해왔다. 일 년 전부터는 이십대 중반의 한 남자 배우의 팬이 되었고 그 팬 카페에서 서로의 생존을 확인해왔다. 카페에 나는 암호 메시지가 섞인 게시글을 올렸다. 여러 개의 답글이 달리고, 나는 그중에서 선배의 댓글을 확인하고 그 안에 숨겨진 나에게 보내는 비밀 메시지를 확인한다. 그렇게 해서 우리는 약속된 시간, 약속된 장소에서 만났다.

"어쩐지 조만간 너한테 연락이 올 것 같더라니……."

언젠가 선배가 털어놓은바 그녀에게는 무녀의 피가 흐른다고 했다. 그것은 일종의 초능력이었다. 그녀는 아마도 그것 때문에 스파이가 되었다가 그것 때문에 스파이를 그만두게 되었을 것이다. 세상에는 숨길 수 없는 초능력이 있다. 어쩌면 이제 그녀에게 그것은 모성이다.

"아이는?"

"괜찮아. 다 준비해뒀어. 걱정하지 말고 늦게까지 회포나 풀자. 느낌상 오늘은 커피 한 잔으로 끝날 거 같지 않아서."

선배가 부러웠다. 자신에 대한 확신. 무엇을 믿든지, 어디에 속해 있든지.

"자, 이제 진짜를 털어봐."

나는 선배에게 모든 것을 이야기한다. 그녀를 위험하게 하지 않고 나를 위태롭게 만들지 않는 선에서 거의 모든 것을. 내 이야기를 묵묵히 들은 선배가 말했다.

"이 일을 처음 시작할 때 너는 나처럼 되고 싶다고 했어."

"네, 저는 선배처럼 되고 싶어요."

"인정해. 스파이로서의 나, 아주 유능했단 걸. 그런데 그다음은?"

"……."

"그다음에는? 지금의 나처럼 되고 싶어?"

이 일을 잘하는 여자는 드물지 않다. 하지만 이 일을 오랫동안 잘해나가는 여자는 아주 드물다. 대부분 적당한 나이가 되면 원하든 원하지 않든 은퇴를 종용받는다. 제대로 된 타이밍에 선택을 해야 한다. 타이밍이 늦으면 원치 않게 떠밀려서 보다 나쁜 위치에서 나머지 반절의 삶을 시작해야 한다.

"스파이로서의 우리 삶을, 이 일을 그만둔 후 객관적으로 보게 됐어. 우린 그 삶에 너무 몰입되어 그 시간이 영원히 끝나지 않을 줄 알아. 일상적인 미래는 생각하지 않지. 사실 생각할 여유도 없었고, 더 심하게는 우린 일상이 없었으니까. 일상이란 게 혼자 고독하게 남게 되는 시간을 말하는 게 아니라면 말이야. 일의 구조상 그건 당연한 거였어."

선배에게서 나는 여자로서, 인간으로서, 스파이로서의 삶을 본다. 그녀는 내가 아는 가장 뛰어난 요원 중 한 명이었다. 현장요원일 때 그녀에게는 매인 가족이 없었고 그래서 약점이 없었다. 그녀는 딸을 가지고 은퇴했다. 현장요원 다음은 기획자가 되거나 양육자가 될 수밖에 없다. 양육자로서의 나, 상상해본 적이 없다. 아니, 어쩌면 양육자가 되기 싫어 기획자를 꿈꾸는지도 모른다.

선배는 또 다시 핵심을 향해 의표를 찌른다.

"네 얼굴이 스물다섯처럼 보인다고 해서 네 나이가 스물다섯인 건 아니잖아. 그와 너의 관계는 거래가 아니라고 생각할 수도 있어. 하지만 모든 관계는 결국 거래야. 가끔 운이 좋으면 부수적으로 따르는 것이 있을 뿐. 이를테면 사랑이나 우정 같은 것. 신중하게 생각해봐야 할 때야."

"받아들여야 할까요?"

"너의 선택도 그들의 결정도 전부가 아니야. 우리 모두 따라야 할 명령 체계가 있지만 결국 그 한계 내에서도 선택할 수 있는 것들이 있어. 네가 그런 선택을 한다면 가장 큰 이유는 뭐니?"

"절대적으로, A면허."

선배는 한숨을 쉰다.

"그게 무얼 의미하는지 알아? 네가 죽인 사람들의 눈이 늘 네 등 뒤를 쫓으며 쳐다보는 거 같은 거야."

"지금도 그렇게 살아요."

"그래도 달라."

"살아 있는 사람이 내 등 뒤를 쫓는 거보다는 낫겠죠. 그리고 가치가 없는 사람들이에요."

"네가 상상하는 거랑은 달라. 그들의 말은 진실과 다를 때가 있어."

명령에 따라 행동하는 스파이에게는 해석이 필요 없다. 자기 행동조차 해석하지 않는다. 열정도 연민도 없이 목표를 달성한다. 그러므로 A면허를 살인면허라고 부른다. 누군가의 삶을 결정할 수 있게 된다. 그의 생사여부. 생사에 버금하는 삶의 여부들을. 그리고 다른 사람의 삶뿐만 아니라 내 삶도 스스로 결정할 권한을 갖게 된다.

"만약에 그와 그렇게 되면, 그러면 엄마에 대해 말해야 할까요?"

"엄마? 무슨 이야기를 하는 거지? 숨길 수 있는 약점은 끝까지 숨겨. 그리고 명심해. 그와 아주 오래 관계를 맺게 되겠지만 그가 원하는 사람이 진짜 네가 아니라 그가 생각하는 너라는 걸. 긴장을 늦추지 마."

우리는 서로의 유일한 가족에 대해 안다. 선배의 아이, 나의 엄마. 처음부터 엄마밖에 없었던 나와는 달리 그녀에게는 다른 가족이 있었다. 그녀는 그들 모두에게 죽은 사람이다. 그리고 그것보다 중요한 건 그녀에게도 그들이 죽은 사람이라는 것이다. 죽은 사람 취급할 수 없는 가족만이 우리의 약점이 된다.

"상대가 어떤 사람인지가 제일 중요해. 제발 그 사람을 제대로 봐. 조건만으로 선택할 수 있는 일이 아니야."

위장잠입 임무가 언제 끝날지 모르는 경우로 살아가는 요원들이 있다. 남편 옆에서 지속적으로 영향을 미치거나 아예 그 회사에 투입되어 근무하거나, 남편이 죽은 후 남편의 일을 그대로 장악하거나 자식을 낳아서 남편이 하던 일을 고스란히 물려받게 하거나…… 방식은 여러 가지다. 어떤 일은 잘못 맡으면 평생 그 일이 내가 된다.

나는 누구의 여자도 될 수 있다. 그리고 나는 누구의 여자도 아니다. 그게 나다. 그런데 언제까지고 그게 나일까? 그게 나여야 할까? 그게 나일 수 있을까?

Y :

지금이 아니면 미래도 없다

스콧 피츠제럴드의 아내 젤다는 파티가 끝난 후 마시는 샴페인이 하루 식사의 전부였다. 그것은 한없이 사치스러우며 그지없이 가혹한 끼니였다. 엄마도 어쩌면 젤다 같았을지도 모른다. 자정이 지나고 책과 함께 시작되는 음주. 그것이 집에서 먹는 엄마의 유일한 끼니였고 그 시간만이 오롯이 엄마 자기 자신을 위한 시간이었다.

밤과 책과 술…….

그것이 내가 기억하는 우리 엄마이다.

*

도심의 숲 어딘가에 이런 병원이 있다는 걸 사람들은 알까. 우리는 매일 무언가를 보면서 볼 수 없다. 보려고 할 때만 보이는 것들. 찾으려고 할 때만 찾을 수 있는 것들.

"환자 면회인가요? 의사 면담인가요?"

정문에서 관리인이 물었다.

"환자 면회입니다."

나는 엄마의 환자 번호와 보호자 확인증을 그에게 건넨다.

"잠시만 기다리세요."

시간이 나면 엄마를 찾지만 반드시 엄마를 만날 수 있는 것은 아니다. 제정신이 아닌 환자의 면회 가부가 어떤 방식으로 결정되는지 나는 모른다. 나는 그들의 거부에 한 번도 항의한 적이 없다.

"들어가십시오."

기다랗고 새하얀 복도는 오늘도 변함없이 비현실적으로 청결하다. 그리고 엄마는 잠들어 있다. 고요히. 숨을 쉬는지 가까이 들여다보아야 할 정도로 죽음 같은 잠을 잔다.

나는 잠든 엄마 옆에 가만히 앉아 이야기한다. 그 누구도 듣지 않는 이야기를, 그 누구에게도 말할 수 없었던 이야기를 속삭인다. 엄마니까, 그래도 엄마니까.

스파이에게 가족은 약점이다. 그러나 나의 유일한 가족, 엄마가 내 일에 있어 약점일 수는 없다. 엄마는 내 보살핌이 필요 없다. 혼자서 자기만의 세계에서 산다. 아주 가끔 그 세계를 빠져나와 나를 쳐다보지만 그곳에 서 있는 건 지금의 내가 아니다.

"실수를 했어. 아니 실수가 아니지. 잘 모르겠어. 어떻게 해야 할지……."

나는 엄마를 속일 필요가 없다. 어차피 엄마는 진실을 판별할 능력이 없으니까. 그리고 미친 엄마가 지껄이는 모든 이야기를 사람들은 미친 소리로 받아들이니까. 엄마가 나를 보고 사람이 아니라고 한들 아무도 믿지 않았던 것처럼 지금 엄마가 내가 스파이라고 소리를 친들 사람들은 오히려 나를 불쌍한 눈으로 볼 것이다. 바깥세상에서 사람들이 승자의 침묵을 패자의 눈물보다 더 믿는 것처럼 아무도 이곳에 갇힌 사람들의 말을 들어주지 않는다.

때로는 엄마가 예전처럼 미친 듯이 화라도 냈으면 좋겠다. 정신 똑바로 차리고 살라고, 세상이 얼마나 무서운지 모르느냐고, 네가 믿을 건 너밖에 없다고, 언제까지 내가 네 옆에 있을 줄 아느냐고 다그쳤다. 내가 기억하는 우리 엄마는 그런 사람이었다. 엄마였으나 엄마만은 아니었고, 여자였으나 여자만은 아니었던, 자아가 너무 강해서 오히려 부서질 듯한.

그런 엄마가 자신을 잃어버리기 시작한 순간을 기억한다. 엄마처럼 살지 말아야지, 했던 순간…… 세상의 아주 많은 딸들이 생각하고, 세상의 아주 많은 엄마들이 딸들에게 바라는 꿈. 어쩌면 그것이 엄마가 제정신일 때도 미친 후에도 계속 나에게 하고 있는 이야기일 것이다. 아무도 들어주지 않는 엄마의 말하지 않은 말을 듣고 실행할 때가 온 것인지도 모른다. 세상 사람들은 그것을 운명이라고 부르고 스파이들은 그것을 작전이라고 부른다.

*

예전에 만났던 그곳에서 다시 그를 만났다. 그때에는 오로지 나만이 그를 감시했다. 하지만 이제 곳곳에 감시의 눈이 있다. 나는 그걸 아는데 그도 그 사실을 알까?

세상에는 사람들이 늘 자신을 쳐다보고 있다고 생각하며 사는 사람과 아무도 자신을 쳐다보지 않으리라고 생각하며 사는 사람이 있다. 전자 중에 그것을 공포로 받아들이는 자와 역설적으로 즐기는 자가 존재하고, 후자 중에는 타인에게 관심 없는 자와 자기 자신에게 관심 없는 자가 있다.

내가 파악한 그는 후자 중 전자이다. 타인에게 관심 없는 개인주의자. 분명 그랬었는데, 그런 그가 공항에 나오고 나를 필수 리스트에 포함시켰다. 이제 확실한 건 아무것도 없다. 아니, 정말 그와 나…… 확실한 건 없는 것일까?

"일은 잘 끝낸 거야?"

X가 친구처럼 묻는다.

"응."

"무사히 돌아와서 기뻐."

X는 모른 체하고 있다. 나처럼 연기를 하고 있다. 걱정하던 일은 일어나지 않을 것이다. 일어나지 않아야 한다.

"우리 계속 만날 수 있을까?"

"……."

"바쁘니?"

"아니. 나, 그 일 그만뒀어."

언제까지 연기를 할 수는 없다. 그리고 다 아는 이 앞에서 끝까지 연기를 할 필요는 없다. 그 역할은 이제는 필요하지 않다.

"그럼 이제 어쩔 거야?"

"쉬면서 생각 좀 해보려고."

"우리 계속 만날 수 있는 거지?"

"……."

"네가 필요해."

"왜?"

"불안하니까."

"사라진 기억 때문에?"

"그 시간의 나를 세상에서 아는 사람이 아무도 없다는 게 두려워."

나는 그의 사라진 기억에 해당하는 사람이 아니고, 그도 그걸 안다. 하지만 그가 그 사실을 알지 못하고 있다고 회사는 알고 있다. 그러므로 그가 사라진 기억을 의심하는 한 나의 위치는 그의 중요도에 비례해 회사에서 중요해진다. 하지만 그는 왜 나를 필요로 할까.

그를 만나고 정면을 바라보고 있던 나는 조금씩 기울기 시작한다. 거절해서 내가 처하게 될 나쁜 상황이 받아들여서 처하게 될 좋은 상황보다 훨씬 많다. 사람들은 아주 멀리 미래를 바라보아야 한다고 말하지만 이제 우리는 지금 현재에서 살아남는 것이 더 중요하다. 지금 살아남지 못하면 미래도 없다.

자연스럽게 그의 공간으로 장소를 이동한다. 스파이는 시야가 뚫린 곳에서는 몸을 숨기도록 훈련받지만 그게 잘 안 되면 주변 상황에 녹아들어야 한다. 나는 공간을 자연스럽게 그러나 조심스럽게 점검한다. 그런 나를 그가 지켜보고 내 호흡에 맞추어 같이 움직인다.

이 방 이 모퉁이는 비교적 안전한 사각지대이다. 우리는 더 해야 할 이야기가 있지만 더 해야 할 짓이 있는 사람처럼 보여야 한다. 사람들은 이런 남녀의 일에 잘 속고, 그래서 속이기 쉽다. 그들은 호기심에 빤히 들여다보지만 그들이 열중하는 어떤 것 때문에 다른 것이 보이지 않기도 한다.

이것은 내 미래를 결정하기 위해서 반드시 거쳐야 하는 통과의례이다.

*

"결정했나?"

보스가 묻는다.

"네."

내가 대답한다.

"A면허를 받으려면 무엇보다 판단력이 필요해. 그러니 앞으로 잘 판단하라고. 앞으로 할 일을 알려주지."

이제 그와 나는 현미경 위에 놓인 셈이다.

X :
운명적으로 선택한다는 것

보스에게 연락을 했다. 복귀하겠다고. 제자리로 돌아온 걸 축하한다고 보스가 말했다.

아르마니의 클래식 슈트를 입고 샤넬의 넥타이를 목에 두르고 테스토니의 스트레이트 팁 구두를 신고 까르띠에의 파샤 씨타이머 와치를 찬 거울 속의 내 모습이 익숙하다 못해 진부하기까지 하다. 아무것도 바꿀 수 없고 바꿀 필요도 없다고, 거울 속의 내가 말한다. 내 인생은 가치 있으며, 너 없이 이 세계는 존재하지 않는다고. 하지만 기억 속의 나는 말한다. 내가 바꾸지 못하는 것이 나를 바꾸기도 한다고.

이 삶이 아닌 다른 무언가를 선택하기에는 이미 늦었다. 그들이 나에게 제안한 것들 중에는 MBA 합격통지서 세 장도 있었다. 지금 내가 선택할 수 있는 건 그런 것들이다. 그리고 앞으로는 더더욱 선택할 것이 없어질 것이다. 사람들이 원하는 것으로 믿어지는 삶이 내 것이지만 그 삶을 사는 것이 진짜 나일까.

　이 모든 회의는 아무런 의미가 없다. 우리는 태어날 때부터 그런 삶을 살도록 운명 지어진 것이 아니다. 삶은 선택할 수 있는 것이 아닐지도 모르지만 그 삶을 운명으로 받아들일 것을 선택할 수는 있다.

　이제부터 나는 스파이다.

　아니, 오래전부터 나는 스파이였다.

2부

Happy New World

B :
그렇게 믿는 한 그것만이 진실이다

그가 복귀했다는 보고서가 도착했다.

이제 그는 자신이 스파이였다고 믿기 시작했다. 예전부터 그런 삶을 살아왔고 그 삶이 자신에게 주어진 전부라는 것을 믿으면 이 삶은 아무런 문제도 없어진다. 누군가 시키는 대로 왜라는 질문 없이도 살아가게 된다. 원래부터 사람은, 혹은 세상은 그렇다고 믿는 것이 중요하다.

그들이 그렇게 믿는 한 그것만이 진실이다. 예외는 존재하지 않고, 변화는 있을 수 없고, 세상은 늘 그렇다. 강자는 강자로 태어나고, 약자는 약자로 살아갈 뿐이다.

이제 우리는 세상 사람들이 그렇게 믿게 만들기 위해 존재한다. 현실은 주관적이다. 더 좋은 세상을 꿈꾸면 만들 수도 있다. 우리의 목표는 그들이 그들의 세상을 꿈꾸는 것이 불가능하다고 믿도록 만드는 것이다. 우리가 승리하기 위해 필요한 것은 그들이 아무것도 하지 않는 것이다. 그것이 임무수행이다.

이렇게 또 한 명의 스파이가 탄생한다.

*

무엇이 그들을 스파이로 만드는가.

누구나 비밀이 있다고 사람들은 말한다. 그리고 누구에게나 음모가 있다고 우리는 생각한다. 그러므로 또 한 명의 스파이가 자신도 알지 못하던 자기 자리를 찾은 것뿐일까. 그런데 X는 자신의 진짜 역할을 알고 있기나 할까.

변호사, 회계사, 법학자, 경제학자…… 직업이 별명으로 붙은 비밀요원들이 있다. 그들은 자기 일에 최고들이다. 최고가 아니면 이탈하는 그들을 특별요원으로 붙들 이유도 없다. 하지만 그들의 일과 그들의 역할은 미묘하게 다르다. 그들의 작업은 너무나 전문적이어서 일반인은 이해하기도 어렵다. 교묘하게 법망을 이용한 합법이지만 불법보다 더 나쁜 일, 공적 자금으로 자신들이 관여한 사업에 투자하고 대규모 국가사업을 획책하고 그 사업의 부정적인 면을 긍정적인 면으로 포장하기에 우리는 그들을 마법사라고 부르기도 한다.

X는 그런 마법사, 날렵한 킬러가 될 것이다. 킬러라는 것이 칼로 피를 보는 그런 살인청부업자를 뜻하는 것은 아니다. 그는 경제 킬러다. 회사를 현대화하고, 기록적인 시간에 수익을 내고, 종업원의 절반을 내쫓는 차가운 심장을 가진 구조조정 전문가.

그들은 말한다. 혁명적일 정도로 경쟁이 치열한 오늘날 세상에서 유일하게 중요한 것은 이윤 추구의 목표를 달성하는 것이고, 회사가 필요로 하는 목표를 달성하느냐 못하느냐에 따라 고용이 결정되는 것이라고, 구조조정을 하고 이윤을 창출하면서 당신들의 일부에게라도 일자리를 제공할 수 있는 것이 좋은지, 아니면 이 기업 자체가 사라져서 아무도 더는 일할 수 없는 것이 나은지를 선택하라고 한다.

일부라도 살아남아 다시 전체를 살리느냐, 아니면 지금 전부 모두 죽느냐의 선택은 이미 선택이 아니다. 비인간적인 기술과 무자비한 시장이 결정하고 인간들은 어쩔 수 없이 따를 뿐이다. 하지만 머지않아 그 일부의 생존마저 위태로워지고, 극소수가 전체의 이익을 독점하게 된다. 그리고 그들은 그 사실을 처음부터 알고 있다.

그들이 킬러인 이유는 의뢰인의 이익만 보호하고 그 명령만 지키기 때문이다. 비록 전체, 혹은 미래를 볼 수 있다고 해도 그렇게 하지 않는다. 특정 순간에 진실을 위장하는 것. 그것이 스파이의 기본이다. 자신의 손에 피를 묻히지는 않는다. 하지만 그가 지나간 자리에 더 많은 죽음이 존재한다.

그런 잔혹하고 무자비한 킬러 X…… 나는 무엇을 기대했던 것일까.

나에게는 아직도 순진무구한 면이 남아 있는지도 모르겠다. 이제는 너무나 당연한 선택이 그래도 어쩐지 실망스럽다. 최소한의 근본적인 가치가 있다고 생각하고 싶었던 것일까. 나는 아무리 애써도 세상사에 무관심해지지 않고, 정당한 것, 옳은 것에 대한 열망을 놓을 수가 없다. 그래서 이 일을 시작했는데, 이 일은 점점 다른 방향으로 흘러간다.

중간 조직 보스에 불과한 내가 무얼 할 수 있을까. 옳은 일을 하려면 출세하라던 예전 보스의 말이 떠오른다. 하지만 어디까지 출세해야 옳은 일을 할 수 있을까. 어쩌면 내가 늙었는지 모른다. 세계관이 돈을 중심으로 재편되면서 X의 나이에 내가 가졌던 믿음은 상대적으로 순진한 이상주의자의 것이 되어버렸다.

X에게 누군가 찾아갔던 것처럼 나에게도 누군가가 찾아오면서 이 모든 일이 시작되었다. 스물다섯 살이 되던 해였다.

처음 스카우트 제의를 받았을 때 나는 거절했다. 그런 나에게 그는 단 한마디를 남기고 떠났다. 생각이 바뀌면 찾아오라고. 나는 한동안 내 직업을 유지하고 나름대로 승승장구했다. 내가 그들의 스카우트 제의를 정식으로 받아들인 건 서른하나가 되던 해였다. 생각이 바뀌는 데 아주 오래 걸렸다고 그때 나의 보스가 말했지만, 이제 와서 생각하면 생각을 바꾸는 데 오래 걸렸던 것이다.

그들이 제안을 했을 때부터 갈등이 시작되었다. 나는 부모님처럼 살고 싶지 않았다. 그리고 부모님도 나를 자신들처럼 살지 않게 하기 위해 사셨다. 그들의 유일한 자랑은 공부 잘하는 큰아들, 바로 나였다. 요즘 아버지 같은 가장에게 나 같은 아들이 있을 확률은 아주 드물다.

내 부모님은 이 시스템의 희생자였다. 그들은 너무 성실하고 지나치게 착한 사람들이었다. 세상이 공평하고 정의롭다면 그것만으로 희생은 불가능하다. 하지만 세상이 불공정하고 편법이 난무할 때 평범한 삶은 어리석은 희생으로 취급된다. 그리고 우리는 그 사실을 아주 뒤늦게야 깨닫게 된다.

아버지와 어머니는 일만 하셨다. 두 분은 제대로 된 취미조차 없으셨다. 신문을 구독하고 텔레비전을 보는 게 다였다. 아버지가 퇴근하면 온 가족이 모여 저녁을 먹었고, 가끔 아버지는 반주를 곁들이셨다.

우리가 행복하다고 생각한 적도 없지만 불행하다고 느꼈던 적도 없었다. 그때는. 아버지는 안정된 직장이 있었고 어머니도 원하면 일을 할 수 있었다. 한 집에서 한 명만 벌어도 살 수 있었다. 저축을 하고 빚은 거의 없었다.

모두가 지금보다 평균적으로 보면 가난했던 시절이었는데 성실하게 살면 그런 것들은 불가능한 것이 아니었다. 그러므로 사람들은 포기를 몰랐다. 내가 노력하면 나는 못하는 것을 자식에게는 해줄 수 있다고 믿을 수 있는 시절이었고, 실제로 우리 아버지의 인생은 나로 인해 그랬다.

그럼에도 어느 날 아버지가 나에게 말했다. 아내와 결혼하고 얼마 후였을 것이다. 부자 사돈에게 기가 죽었던 것인지도 모른다. 자랑스러운 큰아들에게 자랑스러운 부모가 될 수 없다고 생각했던 것일지도 모른다.

"난 우리가 행복한 줄 알았다. 잘 살아왔다고 생각했는데, 부자가 좋긴 좋더구나. 돈으로 뭐든 할 수 있다는 것 부러워한 적 없는데…… 진짜 좋은 게 뭔지 알겠더라. 돈 때문에 하기 싫은 걸 하지 않아도 된다는 것. 심지어 아무것도 안 해도 다들 알아서 해주지."

부자라는 건 재산내역서의 숫자처럼 단순한 하나의 사실이 아니다. 현실을 바라보는 관점이자 여러 태도의 집합, 즉 특정한 삶의 방식이다. 그 사실을 나는 내 아내를 만나면서 알게 되었다. 부자들은 돈으로 뭐든 할 수 있지만 대부분 아무것도 하지 않는다. 그들은 아무 일도 하지 않으면서 세상에 영향을 미친다. 너무 많이 가진 자들이 있어서 사람들은 자신이 더 많이 불행하다고 느끼게 된다. 그 격차가 다시 태어나지 않고는 넘을 수 없는 신의 영역처럼 느껴지기 때문이다.

자신의 인생을 부끄러워하는 아버지를 보자 다시 생각이 났다. 스물다섯 나를 스카우트하러 왔던, 지금은 사라진 예전의 보스가 했던 말이. '인생을 사랑하고 의미 있는 목표를 세우고 추구하며 세상을 살기 좋은 곳으로 만들 수 있는 새로운 기회를 잡는 것. 우리는 어떤 일이 일어나도록 할 수 있다.'

그 말을 스물다섯부터 생각했고 서른한 살에 마침내 그러기로 했다. 어떤 일이 일어나도록 하는 사람이 되고 싶었다. 그것은 단순히 돈을 많이 가졌다고 되는 일이 아니었기 때문이다. 어쩌면 나는 그 제안을 처음 받은 그날부터 스파이였던 것인지도 모른다.

우리는 싸울 줄 아는 세대였다. 정당한 것이라 생각되면 주저하지 않고 덤벼들었고, 옳은 것을 위해서라면 끝까지 싸웠다. 때로는 맞고 부수고 피 흘리고 목숨을 걸었다. 그것은 우리가 바닥에서 시작했기 때문인지도 모른다. 이제 누구도 우리와 같은 선택을 하지 않는다. 그리고 이제 나도 그때의 나와 같은 이유에서 이 일을 선택할 수 있을까, 하고 생각한다.

초심을 잃었다. 하지만 초심을 잃지 않았다면 아직까지 내가 여기에서 살아남을 수 있었을까. 이제는 스파이들도 무한경쟁시대이다. 여자 스파이는 은퇴하면 양육자라도 되지만, 남자 스파이는 출세 못하면 소모품으로 아웃이다.

나는 나와 같은 이유로 스파이가 된 마지막 세대일지도 모른다. 스파이로 태어나 스파이로 길러진 Y와 같은 아이들의 세상이 온 지 오래되었다. Y에게도 갈등은 있을 것이다. 나와는 다른. 하지만 Y는 잘해낼 것이다. 솔직한 마음으로는 Y가 너무 잘해낼까봐 걱정이 될 때도 있다.

Y 같은 아이들은 행동에만 신경 쓰고 뭘 위해 싸우는지는 생각하지 않는다. 누굴 위해 싸우는지도. 큰 그림을 볼 줄 모른다. 그들은 각자의 눈앞만 본다. 주어진 임무만 효율적으로 끝낸다. 그다음에 무슨 일이 일어날지를 생각하는 자가 점점 사라진다. 사라지지 않기 위해서 다음 일을 생각하지 않는다.

그래서 진짜…… 스파이가 필요하다.

모든 스파이에게는 위기의 순간이 있다. 자신을 변화시키고 운명을 받아들이게 되는 계기.

나는 세상의 무대 뒤에서 움직이는 자이다. 이를테면 나는 주연배우와 감독 가운데 감독을 선택한 것이다. X는 무대 위에서 움직이는 자가 될까? 사람들 앞에서 찬란히 빛나는 존재, 주연배우? 그리고 Y는 언제까지 자기 바로 앞만 바라볼 수 있을까? 그 너머가 보이는 순간, 그 아래가 보이는 순간을 외면할 수 있을 만큼 양심이 없을 수 있을까?

나는 나의 일을 하고 X는 X의 일을 하고 Y는 Y가 해야 할 일을 할 것이다. 우리는 모두 스파이이고 각자가 해야 할 일을 한다. 그리고 우리의 목표는 하나이거나 하나가 아니다. 각자의 자리에서 각자의 일을 열심히 하는 것으로는 충분하지 않은 세상, 그 세상의 이면에 우리가 있고, 우리의 이면에 또 누군가가 있다. 누군가 우리를 모른 체하는 것처럼 우리도 우리의 등 뒤를 모른 체한다. 패자가 되지 않기 위해. 하지만 패자가 되지 않기 위한 몸부림이 결국 우리 모두를 패자로 만든다.

언젠가 뒤돌아서 등 뒤를 보아야만 하는 순간이 올 것이다. 그 순간이 오면 우리는 어떤 선택을 할까.

Y :

다른 사람이 되는 과정

책을 새로 받았다. 책은 처음보다 훨씬 두꺼워졌다.

책을 받으면 등장인물부터 파악하는 것이 원칙이다. 설정에 맞게 나를 변화시키고 필요한 것들을 요청해야 한다. 이 인물은 내가 오 년 전부터 갖고 있는 고정배역 중 하나이다. 그 고정배역이 X를 만나면서 디테일이 조금 바뀌었다. 다큐멘터리 작가 감독. 그리고 실패한 자. 적당히 루저. 눈은 높고 현실은 그 기대치에서 여전히 멀기만 하다.

덧붙인 설정은 어디에서 온 것일까. 첫 번째는 X에게 실제로 이런 인물이 있었을 가능성이다. A+B+C에 알파. 두 번째 아주 오래전부터 X가 회사의 계획 하에 있는 인물이었다면 애초에 설정조가 붙어 있었을 것이다. 세 번째 갑자기 특별 감시 하에 들어갔다면 대체 인물이 투입된다. 대체 인물이란 세상에 처음부터 존재했던 것처럼 보이지만 실제로는 존재한 적 없는 인물이다. 죽은 자를 산 자로 둔갑시키거나 태어난 적 없는 자를 태어난 것처럼 만들 수도 있다.

이제 내가 아주 오랫동안 연기해야 하는 이 인물은 진짜 누구일까?

이 인물이 처음 쓰였던 책을 받던 때로 돌아간다. 오 년 전…… 그리고 일 년 전…… 마침내…….

자, 연습해요. 당신은 그를 어떻게 만났죠? 부모님은요? 명심해요. 당신은 지금 이 일이 지겹고…… 목표는 그가 그의 일을 계속하게 하는 거예요. 연출자는 계속해서 설명하고 지도했다.

"일일이 코치할 필요 없어요. 내 역할은 내가 제일 잘 알아요."

"실수하지 마세요."

"실수는 늘 있어요. 그게 실수처럼 보이지 않으면 되는 거잖아요."

그때 나는 자신만만하게 그렇게 대꾸했다.

그들은 현장요원의 고충을 모른다. 수많은 돌발상황을 모두 케어할 수 있다고 믿고 계획을 세우지만 그럴 수는 없다. 그리고 나는 진짜 실수를 했다. 그 실수가 나에게 다시 책으로 돌아왔다.

같은 연기를 두 번 하면 더 잘할 수 있을까. 하지만 이것은 배우의 입장에서 생각해야 할 문제가 아니다. 관객의 입장, X의 입장에서 생각해야 한다. 같은 영화를 두 번 보면 더 재미있을까. 아니, 같은 영화를 두 번 볼 때 우리는 무엇을 볼까.

재능 있는 리플리 씨가 말했듯이 다른 사람이 되는 과정에서 가장 중요한 점은, 그 사람의 기분과 기질을 유지하고 그와 어울리는 얼굴 표정을 짓는 것이다. 그러면 나머지는 저절로 자리를 잡는다.

그런데 만약 다른 사람이 되고 싶지 않다면…….

나는 아주 오래도록 지속될지 모를 나이면서 나 아닌 이 역할에 처음 임무에 투입될 때처럼 긴장한다. 모든 동작을 의식적으로 통제한다. 나는 이럴 때 어떻게 하는 사람이었던가를 생각한다. 준비는 끝났다.

이제 실전이다. 언제 끝날지 알 수 없는 시작이다.

"어디서 살 거야?"

X가 묻는다.

"……."

"갈 데 없으면 여기서 당분간 지내도 돼."

픽션과 논픽션의 경계가 무너진다. 내가 그가 상상했던 그 다큐멘터리 작가 감독이 맞다면 나는 지금 있을 곳이 없어야 한다. 그 일을 위해 나는 이곳의 집과 삶을 정리했다고 했으니까. 하지만 나는 그가 상상하는 그녀가 아니다. 그리고 또 하나, 그가 상상했던 그녀라면 나는 이곳에 머물려고 했을까. 아무튼…….

"집을 구해야지."

"어디?"

"여기!"

"여기?"

"이 아파트를 알아보려고……."

그의 얼굴에 갈등이 스쳐지나간다. 이 아파트는 비싸다. 월세라고 해도 다큐멘터리 작가 감독인 나인 그녀가 감당하기엔 힘든 수준이다. 하지만 그는 안다. 내가, 아니 내 뒤에는 돈 같은 것은 문제가 아닌 회사가 있다는 것을.

그리고 나에게는 각본이 있다. 그들이 써준.

"나, 돈 있어. 부모님이 남겨주신 것."

"아!"

그리고 일은 그들의 각본대로 진행된다. 그와 같이 들른 부동산에선 마침 그의 바로 옆집이 나와 있고, 그것도 꽤나 좋은 조건으로, 게다가 오늘 바로 입주까지 가능하다. 무리한 설정이라고 내가 반론을 제기했을 때 각본가가 말했다. 그 남자는 널 사랑한다고, 사랑하려고 한다고, 그에게는 이 무리한 설정이 운명적으로 느껴질 것이라고. 나는 속으로 웃었다.

하지만 지금 그는 정말 날 좋아한다. 그 좋아함에는 완전히 연기라고 만은 볼 수 없는 무언가가 있다. 그리고 그 무언가가 그들이 진정 그에게서 바라는 것이다.

"나 여전히 감시당하고 있어?"

그가 귓속말로 묻는다.

"아니. 당신도 스파이잖아. 나랑 똑같은."

말은 그렇게 했지만 그는 나와 같은 스파이가 아니다.

그와 같은 사람을 후보자라고 부른다. 누구나 노력하면 무엇이든 가능하다고 한때 알려져 있던 사실은 거짓이다. 기회는 오로지 그 '후보자'들에게만 있다. 태어날 때부터 선발되고 자라는 내내 관리된 자들. 후보자들은 자신이 알건 모르건 스파이다. 그리고 스파이가 되기 위해 지원하는 사람들이 있다. 그들을 지원자라고 부른다. 그러니까 드러난 낮의 조직에는 지원자들이 있고, 숨겨진 밤의 조직에는 후보자들이 있다. 그리고 그들은 모두 스파이다.

이제 겨우 한 걸음을 디딘 초보 스파이가 묻는다.

"우리 앞으로 어떻게 되는 거지?"

이제 막 전문요원으로 승진한 스파이가 대답한다.

"그냥 하던 대로."

"어떻게…… 이렇게……."

"하나만 명심하면 돼."

"하나만."

"아무도 믿지 마."

"너도?"

"……."

"너 자신도."

이제 그는 감시 대상자가 아니다. 나라는 감시자가 붙음으로써 감시 대상자에서 제외된 것이다. 일단은 그렇게 알고 있고 그럴 거라고 믿지만 백 퍼센트 확실한 것은 아니다. 세상에 백 퍼센트 확실한 것은 아무것도 없다.

그가 만약 그들의 제안을 거절했다면 어떻게 되었을까. 아마도 그냥 사라지게 되었을 것이다. 살인 같은 걸로 사람을 없애버리는 건 다른 조직에서 이미 하고 있다. 여기서는 그냥 존재가 사라지게 한다. 아무것도 아닌 사람으로 산다는 것이 어떤 것인지를 뼈저리게 가르쳐준다. 어떤 사람에게는 그것이 죽음보다 더한 대가가 된다.

나는 그가 그런 사람이기만 하다고 이제 생각할 수 없게 되었다. 차라리 그런 사람이기만 하다면 간단했을 거라고 생각하기도 한다. 하지만 그랬다면 내가 기꺼이 이 위험하고 복잡한 지경에 이르렀을까.

점으로 존재하는 스파이들. 우리의 특별해 보이는 인연은 우리가 동료이자 서로의 감시자임을 의미할 뿐이다. 세계는 냉정하다. 진심 어린 우정과 애정은 배반당할지 모른다고 우리는 겪기도 전에 배운다. 스파이인 내가 스파이인 그에게 진짜 가르쳐야 하는 것은 바로 그것이다.

Z :
창작활동의 필요충분조건

갑자기, 창작지원금을 받게 되었다. '갑자기'일 수 없는데, 갑작스럽게 느껴지는 건 왜일까.

이 지원금은 내가 직접 포트폴리오와 지원서를 작성해서 신청하는 것이고, 매년 신청이 가능하지만 똑같은 작가가 매년 받을 수는 없는 것이다. 상이면서 상과는 달리 다수가 똑같은 액수를 받는다. 작가가 되고 형편이 궁해진 이후 나는 매년 이 지원금을 신청했다. 그러나 지금껏 그 제법 긴 명단에서 내 이름을 발견한 적이 없었다.

올해라고 뭐 특별히 더 기대할 이유는 없었다. 아니, 해가 갈수록 궁핍해지니 기대는 더 커졌지만 그 궁핍 때문에 받을 가능성이 더 적어지는 경향이 있는 것도 사실이었다. 작가가 궁핍하다는 건 활동이 적다는 것이고 활동이 적다는 것은 성과가 적다는 것이고 성장 가능성도 적다는 것이다. 빈곤의 악순환 같은 것이다. 이 작고 초라한 세계에도 여전히 부익부 빈익빈이 존재한다. 그리고 언젠가부터 노골적인 차별도 나타나기 시작했다.

그동안 지원한 사실도 까맣게 잊고 지냈다. 어쩌면 나는 잊고 싶었는지도 모른다. 상대적 박탈감과 모멸감 등등 작가가, 그리고 그 무엇보다 인간이 느낄 수 있는 허무감을 바닥까지 느끼고 싶지는 않았던 보호본능 탓일 것이다. 그랬는데 기대도 하지 않던 창작지원금을 받게 되었다.

돈도 돈이지만, 아니 돈이 무엇보다 필요하긴 했지만 뭔가 인정을 받은 느낌이었다. 내가 틀리지 않았다는, 계속해서 써도 된다는, 아니 계속해서 쓸 수 있다는…….

＊

그리고 며칠 후 지원금 교부가 시작되었다는 연락을 받았다.

"카드를 발급받으시고 꼭 그 카드로 결제하시고 사용내역을 일주일 내로 기록하셔야 합니다."

"네? 카드라니요?"

"지원금 전용 카드를 발급받으시고 카드를 사용하시면 일주일 내로 어디에 어떻게 쓰셨는지 내역을 상세히 기록하셔야 합니다."

"창작지원금은 일종의 상금 같은 거 아닌가요? 증서와 함께 상금처럼 통장에 입금되는 걸로 알고 있었는데요."

"정책이 바뀌었습니다."

담당자의 설명에 따르면 나는 창작지원금 카드를 받게 되고 그 카드 한도 내에서 창작을 위한 활동비를 써도 된다는 것이다. 그러면서 그는 창작을 위해서만 써달라고 당부했다. 그러니까 회사원들이 경비 영수증을 챙기는 것처럼 나는 내 창작활동의 영수증을 일일이 챙겨가면서 기록해야 한다는 뜻이다.

나는 담당자에게 질문했다.

"저는 소설가이고, 소설가에게 창작활동비라는 게 도대체 뭔가요?"

이미 죽었다는 문학이 이 신자유주의 사회에서도 근근히 살아남아 있는 것은 돈이 거의 들지 않기 때문이다. 극단적으로 연필과 공책만 있으면 글을 쓸 수 있다. 그러니까 소설가의 창작활동의 필요충분조건은 연필과 공책, 그리고 살아 있는 것이다.

"작가님, 창작을 위해 여행도 가시고 창작을 위한 물건도 구매하시면 됩니다."

"그러면 창작을 위해 밥도 먹고 술도 마시고 커피도 마시고 택시도 타고 해도 되는 겁니까?"

"네, 그렇습니다. 그런데 반드시 창작을 위해서만 그러셔야 합니다."

담당자에게 수백 번 질문해도 소용없는 짓이다. 우리는 어차피 서로의 일을, 아니 어쩌면 서로의 삶 자체를 납득할 수 없을 테니까. 그는 나름의 고충을 나에게 토로했다.

"저희가 감사에서 지원금이 도대체 어디에 쓰이느냐고 추궁을 받아서 정책을 바꿀 수밖에 없었습니다. 양해해주시면 최대한 협조해드리겠습니다."

전화를 끊고 지원금을 포기할까도 생각했다. 크다면 크고 적다면 적은 돈이었다. 지금 같은 상황에서는 포기하기 아쉬운 형편임은 분명했다. 하지만 왠지 감시를 당하는 기분이었다. 그들이 내가 언제 어디서 무엇을 했는지를 알 수 있다는 말이다. 나를 무슨 이유로 감시하느냐고 한다면 할 말은 없고 나도 그럴 정도의 음모론자는 아니지만 어쨌든 통제받고 있다는 느낌만은 확실했다.

아끼고 아낀다면 일 년을 겨우 살아갈 수도 있을 그 돈 때문에 어느새 나는 나 자신의 자유를 저당잡히고 매일을 자발적으로 보고 입력해야 하는 존재가 되었다.

*

그리고 그 하루하루의 카드 소비 내역의 입력은 나 자신을 돌아보게 만들었다. 나는 아주 초라한 존재였다. 그리고 나는 그리 많은 것이 필요하지 않은 사람이었다. 내가 생각했던 것보다 더더욱…….

그러므로 어쩌면 나는 그 무엇이든 할 수 있는 사람일 수도 있었다. 이 세상 그 누구보다 돈에서 자유로웠으니까. 자본주의 사회에서 그처럼 위험한 존재는 없을지도 모른다. 그런 생각을 하다가 혼자 웃었다. 누구랑도 같이 웃을 수 없는 이야기였다. 그래서 혼자 외로이 깔깔거리며 웃다가 눈물까지 흘렸다.

눈물을 흘리면서 썼다. 쓰려고 굴욕을 견디며 이렇게 살아 있는 거니까.

조금씩 새어나오는 가스처럼 불행이 아래부터 쌓이고 있었다. 점점 더 두텁고 질게. 그러나 아무도 폭동에 대해 걱정하지 않았다. 그 가스 층에 튈 불꽃 같은 건 사라진 지 오래였다. 불행과 무기력에 중독되어 좀비들처럼 걸어 다녔다. 하루를 살아남기 위해 생각을 할 시간은 없었

다. 생각은 최고의 지성이었고 최상의 사치였다. 그런 생각 할 시간 있
으면 일이나 해. 그것은 아주 오래된 허무의 명령어였다.

　그리하여 혁명은 죽은 단어가 된 지 오래였다. 그 누구도 그것이 무엇
인지 몰랐다. 몰랐으므로 생각하지 않았다. 생각하지 않았으므로 혁명
의 과거는 판타지 역사 소설이 되었고 혁명의 미래는 허무맹랑한 미래
과학 소설이 되었다. 그리고 그것이 그 어떤 종류의 소설이든 간에 책을
읽을 여유가 없어진 지 오래였다. 책은 가만히 말라들어갔고 어느새 하
나둘 먼지가 되어갔다.

B :
우아하게 혁명을 생각하는 시간

소설가의 컴퓨터를 실시간 감시하고 있다. 위험 단어가 등장했다. 아주 오랫동안 사람들에게서 사용되지 않았던 단어. 역사책에나 등장해서 읽히는 단어. 아주 멀고 불가능한 단어. 누군가는 희망을, 그보다 많은 사람들이 위험을 감지하는 단어.

혁명······.

그들에게 책을 읽을 여유조차 없는 삶, 시간에 쫓기고 돈 앞에 망설이는 삶을 살게 하는 이유는 상상을 할 수 없게 만들기 위해서이다. 눈앞만 바라보고, 내일만 생각하고 심지어 오늘이 가장 걱정인 삶. 그래야 생각을 할 시간이 없다.

그들의 가장 큰 무기는 사색이다. 사색은 시간 없이는 불가능하다. 그리고 모여서 내면에 관한 대화를 해서는 안 된다. 그들이 고작 나눌 수 있는 대화는 매달의 카드대금과 아파트 대출금, 미래에 대한 건 돈 걱정뿐이어야 한다. 더 깊이 고민하는 건 절대 불가능해야 한다. 이렇게 사는 건 사는 게 아니다. 우리는 왜 이렇게밖에 살 수 없나. 생각하고 생각하면 위험해진다. 그래서 시위는 1인까지이다. 인간이란 두 사람이 모이면 대화를 하고 세 사람이 모이면 논쟁을 하고 네 사람이 모이면 토론을 하는 존재들이다. 그렇게 해서 다섯 사람이 모이고 여섯 사람이 모이고, 모이고, 모이면 결국에는 해결책이 나온다.

나는 내가 이렇게 살기 위해 그들을 그렇게 살게 만든다. 하지만 내가 하지 않아도 누군가는 그들을 그렇게 살게 만들 것이다. 그 누군가보다는 차라리 내가 낫다. 그 위안은 사실일까?

아직은 내가 모르는 뭔가가 있을 것 같은 느낌이 나를 여기로 이끈다. 그것이 비록 위험일지라도.

Y가 소설가의 일을 마지막으로 구두보고했을 때가 생각난다.

"소설가가 이대로 안 움직이면 어쩌죠?"

"우아하게 조종할 방법을 찾아야지."

"……."

"당근 먼저."

"소설가에게 당근이라면, 재능을 조작할 수는 없는 거잖아요."

"할 수 있어. 어느 정도까지는. 위대한 예술가들에게는 후원자가 있었지. 베스트셀러를 만들고, 상을 주고, 인지도를 높이고, 평범한 독자들이 알지 못하는 걸 억지로 일깨울 수도 있어. 어느 정도까지는 조작이 가능해. 하지만 그 한계 너머로 가는 게 진짜 재능이지. 어쨌든 이제 자네는 슬슬 손을 떼야지."

그 이후로 나는 소설가의 일을 재배치하지 않고 있다. 윗선에서는 그보다 중요하다고 자신들이 믿는 일에 매달려 있고, 내가 알아서 처리할 것을 믿는다. 그리고 그 무엇보다 그들이 믿어 의심치 않는 건, 아니 믿지 않는 건 소설의 가능성이다. 소설을 쓰는 자와 읽는 자들의 특별한 능력…….

나의 예전 보스는 말했다. 소설을 읽는 것은 무엇보다 재밌어. 그런데 그 재미는 일반적으로 사람들이 말하는 재미하고는 좀 달라. 너무 재밌어서 아무 생각이 안 나는 것이 아니라 자꾸만 뭔가를 생각하게 만드는 재미가 있어. 어떤 작가들은 언제나 어떤 방식으로든 우리에게 지금 여기의 문제를 고민하고 현실을 직시하라고 말하고 있어. 그런 작가들은 본능적으로 문학이 어떻게 세상에 기여할 것인가를 알아. 게다가 작가와 독자는 스파이들의 암호보다 더 복잡한 코드로 소통하지. 그들의 연대는 그들이 직접 스스로를 드러낼 때까지는 알아내는 게 거의 불가능하다고 볼 수 있어.

나의 예전 보스, 나의 멘토였던 그는 책읽기를 참 좋아하는 사람이었다. 나도 책을 읽는다면 읽는 사람이었지만 그를 따라갈 수는 없었다. 그도 그럴 것이 젊은 나는 결혼도 했고 아이도 있고 시간을 다른 데 쓸 데가 있었지만 그는 그런 사생활이 아예 없는 사람이었다. 사생활이 곧 책읽기였던 사람이었다.

책 좋아하던 예전 보스는 소리 소문 없이 사라졌다. 여기서는 소리 소문 없이 사라지는 일이 비일비재하다. 우리는 두 세상에 걸쳐 있기 때문이다. 여기서 사라진다고 저기서 사라지는 것은 아니라고 믿고 있지만 그게 사실일까. 내 본질이 여기 있다고 믿는다면 여기서 사라지면 온 세상에서 내가 사라지는 것 아닐까.

부자는 과거를 수집하고 중산층은 미래를 계획하고 빈민은 현재를 걱정한다면 그럼 스파이는 무얼 할까, 라고 묻던 예전 보스의 안부가 가끔은 궁금하다. 그는 자신의 질문에 대한 대답을 찾았을까. 이제 그는 자신이 늘 말하던 것처럼 은퇴자들의 꿈의 섬에서 책이나 읽고 있을까. 그러려고 스파이가 된 것은 아니지만 결국 그것밖에 원하는 것이 없어졌다고 말하던…… 비관주의자. 나도 그만큼 나이를 먹으면 그렇게 비관적이 될까.

오랜 세월 동안 이 일을 하면서 살아남는 데는 이유가 있다. 굳이 다 알려고 들지 않기 때문이다. 뭐든 깊이 알고자 하면 죽기 십상이다. 그러니까 시키는 대로만 하면 된다. 그렇게만 하면 버릇처럼 불가피한 불행처럼 보이는 사고를 당하는 건 아닐지 의심하여 자신이 탈 차를 살피고 엘리베이터 앞에서 머뭇거리며 확인을 하고 가스관을 점검할 필요도 없다. 그리고 잠들기 전에 오늘 하루도 무사했다고 안심한다. 가족이 있어 누구보다 행복하다고 자신을 위로한다. 그러면서 다시 다짐한다. 어차피 이 일은 나뿐만 아니라 그 누구도 절대 파헤칠 수 없는 일이라고.

그리고 그렇게 자신이 괴물이 되었다는 걸 깨닫는 순간이 있다.

혁명…….

꿈꾸던 사람들이 하나 둘 셋…… 사라졌다. 노동자가, 활동가가, 그리고 우리의 그가 스스로 목숨을 버렸다. 아니, 목숨을 걸었다. 현대사회에서 자살은 흔한 사건이다. 그러나 무언가를 말하기 위해, 무언가를 바꾸기 위해, 즉 죽음으로 말하는 자살은 현대적이지 않다. 가장 극단적인 방식으로 의사표현을 하게 하는 그 '무엇'은 무엇일까.

우리가 바꾸지 못하는 것이 우리를 바꾸기도 한다. 그리고 우리가
바꿀 수 없는 것과 바꿀 수 있는 것들 가운데 우리의 진실이 있다.

X :
스파이의 존재 가치

나는 그녀의 정체를 알지만 모른 체해야 한다. 우리는 실제로 호감을 느꼈지만 느낀 척해야 한다. 그녀는 그들의 지시를 따르지만 사실은 따르지 않고 있는 것이다. 그녀는 임무를 수행하고 있지만 진실은 마음이 가는 대로 하고 있는 것이다.

그렇게 생각하고 그렇게 믿을 때에만 내 정체는 가치를 지닌다. 현재로서는.

*

"누굴 믿어야 하지?"

나는 그녀에게 묻는다.

"아무도 믿으면 안 되는 건가?"

"당연하지. 스파이니까."

스파이는 자기 그림자도 믿지 않는다. 그녀는 어떠한 순간에도 그 사실을 잊어서는 안 된다고 다시 또 말한다. 이렇게 말하는 그녀조차 믿어서는 안 된다는 뜻일까. 나는 묻고 싶지만 아직은 물을 수 없다. 내가 감당할 수 있는 질문은 여기까지이다.

"내 부모를 혹시 그들이……."

그들이 삶을 위장할 수 있다면 죽음도 위장할 수 있지 않았을까. 그녀는 고개를 저었다.

"그들은 유사시 당신을 움직일 가족이 있는 걸 선호해. 당신 부모가 위험인물이었다면 모를까, 일부러 당신 부모를 제거하지는 않았을 거야."

내가 정말 이 여자를 사랑하고 결혼한다면 내게도 가족이 생기는 것이니 그녀는 나의 인질이 되는 것인가. 하지만 그녀는 스파이이므로 정말 내 삶의 인질이 될 수는 없는 것이 아닐까. 계산하고 예측하는 일을 아주 잘 해왔지만 마음은 모르겠다.

"걱정하지 마. 그들은 당신에게 해를 끼치지 않을 거야."

"어떻게 그렇게 확신하지?"

"확신할 수는 없어. 그 무엇도…… 하지만 당신이 그들에게 필요 없었다면 당신은 지금처럼 살아갈 수 없을 거야."

"도대체 뭘 믿어야 할지 모르겠어."

"세상 사람들이 모두 잠재적인 테러리스트가 아니듯 우리 모두가 누구에게나 위장한 스파이는 아니야."

"정말 그럴까?"

나는 평생 누군가의 계획 하에 살아온 것은 아닌가, 하는 자괴감이

든다. 이 사랑도 나의 마음이지만 그들에게는 계획에 걸려든 것이 될 것이다. 닭이 먼저냐, 달걀이 먼저냐. 하지만 이 사회에서 다른 누군가의 계획 아래에 살고 있지 않은 사람은 누구인가.

"당신은 언제부터 이 일을 했지? 당신은 어떻게 스파이가 된 거지? 당신도 나처럼 된 건가?"

"나는 당신하고 달라."

"뭐가 어떻게 다르지?"

"……."

"설명할 수 없는 건가? 설명해서는 안 되는 건가?"

"……."

"아니면 당신도 모르는 건가?"

그녀는 한숨을 내쉰 후 미소를 짓는다. 한숨과 미소…… 어쩌면 이 일의 본질은 그런 것일지도 모른다.

"일단 보이는 요원과 보이지 않는 요원이 있어. 당신은 보이지 않는 스파이야."

"무슨 말이지?"

"보이지 않는 스파이는, 그러니까 어떻게 설명해야 할까? 만약 그가 경찰이라면 그는 경찰로 일하는 동시에 우리 일을 하는 거야. 그 가운데 선택해야 하는 게 아니라는 얘기지. 우리 일을 위해 자신의 경찰 일을 배신한다거나 하는 일은 없는 거지."

"그러니까 본래 자신의 신념이, 아니, 그 일을 하는 신념이, 당신들 스파이의 목표와 일치한다는 거지. 그렇다면 그는 그냥 경찰인 거지 스파이는 아니잖아."

"아니지. 그가 애초에 경찰로 일하게 될 때 그리고 경찰로 계속 그렇게 일할 수 있도록 보이지 않는 손길이 미친 거야."

"그러면 나는?"

"몰라. 당신의 과거는 내가 볼 수 있는 레벨이 아니야."

"무슨 뜻이지?"

"무엇 때문인지 모르지만, 당신이 꽤 중요한 사람이란 뜻이지."

"무엇 때문인지 알고 싶지 않은 건 아니고?"

"상상해볼 수는 있어. 기억을 잃기 전까지 당신은 스파이가 아니었다는 말이야. 그러면서도 스파이였겠지. 이 조직에 기여하고 복무하는. 당신이 뭔가를 바꾸려고 해서 그들이 당신의 기억을 지우고 당신의 정체성을 조정한 거야. 다른 길을 가게 하도록, 아니 그러니까 가던 길을 계속 가게 하도록."

"그러니까 당신은 나 같은 사람들이 이렇게 살도록 만드는 스파이라는 거네. 자신이 스파이라는 걸 알고 있는 보이는 스파이. 하지만 어쨌든 이제 우린 같은 거네. 나도 내가 스파이라는 걸 아니까."

"그래도 나는 당신과는 달라."

"……."

"나한테는 선택의 여지가 주어진 적이 없었어."

"이제 선택할 수 있어."

아직도 잘 모르겠다. 이것이 내 선택인 것인지. 나는 어떤 것을 선택했고 그 선택을 위해서 이렇게 하는 수밖에 없었다. 그것도 선택의 여지라면 여지일 것이다. 그런 선택마저도 할 수 없는 사람이 많으니까. 그리고 이제 나는 내 선택을 지키려 한다.

집 전체를 검사하고 일종의 요새를 만들었다. 도청 장치가 없음을 확인했고 나 외의 사람이 집을 드나들 수 없도록 잠금 장치를 다시 설치했다. 그리고 그들과의 계약에 나를 감시하지 않는다는 것을 확인받았다. 알고 있다. 나를 감시하는 건 그녀다. 그리고 누군가 그녀를 관리하고 있을 것이다. 우리가 자유로운 건 이 집 안, 우리 둘만 있을 때이다. 그리고 우리가 서로를 믿을 때뿐이다.

나는 그녀를 믿는다. 믿어야 한다. 믿으려고 한다. 그녀를 믿지 못하면 내가 살아갈 이유가 없어진다. 이렇게까지 하면서 살아야 할 이유가…… 그러므로 나는 그녀에게 묻지 않을 수 없다.

"당신은 나를 어떻게 생각하지?"

이 질문은 어쩐지 고백처럼 들린다. 원래 알고 싶었던 것은 그녀의 마음이지만 그녀의 삭막한 표정을 보고 질문의 방향을 바꾼다. 나는 아직 두렵다. 이 삶이 아니라 이 사랑이.

"나에 관해서 어떤 것, 당신이 해야 할 일에 대해 구체적인 지침 같은 것이 있어?"

"나는 그 등급은 지났어. 자율적인 판단에 따라 행동할 수 있어. 물론 그들이 설정한 목표 아래에서지만."

"만약 내가 그들의 목적과 다르게 움직이면 당신은 어떻게 되는 거야?"

"글쎄. 그런 건 생각해보지 않았어."

"왜?"

"사실 나는 그들의 진짜 목적을 모르거든."

내가 그들이라고 말했으므로 그녀도 그들이라고 말할 뿐, 그녀는 분명 그들 속에 속하는 사람이고, 사실 '그들'은 '우리'였다.

"그러니까 우리는 우리의 존재 이유를 모르고 존재 가치를 스스로 판단할 수 없는 거네."

그녀는 지시받은 것까지만 해야 한다. 돌발상황을 일으킬 수 있는 것은 나다. 내가 예측하고 판단해야 하는 건 그녀의 뒤, 그 너머에 있는 사람들이다. 내가 그녀에게 청혼을 한다. 우리가 결혼을 하면 이득이 될지 아닐지를 판단하는 건 그들이다. 내가 더 유용한 인간이 되어야만 그들은 그녀에게 나를 평생 감시하도록 할 것이다. 그녀와 함께하기 위해서는 나는 그들에게 도움이 되거나, 그들에게 위험한 인물이 되어야 한다. 적정선을 지켜야 한다. 선을 넘으면 제거될 것이고, 선 아래이면 필요 없어질 테니까.

"당신이 나를 아는 만큼 나는 당신에 대해 알지 못해. 그래서…… 당신에 관한 보고서를 요청할 생각이야."

"그 보고서로 나에 대해 알 수 있다고 생각해?"

"아니, 그게 진짜 당신이 아닌 건 알아. 하지만 그들이 생각하는 당신, 혹은 그들이 생각하기에 내가 생각하는 당신에 대한 이상화한 모습 같은 건 예상 가능하겠지. 대외적으로 보여야 할 상황을 설정하는 데 도움이 될 거야. 그게 우리 관계에 대한 그들의 의심이나 감시를 덜어줄 거라고 생각해. 그렇지 않을까? 그들의 사고 체계와 일처리 방식을 생각하면 말이야."

스파이는 소모품이다. 그녀가 말하는 어떤 등급까지는 분명…… 거의 모든 사람이 자본주의의 소모품인 것처럼. 먹이 사슬처럼 결국 최상위층에게 희생된다. 돈을 분석하는 사람이 된 이후 나는 그 사실을 애써 외면해왔다. 그 사실을 그 흐름을 변화시킬 방법이 없어 보였다. 아주 낮은 가능성에 투자하지 않는 것은 당연했다.

*

지금 이 모든 것이 침묵의 대가이다. 알고도 모른 척하는 것. 아는 것을 대가 없이 알려주지 않는 것. 앞으로도 영원히 일 퍼센트를 위해서만 아는 것을 말하겠다는 것. 그에 대한 대가로 이 삶은 충분한가. 내 양심을 저버리는 대가로 말이다.

질문이 있으면 하세요. 지금. 그리고 더 이상 없다면 이제 영원히 침묵하세요. 스파이인 그녀가, 나의 피앙세인 그녀가 나에게 그렇게 말하는 듯하다.

어쨌거나 스파이 놀이가 시작됐다.

비록 믿을 수 없어 보일지라도, 나는 이제 내가 나라고 믿는다.

Y :

도미노 게임

성공적인 환상을 만들어내기 위해서 제일 중요한 것은 믿음이다.

우리는 이 모든 것이 거짓임을 알고 있고, 우리가 그 거짓 위에 위태롭게 서 있다는 것도 알고 있다. 하지만 우리는 서로를 믿어야 한다. 완벽하게 믿는 것처럼 보여야만 한다. 거짓을 완전히 감추고 진짜처럼 보이도록 세심하게 모든 말과 행동 하나하나에 주의를 기울여야 한다.

만약 약간이라도 불완전해진다면 도미노 조각 하나가 전체를 무너뜨리듯 환상이 깨어지고 거짓된 진실이 드러나고야 말 것이다.

*

"이게 뭔지 알아?"

그가 묻는다.

"나에 대한 보고서가 도착한 거야? 빠르군."

"그래, 너무 빨라. 이건 무얼 의미하는 걸까?"

"그들이 일을 매우 잘한다는 것. 당신이 나에 대한 보고서를 요청할 것이라는 것이 그들의 예상 혹은 계획 속에 있었다는 것."

그리고 내가 그에게 말할 수 없는 것들…… 이런 종류의 보고서에 대해 나는 이미 충고를 들은 적이 있다. 가짜와 진짜가 교묘히 섞인다. 그의 기억과 비슷하다. 증명할 수 있는 것은 가짜이지만 증명할 수 없는 것은 진짜이다.

"여기에 진짜는 얼마나 있지? 당신이 어디에서 무슨 일을 했었는지 어떻게 살았는지 여기 나와 있지만 이건 가짜겠지?"

"생각하기에 따라서는 진짜일 수 있어."

위장 근무의 핵심은 실제 자신과 최대한 가깝게 캐릭터를 설정하는 것이다.

"진짜 당신 가족은?"

"엄마 하나."

"여기도 그렇게 쓰여 있네."

그렇게 쓰여 있을 것이다. 그런 근원적인 것은 장기간 관계를 유지하다보면 실수하기 쉬우니까 설정을 비슷하게 간다. 하지만 엄마에 관한 세부사항이 다를 것이다.

"아버지는?"

"없어."

"돌아가셨어?"

"한 번도 만나본 적 없어. 거기 아버지에 대해서는 뭐라고 나와 있어?"

"군인. 복무 중에 돌아가셨고……."

어디까지가 사실일까. 엄마는 나에게 저런 이야기를 한 적 없다. 사람들에게 엄마가 저렇게 이야기하는 걸 내가 들은 적은 있지만 나에게 직접 아버지에 대해 이야기한 적은 없다. 나는 묻지 않았다. 궁금하지도 않았다. 엄마로도 충분했으니까. 아빠는 이미 오래전에 죽은 사람이었다. 엄마는 죽었다는 표현 대신 없다는 표현을 쓰긴 했지만…….

"당신 엄마를 만나보고 싶어. 어떤 분이신지…… 엄마는 지금 어디 계셔?"

그가 여기서 더 나아가 엄마에 대한 상세 보고서를 요청할 경우를 생각해야 한다. 그들은 그의 성향에 따라 판단할 것이다. 그들이 엄마가 죽은 것으로 내 역할을 만들지 않은 것에도 이유가 있을 것이다. 내가 엄마의 존재를 숨기면 숨기는 대로, 드러내면 드러내는 대로 다른 상황이 전개될 것이다.

"왜? 우리 엄마는 진짜 나를 알 것 같아?"

"당신 엄마 정신병원에 계셔?"

"……."

"여기 그렇게 적혀 있어."

거짓말도 역할극도 아니다. 엄마는 진짜 정신병원에 있다. 제정신이 아닌 엄마는 나에게, 그리고 그들에게 어떤 존재일까.

"맞아. 당신은 진짜 우리 엄마를 만나긴 어려울 거야. 아주 가끔 정신이 드는 날도 있긴 있지만…… 그런 날이 점점 줄어들어. 나를 못 알아봐."

엄마가 미쳐가면서 나타난 첫 번째 증상은 나를 못 알아본 것이 아니라 나를 사람이 아니라고 생각한 것이었다. 넌 사람이 아니야. 쟤는 사람이 아니라니까요. 그러다가 결국 엄마는 내가 자신의 딸이 아니라고 부인하기에 이르렀다. 십대 사춘기 시절 그런 이야기를 들으면서 자란 사람이 사람을 믿지 못하는 스파이가 되는 건 그다지 이상한 이야기도 아니지 않을까.

나를 증명할 수 있는 유일한 혈육, 엄마의 주장에 따르면 나는 사람도 아니고 자신의 딸도 아니다. 나는 누구이며 어디에서 왔을까.

"어머니 혼자 당신을 키우려고 고생하셨겠다. 아무리 연금이 있다지만 두 사람이 살기에 충분한 돈은 아니잖아."

엄마가 미치기 전까지는 충분하진 않아도 부족하지도 않았다. 엄마는 정규직을 가져본 적이 없고 언제나 파트타임으로 무언가를 조금씩 했고 그걸로 우리 두 사람이 살았다. 엄마가 아프기 시작하면서 모든 것이 달라졌다.

"엄마랑 둘이 다정했겠다."

"글쎄…… 우리 엄마 좀 폭력적이었어."

"널 때렸어?"

"아니. 그런데 다른 사람을 때리는 걸 본 적 있어. 무서웠어. 그 사람들이 날 데려가려고 했거든."

"엄마가 당신을 정말 사랑했었나봐."

그 엄청난 괴력. 정상적인 엄마가 할 수 있는 일은 아니었다. 내가 그 이야기를 엄마에게 했을 때 엄마는 꿈을 꾼 거라고 했고 그때는 나도 그렇게 생각했다. 하지만 이제는 꿈이 아니라고 생각한다. 왜냐하면 그 이후로 엄마가 조금씩 이상해졌기 때문이다.

"엄마는 언제부터 병원에……."

"중학교 때부터."

"그럼 어떻게 자란 거야?"

"기숙학교에서 지냈어."

엄마의 병 때문에 같이 살기 어려워지자 나는 그곳으로 보내졌다. 엄마는 가족이 없었으므로 엄마 대신 나를 보호할 어른이 세상에 없었다. 엄마는 미성년자인 나를 대신한 어떤 기관의 동의하에 정신병원에 수용되었고, 나는 정신병으로 판단 능력을 상실한 엄마를 대신한 또 다른 어떤 기관의 결정으로 그곳으로 보내졌다. 그런 일련의 과정이 어떤 방식으로 이루어지는지 자세히 모른다. 하지만 방법이 그것밖에 없다고 권위를 가진 전문가가 말하면 그렇게 믿을 수밖에 없다.

"당신 친구들도 만나보고 싶어."

"친구 없어. 스파이는 친구를 가질 수 없어. 진짜 자기 자신이 누구인지를 숨기고서는 친구가 될 수 없으니까."

우리는 인간관계에 관심이 없다. 아니, 없는 척한다. 옆의 누군가, 눈앞의 이 사람이 어디에서 와서 어디로 가는지 알고 싶지 않을 수 있는가. 그것이 때로는 중요하지 않거나 의미 없을 수도 있다는 것도 안다. 하지만 그보다 더 그것이 고스란히 약점이 될 것이라는 것을 안다. 그리하여 목숨을 내놓고 일해야 하는 결정적 순간 그것이 그의 발목을 잡고 또 옆에 있는 나를 위험으로 끌어당길 것이다. 그래서 숨긴다. 숨겨야 한다고 믿는다. 모른다. 몰라야 한다고 믿는다. 서로를 믿고 이해하면 냉혹해져야 하는 순간 저버릴 수가 없다.

"어릴 때 친구도 없어?"

"공부하느라 바빴어. 친구가 아니라 모두가 경쟁자였어. 밟고 올라가지 않으면 내가 죽으니까."

그곳에서 우리는 이름이 없었다. 번호로만 불렸다. 비밀은 지켜져야 하기에 거기서 낙오된 아이들은 죽는다. 우리는 그렇게 믿었다.

"살벌한 어린 시절을 보냈군."

"당신은 안 그랬어?"

"글쎄. 그 정도는 아니었던 것 같은데."

"좋은 학교를 다녔나봐?"

"좋은 사람들이 있었던 거겠지."

"당신은 나보다 운이 좋군. 아니면 당신이 나보다 좋은 사람이거나."

"과연 그랬는지 지금은 의문이야. 아무도 날 찾지 않잖아. 당신을 제외하고는."

내가 외로운 유년시절을 보낸 것처럼 그는 외로운 청년 시절을 보냈을지도 모른다. 어쩌면 그가 부럽기도 하다. 그 외로운 청년시절이 기억나지 않으니…… 나는 지금도 꿈을 꾼다. 그 시절로 돌아가 도무지 끝날 것 같지 않은 테스트를 받는 꿈을.

"하지만……."

"그래, 하지만…… 당신은 진짜 내 친구는 아니지."

나는 늘 혼자였지만 전혀 외롭지 않았다. 온 세상 사람들이 나를 쳐다보고 있는 것 같은 느낌, 실수를 저지르면 큰일이 일어날 것이기에 마음을 단단히 먹고 있어야 한다면 그게 누구든 외로울 수가 없다. 외로움은 사치이다. 실수는 절대 저지르지 않을 것이다. 혼자 있을 때조차도 긴장을 풀지 않는다. 긴장이 평소 상태이며 감정이다. 잠을 잘 때에도 꿈을 꿀 때에도 나는 내가 맡은 임무, 역할에 몰입할 지경이었다.

"정말 알고 싶은 게 뭐야?"

"난 너의 진짜 냄새와 숨결과 땀을 알고 싶어. 그건 진짜겠지."

원한다면 우리는 얼마든지 위안을 주는 환상 속에서 살 수 있다. 거짓된 현실에 속아주기도 하고 본래 의도를 감추려고 그 현실을 이용하기도 하면서. 이 거짓으로 쌓은 도미노가 길고 크고 복잡해질수록 어쩌면 우리는 더더욱 환상을 포기할 수 없을 것이다.

성공적인 환상을 지키기 위해 거짓된 삶을 사는 것, 그것이 바로 스파이의 삶이다.

B :

체스 게임

얼마면 사람을 죽일 수 있나?

장막 뒤에서 나는 면접관의 태블릿으로 질문을 전달한다. 면접관이 질문한다. 아니, 질문을 읽는다.

"얼마면 사람을 죽일 수 있겠습니까?"

질문을 받은 이들은 신입사원 지원자로 최종단계인 임원 면접을 받고 있다. 임원의 뒤에서 임원의 입을 빌려 질문하는 우리는 그들보다 높은 자일까. 수석요원이 된 이후로 필드에 나가 활동하는 일보다는 책상을 지키며 기획을 총괄하고 지시하고 보고받는 일이 많아졌다. 그 책상머리 일 중 하나가 스파이를 선발하고 키우는 것이다.

치프가 오랫동안 내가 멀리하던 이 일을 다시 지시한 이유가 궁금하다. 그에게는 분명 숨은 의도가 있을 것이다.

요즘 젊은이들을 비록 장막 뒤이지만 가까운 곳에서 보는 것이 오랜만이다. 그리고 그들의 사뭇 진지한 대화를 지켜보는 것도. 내가 저 질문을 하기 전까지 그들은 이미 토론면접까지 거쳤다. 고용불안과 승자독식의 세계 주위에서 사회의 맨 밑바닥을 지탱하고 있는 이십대 젊은이들의 사회적 연령이 낮아지고 있고 민주주의에 대한 감수성도 떨어진다는 보고서가 계속 있었다. 감각적으로 그들을 마주하고 있으니 정말 문제라는 생각이 든다.

문제가 있을 때는 시비를 걸어야 하는데 그들은 그 방법을 모른다. 아예 싸울 줄 모를뿐더러 비록 이번에 싸워서 승리하지는 못해도 승리에 한걸음 가까워질 수 있다는 가능성을 상상하지 못한다. 그저 취직만 시켜준다면 돈만 벌게 해준다면 끽소리 않고 살겠다는 생각인가. 나쁜 세상에서라도 살아남는 것이 최고라고 생각하는 것인가.

몇 해 전에 이런 면접을 참관했을 때만 해도 저렇게까지 노골적이지 않았다. 아직 일어나지 않은 일에 자신의 양심을 쉽게 팔아버리는 젊은이들이 저토록 많다니…… 상상으로 할 수 있는 일을 실제로는 할 수 없을지도 모르지만 어떤 일은 이미 상상만으로도 충분하다. 그러므로 그 돈이 얼마이든 돈이면 누구든 죽일 수 있다는 녀석들이 이 일을 해서는 안 된다는 것이 나의 믿음이다.

얼마면 사람을 죽일 수 있느냐, 그것은 나는 누구인가에 대한 질문이다. 그리고 그 질문은 삶의 목적을 묻는 질문이기도 하다.

얼마면 사람을 죽일 수 있나?

나도 이 일을 시작할 때 비슷한 질문을 받았다. 우리 세대만 해도 대학생이 요즘처럼 많지 않았다. 그래서 대학생이 된다는 건 조금은 특별한 일이었다. 요즘처럼 스펙을 쌓기 위해 여러 가지 경험을 했던 것이 아니라 그때는 정말 세상을 알기 위해 여러 가지 경험을 했다. 우린 나약하지도 평범하지도 않았다. 그리고 무엇보다 우린 혼자가 아니었다. 책임질 게 많은 사람이라는 뜻이다. 우리를 위해 가족이 희생하고 우리에게 우리보다 덜 배운 사람들이 기대하는 것이 있었으니까. 누가 가르쳐서 시키는 대로 하다가 여기에 온 것이 아니라 스스로 깨우치고 깨달으면서 여기까지 온 것이다.

"아직도 그렇게 생각해요?"

옆에 앉은 자는 나와 같은 수석요원이다. 알아챌 수 있는 사람만이 알아보는, 리미티드 에디션을 가진 남자. 자동차광이라는 그가 지금 차고 있는 시계는 태그호이어의 모나코 1969 오리지널 리에디션으로 전 세계적으로 일천 피스 한정판매된 것이다. 1969년 첫 선을 보인 모나코는 수많은 레이서를 흥분의 도가니로 몰아넣은 최고의 포뮬러1 그랑프리 중 하나인 모나코 랠리를 기념하여 출시된 제품으로, 시계 역사상 처음 발명된 사각형 방수시계이다. 레이싱을 소재로 한 영화 〈르망〉에서 스티브 맥퀸이 차고 나와 스티브 맥퀸 시계로 불리며 시대를 아우르는 아이콘이 되었다.

나도 그의 팔목에 채워진 시계와 똑같은 것을 가지고 있다. 하지만 우리는 다른 점이 있다. 그는 진짜 1969년에 만들어진 저 시계의 최초 버전도 가지고 있다. 그는 그 클래식 시계를 아버지에게 물려받았다.

"세상이 필요로 할 것이라고 상상하는 온갖 스펙을 쌓고 회사가 선호할 거라고 믿는 것으로 나열한 이력서를 수백 군데에 낸 후 이미 공부하고 준비하고 연습한 대로 수십 군데에 면접을 보는 일련의 과정 자체가 결국 이십대가 이 사회에 순응하도록 만드는 것이지만, 결국 순응을 배신하는 사회와 맞닥뜨렸을 때 폭발할 분노의 파괴력은 어쩔 것이냐고…… 하셨죠."

그는 지난 회의에서 내가 한 말을 반복한다. 그때 대부분의 사람들이 내 예측은 틀렸다고, 감각이 떨어졌냐는 소리까지 들었다. 치프가 갑작스럽게 나를 면접에 합류시킨 것도 그것 때문일까.

이 남자에게는 무엇인가 근본적으로 손댈 수 없는, 곱게만 자라 버릇없는 아이 같은 점이 있다. 보고 있으면 '엄친아'라는 단어가 저절로 떠오른다. 엄마 친구 아들 딸과 늘 비교된다는 의미에서 시작되었을 그 단어는 점점 변모하더니 부모에게서 물려받은 것 많은 아이들을 가리키는 용어로 변질되었다. 엄마 친구라는 말을 생각해보자. 엄마의 친구들은 같은 동네에서 자랐거나, 같은 학교를 나왔거나 자라난 환경이 비슷할 것이다. 그들의 아이들도 조건이 비슷할 것이다. 엄마들이 그토록 친구 아들과 자신의 자식을 견주는 것은 비슷한 조건인데 왜 너는 이 모양이냐? 왜 열심히 하지 않느냐는 뜻이다. 그런데 이제는 그 단어가 결코 넘을 수 없는 벽, 타고난 조건을 이야기한다.

부모가 뭐 하는 자인가가 점점 더 중요해진다. 사람들의 운명을 결정짓는 건 이제 조부모의 재산이라는 설이 가장 강력하다. 부모가 자식에게 모든 것을 해줄 만큼의 부를 스스로의 능력으로 이룰 수 없는 시대가 온 것이다. 사람들이 점점 열광하는 건 처음부터 타고난 자들이다.

"보고 있으니 그런 생각이 드네요. 저애들이 과연 무엇을 손에 쥐기 위해 고군분투하고 있는지. 무엇을 위해 시간과 정열을 불태우고 있는지."

"그걸 아직도 모르겠습니까?"

"보이는 게 전부는 아니죠."

"때로는 보이는 게 전부일 때도 있습니다. 저들은 바늘구멍을 뚫고 들어간 사회에서 밀려날 생각이 없습니다. 그러니 이런 세상과 싸울 준비 같은 건 되어 있지 않습니다. 저들이 고군분투하는 건 앞으로도 자기가 가진 걸 잃지 않기 위해서 뿐일 겁니다."

나와 같은 세대이지만 내 옆의 인간은 한 번도 시위를 하다가 경찰에게 얻어맞은 적도 없고 친구들과 같이 구치소에 갇힌 적도 없고 타인을 위해서건 자신을 위해서건 무언가를 얻기 위해 호소하거나 매달려본 적도 없을 것 같다. 현실적인 모든 고통을 초월하여 존재하는, 오로지 내려다보기만 하는 자의 자기 확신…… 권력자들이 지닌 특성을 온몸으로 온 정신으로 체현하는 인간이다.

"당장 저 대답만 봐도 알 수 있지 않습니까?"

잡히지 않는다면, 이라고 말하는 면접자, 자신이 감옥에 들어갔다가 나오는 동안 가족이 살고 자신이 감옥에서 나와 살아갈 충분한 돈을 준다면 죽일 수 있다고 말하는 면접자, 죽어도 되는 나쁜 놈이라면, 이라고 말하는 면접자.

모든 문제를 개인적인 차원으로 취급하여 개인 탓으로 돌린다. 이기적이다 못해 초이기적이다. 이들에게는 나라도 없고 소속도 없다. 안 될 거라고 생각하고 쉽게 포기하고 얻는 게 있다 싶으면 바짝 엎드리는 자세를 유지한다. 시키는 일은 아주 잘할 것이다. 이들은 그저 그런 소모품 스파이로 평생 자신이 스파이인 줄 의심도 해보지 못한 채로 봉사하고 희생하다가 소용없어지면 버려질 것이다. 실수해도 두 번째 기회 같은 것은 없을 것이다.

스파이가 되기로 했을 때 예전의 보스가 나에게 물었다. 정말 할 수 있을지, 자신에게 다시 한 번 물어봐. 사람도 죽일 수 있나? 세상을 구하기 위해…… 목표를 위해 지금 네 앞을 가로막는 것을 밀고 지나갈 수 있나? 더 많은 사람을 살리기 위해 어떤 사람들을 죽일 수밖에 없게 돼. 피도 눈물도 없는 인간이 되어야 해. 자신 없으면 아예 시작하지 말라고.

이 일의 무게가 처음에는 그런 것이었다. 그리고 지금은 조금 다른 질문들이 있다. 그 질문을 그들에게 전달한다.

얼마면 죽을 수 있나?

그리고 다시 면접관이 그들에게 묻는다.

"얼마면 죽을 수 있겠습니까?"

사람들은 그런 질문들 속에서 살면서 모른 척한다. 얼마면 친구를 가족을 자신을 팔 수 있나. 얼마면 양심을 팔 수 있나. 얼마면 죄책감을 평생 짊어지고 살아갈 수 있나.

나를 이 세계로 끌어들인 예전 보스는 소망처럼 따뜻한 나라의 평화로운 섬에서 유유자적하고 있을까. 그런 보스를 상상하면 부럽지만 내 미래는 그럴 수 없다. 내게는 아내와 아이가 있다.

"얼마면 죽을 수 있나……요?"

내 옆의 그가 말한다. 그는 그런 생각을 해본 적이 없을 것이다. 자신의 목숨 값은 셀 수 없으면서 타인의 목숨 값은 늘 쉬웠을 것이다. 금융사범들의 하루치 일당을 생각해보라. 그들이 감옥에서 그 일을 하는가. 갇혀서 똑같은 수의를 입는 감옥에서도 인간의 가치가 다르다.

우리는 최고관리자 치프 자리를 놓고 경쟁하게 될 것이다. 그와 나 둘 중 한 명만이 그 자리에 갈 것이다. 그의 존재를 인식한 지 제법 되었다. 수석요원이 되고서는 같은 테이블에서 회의를 하기도 했다. 처음부터 썩 마음에 들지 않았는데 그것이 직감적으로 최후의 경쟁자가 될 거라는 예감 때문이라고 늘 생각했는데 오늘에야 그에게 느끼는 감정이 뭔지 결론내릴 수 있었다.

나와 같은 케이스는 점점 줄어들고 있다. 혼자 노력하는 걸로는 이룰 수 없는 십 퍼센트. 처음부터 태생적으로 불가능한 일 퍼센트.

면접을 받고 있는 저들은 아직 자신이 무슨 일을 하는지 모른다. 그리고 그들은 자신들이 이 최종면접을 통과한다고 해도 자신이 스파이라는 것을 알 수 없다. X가 오랫동안 자신이 스파이였다는 것을 몰랐던 것처럼. 그들이 스파이라는 건 우리, 장막 뒤의 스파이들만 안다.

우리의 거창한 계획 속에 당연히 희생되는 인간들. 그들은 체스판에서 움직이는 말이다. 그리고 우리는 체스판을 움직이는 손이다. 하지만 우리가 움직이는 체스판 전체가 또 하나의 말이다.

Z :
음모론자 문학소년

자살자들이 급속도로 늘어났다. 희망이 없다는 정확한 현실을 견디는 방법을 찾지 못한 이들이 죽음을 선택했다. 아무도 아이를 낳지 않았다. 결혼을 할 수 없었다. 세계의 90퍼센트에게 미래가 사라졌다. 그 사실을 10퍼센트는 아주 오래전부터 알고 있었으나 숨겼다. 자신들만의 미래를 더 공고히 하기 위해서였다. 10퍼센트에게 90퍼센트는 소모품이었고 노예였다. 소모품이 더 이상 소모품을 낳지 않고 있다는 사실이 그들에게 일말의 위기감을 주었지만 그리 심각하지는 않았다. 오래전부터 그들은 소모품의 일을 기계로 대치하고 있었다. 기계로 인해 일자리를 잃은 소모품이 죽음을 선택하기도 했다. 기계를 만들어내는 이들도 소모품이었다. 그들은 그 사실을 개선할 방법, 정확히는 속임수를 연구하고 있던 참이었다. 그 속임수를 연구하던 이들도 사실은 소모품이었다. 그들도 엄밀히는 90퍼센트에 속했고 굳이 말하자면 90퍼센트 가운데 상층이었을 뿐이었다.

여기까지 쓰고 멈춘다. 책상 위에 얌전히 놓인 초대장을 본다. ○○
대학교 경영학과 동창회. 시간이 다 되어간다. 가려면 지금 일어나야
한다. 갈까, 말까. 가도 될까, 가면 안 될까.

동창모임에 가는 것이 즐거운 사람은 아마도 자신이 성공한 사람이
라고 생각하는 과대망상증 환자이거나 우정이 살아 있음을 믿을 만큼
감정적인 조증 환자일 것이다. 나는 아는 사람은 알고 모르는 사람은
아무도 모르는 소설가이다. 그 모임에는 백만 부 이상 팔리는 소설만
체면치례로 읽는 녀석들이 대부분일 테고, 문제는 엄밀하게 말하면 내
가 그 모임에 속할 자격이 없다는 것이다.

이 초대장은 나에게 잘못 온 것이다. 졸업도 하지 않은 나에게 동창
모임이 말이 되는가. 하지만 안 될 것도 없지. 대학은 언제 졸업했느냐
도 중요하지만 언제 입학했느냐도 중요하다. 입학에 비하면 졸업은 문
제없다. 문제가 있으려면 돈이 없거나 시간이 없어서다. 내가 졸업을
못한 이유는, 그렇다. 돈도 없고 시간도 없어서였다.

소설가가 된 초기에는 나의 이력에 늘 이 대학 경영학과 중퇴라는
학력을 기입하고는 했다. 동창들이 졸업한 지 십 년이 된 지금 그 학력
기재는 더 이상 내 책의 이력에 등장하지 않는다. 경영학과를 나온 녀
석들은 뭘 하면서 살까, 궁금하다. 내가 소설을 쓰지 않고 돈과 시간이
허락 되었다면 나도 그들처럼 살게 되었을 수도 있지 않겠는가.

한때는 매일 출근하는 이들을 동정했다. 그들이 이 시대의 새로운
노예라고 생각했다. 그들은 매달 돈을 받는 대신에 자신이 자신의 시

간을 결정할 자유의지를 잃어버렸다고 생각했다. 그리고 그들은 그런 나를 동정했다. 나는 가난했고 아무것도 아니었으며 예술에 그것도 돈이 되지 않는 문학에 시간을 바친 바보였다. 결국 우리는 서로를 동정하고 바보로 여겼다.

어쩌면 지금 나는 내가 가지 않았거나 가지 못한, 녀석들의 삶을 속속들이 들여다볼 기회를 놓치고 싶지 않은 것인지도 모른다. 그리고 소설의 소재 하나 건져올지 누가 아는가. 아니면 말고. 술이나 마시지 뭐. 그런 생각으로 결국 집을 나섰다.

*

가만히 듣고 있다 보니 이 녀석들의 화제는 단연 그 녀석이다.

그들은 이 자리에 아직 나타나지 않은 그 녀석이 우리 가운데 가장 성공한 놈이라고 했다. 잘생기고 집안 좋고 성적 좋고 성격 좋고. 한마디로 완벽한 녀석. 재미없다. 제일 잘난 녀석이 제일 성공하는 당연한 얘기를 여기서 또 들어야 하나.

하지만 그들이 기억하는 그 녀석과 내가 기억하는 그 녀석이 조금 다르긴 했다. 그 녀석의 집안 배경이나 뛰어난 성적 같은 사실은 같은데 뭔가 디테일 같은 것이 달랐다. 고등학교를 같이 다니긴 했지만 한 반이었던 적도 없고 게다가 중간에 녀석이 전학을 갔고 대학은 내가 이학년을 다니다가 말았으니 나보다는 같이 졸업하고 비슷비슷한 일을 하는 그들이 녀석을 훨씬 더 잘 알겠지…….

그 녀석을 떠올리며 나는 항상 이렇게 생각했다. 소설가는 나 같은 놈이 아니라 그 녀석이 되었어야 한다고. 하지만 지금 여기 있는 녀석들의 이야기를 종합해보면 그 녀석은 그런 이야기는 까맣게 잊어버렸을 거 같다.

처음 그 책에 대해 언급한 것은 그 녀석이었다. 아주 인상적인 상상이었다. 세계의 비밀이 적힌 책, 그 책을 지키는 비밀요원들, 그리고 그 책이 숨겨져 있는 도서관.

그때 우리는 막 스무 살이 된 참이었고, 어떤 녀석은 여전히 소년이었다. 모험을 좋아하는 소년의 상상력을 그 녀석은 여전히 가지고 있었다. 내가 막 등단을 하고 학교에 갔을 때 그 녀석은 그 이야기를 다시 했다. 이번에는 음모론이 추가되었다. 그때 내가 말했다. 이봐 친구, 그 이야기는 다른 사람이 다 썼다니까.

하지만 그 녀석은 그런 이야기들을 내가 지금에 맞게 다시 썼으면 좋겠다고 했다. 처음부터 그 녀석이 했던 이야기도 이미 있는 이야기와는 조금 다른 이야기이긴 했다. 그 '조금 다른'이 결국 큰 차이를 만드는 어떤 지점이 있었다.

지금 그 녀석이 다시 그런 이야기를 한다면 아마도 나는 이렇게 말하지 않을까. 음모론은 실패한 자들의 변명이며 루저들의 피난처에 불과하다고. 세계는 강력한 소수에 의해 움직이며 다만 우리는 거기서 제외되어서 이 모양 이 꼴로 살고 있는 것이라고. 그러니까 음모론을 제대로 주장하려면 아니, 음모론이 먹히려면 이 모양 이 꼴로 살면 안 된다는 얘기이다. 결론은 패자로서는 답이 없다는 것이다. 변방인, 주변인, 소외된 자, 실패자, 루저, 뭐라 불러도 좋다. 그 모든 구십 퍼센트를 모아 대중이라고 부르자. 그 구십 퍼센트가 모여서 단결하면 십 퍼센트를 이길 수 있다는 건 모두 환상적인 이론으로 취급된 지 오래 되었다.

이제는 그 녀석도 소설이랄지라도 그런 이야기를 쓰라고 나한테 이야기하지는 않겠지. 하지만 일 퍼센트라도 가능성이 있다면, 스무 살부터 가졌던 그 이야기의 싹은 지금쯤 어떻게 변했을까, 궁금하다. 그 이야기에 또 어떤 이야기가 추가되었을까.

다시 생각해보니 나는 그 녀석을 보고 싶어서 이곳에 온 것 같다. 녀석이 말했었다. 인생의 최고 단계는 예술이야. 우리는 무엇이건 가장 잘된 것을 예술의 경지에 올랐다고 하잖아.

처음에 그 녀석은 문학에 매료되었다고 했다. 이야기의 파노라마. 이야기는 무엇이든 바꿀 수 있었고 이 현실을 벗어날 수 있는 힘이 있었다. 그리고 그다음에는 흥망성쇠를 다룬 역사에 매력을 느꼈다고 했다. 하지만 역사의 상당 부분이 경제 권력들에 의해 나아가게 되었다는 걸 깨닫고 경제학 이론을 공부하기로 했고 결국 성적에 맞추어 경영학과에 진학했다. 그렇게 문학소년은 경영학을 전공하는 청년이 되었고, 이제 모두가 부러워하는 돈 잘 버는 성공한 중년이 되려는 참인 모양이다.

내심 나는 그 녀석이 처음으로 돌아갈 것을 기대했는지도 모른다. 바꿀 수 없다고 생각했던 것이 바꿀 수 있는 것이었는지도 모른다고. 오로지 혼자에서 시작되는 그 무엇. 잊혀진 어떤 것, 지금 이 순간에도 잊혀지고 있는 어떤 것, 존재를 아는 사람조차도 얼른 잊고 싶어 하는 어떤 것, 그리하여 사라졌거나 사라지고 있고 사라지게 될 어떤 것.

어찌되었건 예술가가 예술의 경지에 오르는 건 또 전혀 다른 일이다. 나는 그 녀석에게 그 사실을 고백하고 싶었던 것인지도 모른다.

Z선생님, 안녕하세요! 창작지원금 선정위원회입니다. 선생님께서 더욱 건강하시고 훌륭한 작품을 풍성하게 집필하시는 뜻 깊은 나날을 보내시길 진심으로 기원합니다.

지난주에 창작지원금 집중평가회의가 열렸습니다. 그동안의 성과를 평가하여 다음 지원액을 결정하는 자리였습니다. 창작활동 집중지원사업이 지난 분기에 비해 삭감되어서 일부 지원대상자들의 지원액의 감액이 불가피한 상황이었습니다.

평가결과 선생님의 지원금을 삭감하는 것으로 결정되었습니다.

선생님께서도 잘 아시리라 생각되지만 개인의 창작활동을 평가한다는 것은 한계가 있습니다. 계획, 집행, 성과로 구성된 보고서의 내용을 주관적으로 판단할 수밖에 없습니다. 선생님에 대한 평가 결과는 보고서 작성자와 평가자 간에 보고서를 판단함에 있어서의 시각의 차이를 반영하는 것일 수도 있을 것입니다.

선생님께 이번 평가결과에 대해 너무 개의치 마시라는 위로의 말씀을 드립니다. 아울러 이로 인해 창작활동이 위축되는 일이 없어야 한다는 당부를 드리며, 탐탁치 않으시겠지만 너그럽게 받아들여 주시기를 부탁드립니다.

이번에도 지난번과 같은 과정으로 지원금 지급 절차가 진행됩니다. 카드의 사용에 대한 것은 익히 숙지하시고 계신 내용이니 설명은 생략하겠습니다.

그럼 다시 연락드릴 때까지 안녕히 계십시오.

그들의 메일이 도착해 있었다. 정중하면서도 불쾌하고 예의를 다하지만 무시하며 무엇보다 이의제기를 불가능하게 하는.

일단 몇 명에게 이런 메일을 보냈을까 생각한다. 그리고 왜 하필 나인가, 하고 생각한다. 그리고 어쩌면, 이라는 의심이 싹튼다. 얼마 전 나는 청탁을 받고 진보로 일컬어지는 매체에 원고를 썼다. 그 결과 내가 받은 원고료의 열 배가 되는 지원금이 삭감되었다는 메일이 왔다면……

이것은 합리적인 의심인가. 패자의 망상인가.

— 한 달 후

어둡고 침침한 밤이다. 깨어 있을 수도 잠들 수도 없는. 내일 아침이면 나는 가야 할 곳이 있다. 고등학교를 졸업하고 십오 년 만에 처음으로. 나는 반드시 지켜야만 하는 시간 규칙이 생겼다.

그들은 좋은 기회라고 말했다. 이 일이 파생시킬 수많은 잇따른 좋은 일들을 이야기했다. 인맥을 쌓고, 얼굴을 알리고, 하지만 그것들은 최상의 행운이 따라줄 때 이를 수 있는 일말의 가능성일 뿐이다. 나는 내 행운의 지표를 믿지 않는 인간이다. 내 첫 번째 행운은 700대 1을 뚫은 신인상이었고, 두 번째 행운은 300대 1을 뚫은 장편소설상이다. 세 번째 행운이 연속적인 사람들의 힘으로 이루어진다는 걸 믿을 수 있는가.

어쩌면 골방에서 숨 쉬면서 자위하는 내 삶이 지겨울 수도 있고, 나에게도 숨겨진 출세나 명예욕이 있을 수도 있고, 더 쉽게는 질투 때문일 수도 있다. 그렇게 나는 시스템 안으로 한 발을 들여놓는다.

시급으로 계산하면 이 일의 현실은 너무 초라하다. 하지만 초롱초롱한 눈망울로 내 이야기에 귀 기울이는 사람이 있다면……

하지만 희망은 곧 실망으로 그러다가 절망으로 바뀐다.

  90퍼센트는 삶을 포기했고, 10퍼센트 내에서 다시 9퍼센트는 화가
났고, 1퍼센트는 단단히 뭉쳤다. 10퍼센트는 서로를 견제했고 1퍼센트
는 서로를 두려워했다. 10퍼센트의 꿈은 1퍼센트가 되지 못한다면 최소
한 5퍼센트로 인원을 줄여 더 많이 갖는 것이었다. N분의 1. 그들은 적
어지면 더 많이 가질 수 있다는 생각만 했다. 90퍼센트는 노예일 뿐이
었다. 멍청해서 도망가는 것조차 생각할 수 없는 노예. 사실 도망갈 곳
이 없긴 했다. 돈 없이는 어디에도 갈 수 없었다.

D :
가짜를 쓰고 진짜를 읽는

어릴 때부터 나는 언니의 일기장을 훔쳐보았다. 언니는 기억과잉자이면서 기록중독자였다. 혼자 있을 때면 뭐든지 손으로 쓰면서 생각을 정리했다. 언니는 내가 훔쳐본다는 것을 알고 있었다. 그래서 언니는 다른 버전의 기록을 예비해두곤 했다. 보아도 되는 것, 보면 안 되는 것. 기록중독자다웠다.

우리의 비밀 놀이는 진화를 거듭했다. 거기에는 암호가 숨겨져 있다. 이 노트에는 저 노트를 찾을 수 있는 키가. 저 노트에서 진짜와 가짜인 부분이. 진짜 진짜 비밀 노트가 어딘가에 있거나 이 노트들 사이에 숨겨진 메시지들이 있다는 얘기이다. 아니면 내가 이미 읽어온 것과 합쳐야 하는 것일 수도 있다. 단숨에 일어날 일이거나 이루어질 일이라면 내가 여기 남을 필요가 없다. 하지만 그런 일이 아니라는 건 아직 내가 아무것도 모른다는 것으로도 분명해진다.

언젠가 나는 이곳을 깨끗이 치운 후 떠나야 할 것이다. 남은 모든 기록을 머리에 담고서. 일종의 백업 상태가 되는 것이다. 그날을 위해 매일 언니가 남긴 것들을 검토한다. 그리고 언니가 돌아올 때를 대비해 진짜와 가짜가 뒤섞인, 언니만 알아볼 수 있는 나의 기록을 남기기 시작했다.

*

새로운 환자가 왔다.

그는 건물 외부의 아주 조그만 간판을 보고 이곳에 정신과가 있다는 걸 알았다고 했다. 건물입주자 중 한 사람이 들어오는 순간 열린 공동출입구를 통해 건물에 진입한 그는 조금 헤매다 이 병원을 찾았고 노크를 했다. 이렇게 찾아오는 것도 인연이다…… 그리고 사실은 거절할 적절한 변명이 떠오르지 않았다. 어쩌면 언니가 이곳에 병원 표시를 치우지 않은 이유가 있을지도 모른다.

"잠을 자지 못해서요. 우울하기도 하고 불안하기도 합니다."

새로운 환자가 말했다.

"최근에 생활에 변화가 있으신가요?"

"일주일에 두 번 일을 하러 나갑니다."

"그럼 그 전에는…….''

"집에서 글만 썼습니다.''

"작가세요?''

"네.''

"어떤…….''

"소설을 씁니다."

"아, 네…… 그럼 원래 생활은 불규칙했는데 이제는 규칙적이라는 말씀인가요?"

"일주일에 두 번은 그래야 하죠. 하지만 그것 때문에 오히려 전부 이상해졌습니다. 뭐가 문제인지 모르겠습니다."

"아닙니다. 그건 아니예요. 작가님에겐 불규칙적이었을망정 그 나름의 규칙이 있었을 겁니다. 타인과 관계없이 오롯이 자기 자신만을 위한…… 그 리듬이 흐트러진 거죠. 힘드신가요? 글 쓰는 게?"

"사는 게 힘듭니다. 아직까지 글은 어떻게든 씁니다."

"그들이…… 원하는 대로 되지 않는 사람도 있어야죠."

"네?"

"세상 그 무엇보다 소중한 것을 상상해보세요. 아무래도 좋다는 식으로 생각하지 말고 간절히 원해보세요. 간절히 원하면 잃는 걸 절대 견딜 수 없습니다. 그리고 그렇게 간절한 걸 잃는다면 살아도 죽은 목숨이나 다름없죠."

"목숨 걸고 소설을 쓰지는 않습니다. 그렇다고 생각했습니다. 그런데 선생님 이야기를 듣다보니 이걸 잃으면 죽은 거나 마찬가지일 거 같기는 합니다. 소설을 써서 얻은 건 없지만 잃은 건 있거든요. 만약이라는 가정이긴 하지만 이걸 하지 않았다면 내 인생은 아주 달라졌겠죠. 내 안의 무언가가 나에게 쓰지 않으면 살 수 없다고 압박하고 내 밖의 무언가가 쓰지 않고는 견딜 수 없도록 합니다. 오로지 쓰는 것밖에 할 수 없다는 사실이 무력하지만 위안은 그것밖에 없습니다."

"그저 잠을 자지 못하는 문제만은 아닙니다. 잠을 자지 못하게 만드는 문제들이 있죠. 진짜 문제가 뭐죠? 하나씩 이야기해봅시다."

"소설을 쓰는 것과 비슷하군요."

"어떻게요?"

"처음에는 뭔지 모르고 시작하기도 하죠. 하지만 쓰다보면 알게 되죠. 처음에 모든 걸 안다고 생각했는데 쓰다보면 아무것도 몰랐던 게 되기도 하죠. 내가 쓰는데 내가 쓰는 것만은 아닌 것 같은 상태가 되기도 하죠. 어떤 소설은요……."

"온 우주가 그 소설을 쓰는 걸 돕는 건가요?"

"수많은 우연이 겹쳐 결국 필연적으로 하나의 소설이 되는 듯한 느낌 같아요."

"보통 사람들은 자기들이 보고 싶은 것만 보죠. 하지만 특별한 사람들은 자기가 보아야 할 것을 보죠. 그리고 또 어떤 사람들은 보지 말아야 할 것을 결국 보게 되죠. 그 순간 그의 인생은 물론 세상도 바뀌게 되죠. 그런 순간, 그런 시간, 그런 날, 그런 시대가 있어요."

"오길 잘한 거 같아요. 정말 이야기를 하다보니 나아졌어요."

"가시기 전에 마지막으로 처방전을 말씀드리죠."

"수면제 같은 건가요?"

"필요하면 그 처방전도 써드리죠. 하지만 정말 작가님에게 필요한 처방전이 있어요."

"……."

"현실이 마음에 들지 않을수록 더욱더 소설을 쓰세요. 더 환상적인 소설을…… 계속 쓰세요."

들어올 때와 다른 표정이 되어 소설가가 병원을 나갔다. 앞으로 그가 쓸 소설을 읽고 독자들은 처음과는 다른 표정이 될 수 있을까. 그 표정이 궁금해졌다.

D :

어떤 신화의 미로

언니가 남긴 상담자들의 기록을 검토하는 일을 계속한다. 읽고 기억하고 파쇄한다. 반복한다. 끝이 보일 때까지.

시간이 분절되어 사라졌다. 마지막 5분. 사이의 1분. 그리고 이동하거나 사라지는 물건. 하루 1분에서 5분. 그것은 내 인생 전체로 보면 얼마 되지 않는 시간이라고 생각했…… 거기까지 기억이 났다. 그리고 다음 장면은 서랍을 닫고 방을 나가 텔레비전을 켠 것이다. 이것이 연속된 동작에 연속된 시간이라면 휴대폰은 정면이 아니라 뒷면으로 놓여 있어야 한다. 하지만 아니다. 시간이 사라지고 있었던 것이다. 하지만 아무도 내 주장을 믿지 않았고 귀담아 듣지도 않았다. 외계인 납치를 주장하는 미치광이 취급을 받을 거 같았다. 의사는 나에게 스트레스 상황으로 인한 건망증 같은 거라고 했다. 어쩐지 의사조차도 내 말을 귀담아 듣지 않는 것 같은 이 기분은…… 그런데 그 의사는 달랐다. 내 말을 아주 자세히 들어주었으며 심지어는 질문까지 했다. 그리하여 나는 내 기억에 집착하기 시작했다. 아주 근소했던 1분, 5분. 그런 순간들. 그리고 나는 깨달았다. 그들이 나에게서 훔쳐간 것을. 무엇을 빼앗아갔는지를.

—

나는 아주 어릴 때부터 비밀조직의 요원으로 양성됐다. 우리는 마음을 완벽히 통제하도록 교육받았다. 냉혹하고 잔인하게 목적을 이루기 위해 때로는 잠도 자지 않고 방해자들을 망설임 없이 해치우면서…… 십 년 전 조직에서 탈출해서 지금까지 숨어 살고 있다. 조직은 아직도 나를 찾고 있다…….

—

이 세상을 믿어서는 안 된다. 우리는 아무것도 모른 채 아무 준비도 없이 버튼 하나로 죽을 수도 있다. 프랜차이즈 매장이 왜 기하급수적으로 늘어나 없는 곳이 없는 줄 아나? 그곳에는 음성탐지기, CCTV가 있으며 얼굴 인식과 단어 감식을 한다. 불평분자로 찍히면 언제든 죽을 수 있다. 아무도 그 죽음을 의심하지 않는다. 매일매일 사람들이 그렇게 죽으니까.

—

……그들은 사방에 있다. 늘 존재하면서 아무도 아니다.

이 사무실에 남아 있는 거의 모든 기록을 보았다. 여기에 무언가 힌트가 있을 것이다. 언니가 사라진 이유가. 언니를 돌아오게 할 방법이.

*

초인종이 울린다. X가 왔다.

"선생님은 사람들의 마음을 읽죠. 그게 선생님 일이죠?"

나는 고개를 끄덕인다.

"선생님은 타인을 분석하는 능력을 가졌어요. 그런데 스스로를 분석하기 시작하면 어떤 일이 벌어질까요?"

"왜 그런 생각을 하게 된 거죠?"

"이 세상을 조작하는 사람들이 있다고 생각해본 적 있으세요?"

"가끔은요."

"만약 조작하는 사람이 될 수 있다면, 조작당하는 것보다는 낫지 않을까요?"

"그렇다고들 생각하겠죠."

"선생님, 마음도 조작될 수 있을까요?"

"……."

"나를 아는 사람이 그녀뿐이죠. 그게 그녀를 사랑하는 이유일까요?"

"나아지셨어요."

"그런가요?"

"이제는 사랑이라고 이야기하시잖아요. 정작 그녀에게 그런 말 아직 못하셨죠?"

"네. 우리는 의식과 뇌와 마음을 탐구하는 시대에 살고 있습니다. 그런데 저는……."

"뭘 원하시는 건가요?"

"진실이죠."

"그녀를 통해서 당신의 본모습을 곧 알아낼지도 모르죠."

"어쩌면 저는 나 자신의 본모습을 모르기 때문에 살아 있는 건지도 모릅니다."

"일은 당신에게 무척 중요해요. 당신은 그 일이 당신을 정의하는 유일한 수단이라고 믿죠. 일이 없으면 당신은 존재 가치가 없다고, 당신은 스스로 그런 믿음을 선택했어요."

"나를 포함한 세상 모든 사람이 거짓말을 한다고 상상해보세요. 그게 사실이라면 나 자신의 판단조차 믿을 수 없죠. 일이 사람보다 먼저면 그렇게 되는 거죠. 내 존재는 일에서 끝나지 않아요."

"그걸 알면 되는 거 아닌가요?"

"아는데, 그건 아는데 그다음을 모르겠어요."

"기억을 잃은 건 당신뿐만이 아니에요. 우리는 사는 데 필요하지 않은 기억들을 지우면서 삽니다. 어쩌면 당신의 기억상실은 우리들의 집단 기억상실에 비하면 아무것도 아닐지도 모릅니다. 아주 많은 것들을 잊어버립니다. 문제는 우리의 필요에 의해서가 아니라 누군가의 의도에 의해서 지워지는 기억들입니다. 우리가 잊어버리면 잊어버릴수록 유리한 사람들이 있습니다. 우리가 잊지 못하면 어떻게든 잊게 만들려고 하겠죠. 아무것도 아니다, 그런 것 신경 쓸 때냐, 네 할 일이나 똑바로 해라…… 어떻게 보면 당신은 우리의 축소판인 셈입니다. 어차피 사람들은 자신이 누구인지 깨닫기 위해 일생을 분투한답니다. 그렇지 않습니까?"

열변을 토했지만 그의 기분은 나아지지 않은 듯하다. 그가 이곳에

올 때마다 나는 언니에게 숙제를 받은 기분이다. 지금 내가 할 수 있는 일이란 그가 살아갈 이유를 찾아 살아 있도록 하는 것이다.

"참, 이런 초대장을 받았어요."

자신의 평범한 일상에서 일어난 조금은 특별한 일들을 이야기하던 그가 말했다.

"뭐가 문제인가요?"

"당연한 일이지만, 기억이 나지 않아요. 독서클럽이라니…… 아무튼 진짜 재밌는 상황이에요. 제가 언제 어디서 그 책을 읽었는지 기억나지는 않는데 책만 보면 그 책이 어떤 건지 알겠다는 거예요. 업무 스트레스를 그렇게 풀었던 거 같아요."

"개인적인 추억과 결합되지 않은 독서라, 흥미롭군요."

"독서가 제 유일한 취미였던 걸까요?"

"지금으로서는 그렇게 추정하는 게 타당하지 않을까요? 초대장이 의미심장한 것이 웬만한 수준으로는 가입할 수 없는 프라이빗 클럽인 거 같은데요."

"저보다 선생님이 더 흥미 있어 하시네요."

"어쩌면 저도 독서클럽 멤버일지도 모르죠."

"그랬으면 좋겠군요."

"그래서 초대에 응할 생각인가요?"

"생각을 좀 해봐야죠."

X가 갔다. 그는 점점 나아지고 있는 것일까. 모르겠다. 그가 모르는 건 그다음이고 내가 모르는 건 이 이전이다.

나는 오른쪽 서랍을 열었다. 거기에 그가 나에게 보여준 것과 같은 초대장이 있다. 이 초대장은 한 달에 한 번 도착했다. 중요하지 않다고 생각했다. 언니의 유일한 취미 활동이자 일과 관계없는 대외활동이기도 했다. 하지만 어쩌면 생각보다 중요한 연결고리가 여기에 있을지도 모른다.

혁명은 사람들의 기억과 핏속, 심장에 있다. 모든 사람의 피를 세탁할 수도 모든 사람의 기억을 지울 수도 모든 사람의 심장을 바꿀 수도 없다. 피는 흐르고 기억은 숨고 심장은 뛴다. 어디선가 여전히.

Y :
낮의 눈동자

내가 찾고 있는 것이 정확히 무엇인지 몰랐기 때문에 작업이 훨씬 더 어렵고 복잡했다. 그의 아파트에는 책이 아주 많았고 건드릴 엄두가 나지 않았다. 저 많은 책들을 일일이 꺼내서 뒤적여 무엇을 찾아야 하는 것이 아니다. 어쨌든 책들은 건드리지도 않았다. 아직은 멀리서 바라볼 뿐이다. 나는 의도적인 계획 하에 정교하게 숨긴 뭔가를 찾는 게 아니다.

이 방은 잘 조작되어 있다. 그러나 모두 바꿀 수는 없었을 것이다. 무엇을 바꾸고 무엇을 바꾸지 않았는지가 중요하다. 느낄 수 있다. 그들이 바꾸지 못한 것들 가운데 내가 찾는 것이 있을 것이다.

*

"무슨 책이야? 아 이 녀석 진짜 소설가가 됐네."

X가 내가 읽고 있던 책을 보더니 말했다.

"아는 사람이야?"

"고등학교 동창 같은 거야."

"동창이면 동창이지, 같은 건 뭐야?"

"내가 중간에 전학을 갔거든. 전학 간 후에도 만나긴 했어. 그리고 어쩌면 그 이후에도……."

스무 살부터의 기억이 사라진 그에게 한줌의 추억 가운데 한 자락에 속할 이 소설가는 내가 아는 사람이다. 나는 이 시시할 정도로 단순한 삶을 사는 소설가 Z를 감시했었다. 그가 나를 요청하기 전까지. 그가 나를 요청하는 일이 없었다면 나는 계속해서 소설가를 감시하고 있을까.

보스가 그때 내게 했던 말들을, 그리고 내가 편견에 가득 찬 채 지켜보았던 소설가의 시간을, 다시 생각해보자. 똑같은 장면이 조금 다르게 보일 수도 있다는 생각이 든다.

"유명한 소설가는 아닌 거 같은데…… 당신은 소설을 좋아하니까 아는구나."

그가 말했다.

"왜 그렇게 생각해?"

"뭘? 내 친구가 유명하지 않다는 거? 그거야 내가 그 녀석이 소설가가 된 줄 모르는 걸로 봐서…… 유명하다는 건 사회적인 거니까 내 기억에서 지워질 리가 없겠지."

"왜 내가 소설을 좋아한다고 생각해?"

"당신 집의 책들 다 당신 책 아니야?"

그가 말하는 '당신 책'은 대부분 엄마의 책이다. 엄마가 나에게 물려준 책. 하지만 내가 그의 방을 분석한 결과 그야말로 소설을 좋아하는 사람일지도 모른다.

"Z가 소설가가 될 줄은 알았어. 특별했거든."

"친했어?"

"그랬다고 할 수 있을 거 같아. 남들이 보기에 단짝은 전혀 아니었을 텐데 뭔가 이야기가 잘 통했어. 그때는 말야 난 오히려 문학을 전공할까 생각했고 녀석은 경영대학에 가려고 했지. 그런데 우린 서로의 목표에 도착해 있네. 이상하게도."

촉이 느껴진다. 이 책의 프로필에는 사라졌지만 소설가는 그가 다니던 대학을 중퇴했다. 그의 기억에서는 스무 살 이후부터가 없으니 대학 때의 자신의 모습은 물론 소설가에 대한 기억도 없는 것이다.

이것이 과연 우연일까? 한 사람은 기억을 잃었고 한 사람은 감시를 받았다. 아니, 어쩌면 두 사람 다 여전히 감시를 받고 있는지도 모른다. 그런데 아무도 이 두 사람의 연관성을 나에게 알려주지 않았다. 사실 나도 이제야 알게 된 건 과거가 아닌 현재에 더 집중했기 때문이다. 지금쯤 소설가는 어떻게 되었을까?

"우리가 몰라서 그렇지 이 친구 유명한가?"

그가 나에게 물었다.

"우리가 모르는데 어떻게 유명해?"

"자기도 읽고 있잖아."

나에게 소설가를 감시하라는 지시가 없었다면 과연 내가 이 소설을 읽을 수 있었을까. 알아야 읽는다. 알아야 읽고 말고를 선택할 수 있다.

그 선택은 아주 지능적이고 섬세하고, 그것을 선택하는 것 자체가 이제는 능력이다.

"당신한테서 도대체 뭘 지운 걸까?"

이 질문은 그리 단순하지 않다. 다시 궁금해졌다. 무얼 지우기 위해 그 많은 시간을 통째로 날려버린 것일까. 그리고 그것보다 중요하거나 앞선 질문. 왜 무엇 때문에 지운 것일까?

그리고 지금 이 상황을 처음부터 다시 복기한다. 나와 거리를 두고 나를 본다. 내가 우연히 손에 들고 있게 된 소설가의 책은 어디서 나타났는가. 이 장면은 내가 세팅한 것이 아니다.

"그런데 이 책, 내 책이 아니야. 당신 책장에서 내가 꺼냈어. 당신 어떻게 이 책을 가지고 있는 거지?"

그가 침묵에 잠긴다.

"동창이니까 관심을 가지고 산 걸까. 하지만 읽은 기억이 없어."

그가 이 소설책을 읽었다고 해도 그 기억은 개인적인 것에 속하는 것이므로 말끔히 지워졌을 것이다.

"전부터 물어보려던 게 있어."

"응?"

"이 사진 말이야. 이것도 가짜야?"

나는 그가 보고 있는 사진을 본다.

"이 사진에서 너처럼 보이는 이 여자는 누구지?"

이 사진의 조작 과정을 나는 알지 못한다. 지금의 내 위치에서 이 사진이 어떤 방식으로 위조되었는지 알아보려면 상당히 번거로워진다. 그가 나를 사진 속의 여자로 생각하면 저 사진은 가짜가 되고 그가 나를 사진 속의 여자가 아니라고 생각하면 저 사진은 진짜일 수도 있다. 어쨌든 내 눈에도 스물의 그와 함께 있는 스물의 그 여자는 스물의 나를 닮았다. 저 사진이 진짜라면 나를 닮은 저 여자를 비롯한 그의 진짜 친구들은 지금 어떻게 살고 있을까.

"당신에게 부탁이 있어."

"뭐든지, 내가 할 수 있는 건 다 해줄게."

"나, 하던 일 계속하고 싶어."

"무슨 일? 다큐멘터리 작가 감독? 그게 네가 진짜 하고 싶었던 일이야?"

나는 고개를 젓는다. 나는 왜 내 일을 하는 걸 그에게 허락 받으려고 하는 것일까. 아니, 허락은 너무 지나치다. 왜 나는 그에게 협조를 요청하는 것일까. 우리 관계는 아직 아무것도 확정된 것이 아닌데.

"당신에게는 아무 문제가 없으니까 나는 내가 하던 일을 계속하고 싶어. 당신을 만나기 전에 마무리 짓지 못한 일이 있어."

"난 앞으로 당신이 어떤 일을 하든 지지할 거니까. 걱정 마. 하지만 그 일이 당신을 위험하게, 아니 불편하게 만들지 않았으면 해."

알아듣는다. 하지만 그는 모른다. 내 일의 의미를. 나도 모르는 것을 그가 알 수는 없다고 나는 생각한다.

특별히 좋아한 적도 없는 예전의 일들이 그립다. 일을 한다는 그 느낌 자체가…… 돌이켜보면 일을 하지 않은 적이 없었다. 그런데 지금 나는 왜 내가 일을 하지 않고 있다고 느끼는 걸까. 그리고 왜 일을 하지 않으면 불안한 것일까.

소설가가 잘 지내는지 궁금하다. 내가 마치지 못한 일…… 스파이로서 내가 끝맺지 못한 일, 마지막으로부터 첫 일…….

이제 나에게는 A면허가 있다. 나에게 그 책임이 주어진다면 나는 소설가를 살리고 싶다. 아무것도 아닌 그, 무용하기 그지없는 그의 삶의 이유를 나는 끝내 설명할 수 없을 것이다. 차원이 다른 우리는, 우리 같은 스파이들은 소설가 같은 사람을 결코 이해할 수 없으므로 그저 불안한 것일지도 모른다고 생각했었다.

그러나 이제 나는 같은 생각을 다르게 하기 시작했다. 그에게, 그라는 존재 자체에 뭔가 비밀이 있다고 직감한다. 그것이 아니면 그때, 아니 지금의 상황을 설명할 수 없다.

B :

그보다 나은 일을 아직은

관찰 대상자는 퇴근 후 일주일에 세 번(화요일, 수요일, 목요일) 헬스클럽과 수영 등 개인적인 운동을 하고 귀가함. 복귀 후 비즈니스적 만남 최소화. 금요일 밤이나 토요일 오전 혼자 영화관에 가거나 동반 요구. 일상생활에서 특이사항 없음. 관찰기간 동안 새로운 인물의 접근 교류 없음. 성격 등 변화의 징후는 전혀 발견하지 못함. 주말활동, 주로 집에 있음. 식사를 위한 외출 정도. 백화점 쇼핑이나 마트 장보기…… 특징, 온라인 쇼핑을 전혀 하지 않음. 책을 구입하기 위해 서점을 드나듦. 책을 선택하는 특별한 기준 없음.

Y가 작성한 X에 대한 보고서를 다시 검토했다. X의 새로운 요청사항을 생각한다. 약혼자가 하고 싶어 하는 일을 잘할 수 있게 되었으면 좋겠다. 약혼자…….

잠시 후 대기하고 있던 Y가 사무실로 들어왔다.

"잘 지내지?"

"네, 덕분에요."

"X에겐 뭐라고 하고 지내고 있나? 다큐멘터리 일은 그만두기로 했다면서…… 너무 단기적인 안목의 설정이긴 했어."

"그것보단, 제가 재능이 없는 것 같아서요."

"하고 싶은 일이긴 하다는 건가?"

"그보다 나은 일을 아직은 모르겠어요."

"그래, 하긴 장기전이 될 테니까 신중해질 필요가 있지."

결혼은 장기전이 될 수도 단기전이 될 수도 있다. 막상 같이 살게 되면 모든 것이 달라질 수도 있다. 그러므로 그들의 약혼기간은 중요하다. 이런 방식의 작업에 사실 나는 조언을 할 입장은 못 된다. 아내와 별거 아닌 별거를 한 지 오 년이 넘었다. 불같이 사랑해서 아내는 집안의 반대를 무릅쓰고 도피 끝에 나와 결혼했다. 그때는 우리가 이토록 다른 사람인 줄 몰랐다.

아내를 실망시키기 싫었는데 아내가 떠나면서 했던 말 중 제일 기억에 남는 말이 당신한테 실망했어, 이다. 그리고 이제 아내가 나한테 아무것도 기대하지 않는다는 것을 안다. 아니, 처음부터 아내가 나한테 무얼 기대했는지 모르겠다.

"그만 가보게."

"……."

"뭐 더 하고 싶은 말이라도……."

"제가 전에 조사했던 Z에 대한 파일을 보고 싶습니다."

"갑자기 왜?"

"제가 하던 일이니까요. 지금까지 이렇게 중간에 갑자기 불려나가 마무리를 못한 일이 없었어요. 그게 마음에 걸립니다. 제가 알고 있는 걸 후반 작업조가 놓쳤을 수도 있으니까요."

"단지 그것뿐인가?"

"네."

"……."

"이제 저에게 그 정도 권리는 있다고 생각합니다."

"의무겠지. 스파이에게는 권리가 아니라 의무가 있고, 승급할수록 의무의 범위가 커지는 거야. 일이 어떤 식으로 배정이 된다고 생각하나?"

"잘할 수 있는 사람? 아닙니까?"

"그래, 그게 기본이지. 그렇다면…… 그 일이 왜 자네가 잘할 수 있는 일이지?"

"징계가 아니었나요?"

"징계로라도 잘하지 못할 일을 맡기지는 않아. 지금 일이 아니었다면, 아니, 지금 일이라도 넌 그 일을 맡았을 거야. 나는 자네의 관리자 컨트롤이네. 자네를 아주 오랜 시간 지켜봐왔지. 나한테는 규칙이 있어. 스파이들은 서로 각자의 일을 하지만 나로서는 내 라인이 우선이야. 그에 따라 모든 걸 결정할 거야. 무슨 말인지 알아들었나?"

"네."

"자네가 알고 싶은 건 그 소설가가 왜 위험한지 아닌가? 그때도 그걸 궁금해했었지. 이제 시간이 있으니 소설을 읽어보게. 필요하면 도서관도 가고. 이제 자넨 전문요원이야."

조직에서는 규칙이 중요하다. 그러나 규칙보다 중요한 것이 있다. 상부에서는 규칙을 들이밀어도 나는 내 판단대로 한다.

높은 곳에 오르면 더 많은 것이 보이듯이 높은 자리에 오르면 더 많은 것을 보게 된다. 하지만 자세히 볼 수는 없게 된다. 많은 것을 보는 것에는 많은 것을 보는 대로, 자세히 보는 것에는 자세히 보는 대로 고통이 따른다. 그리고 외로움도.

이제 나는 다시 자세히 보기 시작했다.

Y :

밤의 눈

누군가를 이해하는 가장 좋은 방법은 무엇일까? 대화? 하지만 인간은 모두 거짓말을 한다. 심지어는 자기 자신에게도. 하지만 만약 나에게 거짓말을 감지하는 능력이 있다면 이야기는 달라질 수 있다.

왜 지금 나에게 저런 거짓말을 하지? 라는 질문에 대한 대답이 그 사람을 이해하는 가장 좋은 방법일 수도 있다는 말이다. 하지만 거짓말을 하고 있다는 사실을 내가 눈치 채고 있다는 걸 상대가 알게 해서는 안 된다. 그때부터는 아무것도 말하지 않을 테니까. 물론 침묵도 무언가를 말하는 것이긴 하지만 말이다.

*

또 다시 보스에게 묻는다.

"X가 왜 중요하죠?"

"이유를 알면 일을 더 잘 처리할 거 같나?"

"그동안 내가 알아야 할 건 정확한 요구사항뿐이었어요. 그냥 그걸 따르면 됐어요. 그 일의 원인과 결과, 전후를 생각하면 복잡해지고 일을 망칠 뿐이라고 배웠어요. 하지만 이번엔 좀 다르지 않나요?"

"이유를 안다고 해도 어쩔 수 없는 일도 있어."

"마음만 더 괴로울 거라는 이야기인가요?"

"아니. 아직도 너에게 마음이 남아 있나?"

어릴 때는 마음이 어디에 있는 건지 궁금했다. 마음은 머리에 있는 것일까, 가슴에 있는 것일까. 그러니까 다시 뇌에 있는 것일까, 심장에 있는 것일까.

"사실은 나도 모르네."

"보스가 모르는 것도 있나요?"

"그는 내 질문 영역 밖에 있어. 그만큼 중요하다는 뜻이지."

"지금까지 일하면서 이런 경우가 있었나요?"

"딱 한 번."

"누구죠?"

"말할 수 없네. 하지만 그 사람을 모를 수는 없지."

"아주 유명하고 중요한 사람이란 거죠?"

"죽지 않았다면 더 중요해졌겠지. 어쩌면 죽어서 더 중요해졌을 수도 있고."

"그가 이 세상에서 얼마나 중요한 사람인가가 우리 일에서 중요하다는 걸 압니다. 하지만 이 일은 개인적인 일이기도 합니다. 그를 잘 알지 않고서는 할 수 없는 일이라는 말입니다."

"네가 그를 잘 알게 되면 그도 너를 잘 알게 되겠지. 연애란 그런 거니까."

연애…… 보스가 그 단어를 말하고 내 표정을 살핀다. 어떤 표정을 지어야 할까. 연애, 라는 상태가 설정이 아닌 실제라면 나는 수줍어해야 하는 걸까. 이 순간에도 나는 보스가, 아니 회사가 내게 요구하는 표정을 생각하고 있다. 잘하면 된다고 생각하면서 살았다. 잘해서 잘 끝내면 된다고. 하지만 이 연애의 끝은 어디일까.

"그는 네가 스파이인 걸 알 수 없겠지?"

"보스의 가족은 아시나요?"

"모르지. 우리는 평범한 스파이가 아니니까. 우리가 스파이인 걸 아는 순간 우리가 이 일을 계속 한다고 해도 우리는 진짜 스파이가 아닌 거니까."

표면적으로 나는 그가 스파이인 것을 안다. 보스의 논리대로라면 세상에서 그는 구십구 퍼센트 스파이이며 나는 백 퍼센트 스파이이다.

"마지막으로 받았던 정신 감정 결과는 읽어봤나?"

"직접 보지는 못했지만 정신과 의사의 조언 때문에 짐작은 가요. 사람을 지나치게 경계하고 전혀 믿지 못함, 사람을 아주 잘 파악하고 특히 단점을 잘 잡아냄……."

"거의 맞았어. 그래서 요원으로는 적격 판정을 받았지. 회사는 의심 많은 사람을 좋아하니까. 하지만 그게 결혼생활에는 적합한 조건이 아니지. 아무리 위장이라지만 본성을 억제하기 힘든 게 결혼이거든."

저 선문답은 조언일까, 함정일까.

"스파이에게 요구되는 첫 번째 덕목은 흔히 냉철함이라고 생각하지. 나도 오랫동안 그렇게 생각해왔고. 그래서 생각했지. 반대로 생각해보자고. 사랑에 빠진 스파이들은 흔들리고 흔들리다 결국 냉정함을 되찾지. 냉정함을 찾지 못한 스파이는 죽어서 사라지지. 하지만 우리는 죽어서 사라진 그 스파이의 변화를 기억하지. 그 강렬한 죽음으로 그 스파이는 영원히 살아남는 거야."

"무슨 말씀을 하시고 싶으신 건가요?"

"누군가는 아무것도 예상하지 않고 그저 변화를 원할 수도 있어."

이 세계가 그렇게 단순할까?

보스가 했던 오리엔테이션을 기억한다. 스파이는 나와 세계의 관계를 이해하는 사람, 자기 것을 넘어서 내가 사는 세상도 생각할 줄 아는 사람이라고, 그런 스파이 없이는 세계의 미래가 없다고. 그때 보스는 진심이었다. 그리고 지금껏 내가 겪어본 보스는 진심에도 거짓말에도 심지어 침묵에도 의도가 있는 사람이다.

보스의 진짜 의도는 뭘까?

*

보스는 소설가 Z의 파일을 나에게 넘기는 동시에 Z의 일 자체를 넘겼다. 할 일이 그렇게 없으면 일을 하고 싶어 미칠 것 같으면 독자적으로 네가 알아서 하라고…… 목표도 없이 목적도 모르고 누군가를 감시하고 처리한다. 그것이 전문이다. 전문요원이란 그런 수준의 스파이다.

파일에 따르면 그동안 소설가는 일을 시작했다. 그는 이제 적어도 아침 일곱 시에 일어나야 하는 일주일에 이틀을 갖게 되었다. 그리고 그 일에 따르는 부수적인 각종 업무. Z는 잠을 못 이루고 쓰는 글의 활기가 줄었다. Z에게 우울증이 잠재되어 있다는 예비보고서가 있었는데, 그는 곧 우울증 단계로 접어들 것이다. 그다음은…… 우울증은 언젠가 이용가치가 충분한 수갑이 될 것이다. 그리고 불면증. 우리 모두가 겪고 있는 시간과 규율의 시스템이 그를 불면으로 더욱더 몰아갈 것이다.

완전히 달라지기 전에 Z를 구해야 한다.

스파이는 최후에는 결국 점으로 존재한다. 그것이 보스가 나에게 가르친 제일 지침이다. 그는 제일 지침을 배반했다. 나는 그 사실을 알게 된다. 그러므로 결국 나도 제일 지침을 배반하게 된 셈이다. 점이 연결되어 선이 되고 면이 된다. 그 면이 어떤 모양인지 확인하고 싶어지면 어떻게 해야 하나.

page 26

B :
더 큰 그림

사람의 목숨 값이 이렇게 싼 시대가 있었던가. 누군가 목숨을 걸고 이야기하다 결국 목숨을 끊어도 아무도 귀 기울이지 않는다. 죽겠다고 하소연하면 죽으라고 냉소한다. 죽고 싶으나 죽지 못해서 골방에서 진통제를 한 움큼씩 집어 삼킨다. 동정은 사치이고 특권이다. 자신들 이외에는 아무도 이해하지 못하는 감수성 제로의 인간이 되어간다. 이제 변명도 설명도 필요 없다. 그들은 그냥 하고자 하는 것을 거리낌 없이 하고 그 뒤처리조차 신경 쓰지 않는다.

우리는 과연 세계를 제대로 이해하고 있으며, 세상을 돕고 있는 것일까.

*

회의가 시작되었다.

"최근 자살률이 급증하고 있습니다. 감당할 수 없는 일이 일어나고 있다는 뜻이에요."

나의 이야기에 그들이 묻는다.

"그 죽음 가운데 우리와 관계된 것이 있나요?"

다 알면서 모르는 척, 묻는다.

"아닙니다. 직접적으로는."

웅성거린다. 언젠가부터 상식이 통하지 않고 있다. 소수가 다수의 의사에 반하는 일을 무리하게 그것도 아주 빠르게 진행시킨다. 누가 봐도 이상하다. 그런데 이제 이 이상한 일이 별로 이상하지 않을 지경이 지금 이곳의 현실이다.

"자살은 개인적인 사건이 아니라 사회적 죽음입니다. 사회가 개인을 상대로 저지르는 폭력의 결과이기 때문입니다. 권위주의적 권력의 정책은 불평등을 증가시킬 뿐 아니라 사람들을 강력한 수치심과 모욕감에 노출시킵니다."

"정책이 잘못되어 사람들이 자살한다는 겁니까? 아직도 지지율이 오십 퍼센트가 넘습니다."

"그 지지율은 아시다시피 저희가……."

"아무튼……."

분위기가 소란해지고 나는 격해진다.

"이대로 가면 삶의 불안은 극심해지고 자살자는 더 늘어날 겁니다. 결코 우리가 가야 할 길이 아닙니다. 최소한의 삶의 조건은 지켜져야 합니다. 작전을 변경해야 합니다. 사람들을 언제까지 바보 취급할 겁니까?"

"지난 긴급회의에서 요원은 폭동이 일어날지 모른다고 했습니다. 하지만 폭동은 일어나지 않았습니다."

나는 그들에게 위험을 경고했다. 이런 식으로 하면 혁명이 일어날지도 모른다고. 그러니까 지렁이도 밟으면 꿈틀댄다고. 그러나 결과적으로 내가 틀렸다. 가진 게 없어도 가진 것처럼, 가질 수 있는 것처럼 착각하면서 사는 것일까. 아니라면, 이 무서운 패배감의 정체는 무엇일까.

자살률은 높아지고, 출산율은 낮아지고, 노동시간은 길어진다. 재정 지출 중 복지와 관련한 사회적 공공지출이 점점 줄어들고 있다. 대부분의 사람들이 살기 힘들고 살기 싫은 세상에서 지금 살고 있는 것이다. 한마디로 행복하지 않은 것이다.

행복의 총량 중 절대분량을 저 사람들이 일방적으로 가져간다. 그러면서 우리가 못나서 이렇게 사는 것이니 하는 수 없고, 저들이 저렇게 많이 가져가는 게 당연한 거란다. 스스로는 도저히 행복해질 수 있는 방법이 없는 사람들은 어떻게 해야 할까. 누군가는 우리를 구해줄 사람 따위는 없다고 할 것이고, 누군가는 우리가 모이면 우리를 구할 수 있을 거라고 할 것이고, 누군가는 여기 이쪽 사람은 너나 나나 마찬가지인데 어떻게 서로를 구하겠느냐고 할 것이다.

"언제까지 사람들이 진실을 잘못 이해하고 있다고 말할 겁니까. 본인이 믿는 것만이 옳다고 믿는 것이 독선이고 독재입니다. 지금은 반대하지만 나중에는 고마워할 거라고 생각하는 것. 어리석어서 혹은 세뇌되어서 이런다고 생각하는 것. 다수의 존재를 증명하기 위해, 혹은 올바른 소수의 의견을 말하기 위해 선택할 수 있는 게 촛불, 혹은 죽음

뿐인 게 정상입니까?"

내 질문은 공허하다. 이런 식으로도 저런 식으로도 받아들여지지 않는다. 소수의 승자와 다수의 패자로 구성된 사회. 약육강식에서 나아가 승자독식이다. 언제부터 우리가 향해 있는 쪽이 소수의 승자가 되었을까.

*

회의는 끝났다.

성과도 없이, 나는 그저 골치 덩어리가 되어버렸다. 소수, 거추장스러운 소수. 그런 소수를 관리하려는 것인가, 치프가 나를 조용히 불렀다.

"거기 좀 앉게."

"괜찮습니다."

"이야기를 빨리 끝내고 싶은 모양이군. 하긴 조금 전까지 그렇게 열변을 토했으니…… 성격은 안 바뀌나봐."

모든 것이 결국은 개인적인 결함으로 치환되는 것인가.

"아까 자네, 사람들을 바보로 알고 있느냐고 했었던가. 사람들이 정말 바보인지는 조금 더 두고 보면 알겠지. 자네가 아까 진짜 말하고 싶었던 문제는 절대 다수의 경제적 약자들이 왜 일 퍼센트를 지지하는 거냐는 거지? 답도 물론 알고 있겠지."

"분할정복 전략이 먹혀든 거죠."

"이미 분석 기사도 나왔지. 우파 정치의 핵심 정서는 수치심이고, 좌파 정서의 핵심은 죄의식이라던데. 자네는 좌파인가?"

"저는 우파도 좌파도 아닙니다."

"……."

"저는 스파이일 뿐입니다."

치프의 사무실 벽면은 모니터로 가득 차 있다. 그 화면 하나하나에 떠 있는 사람들…… 이들은 보이는 스파이들 가운데 가장 중요한 인물들이다. 조직은 세상의 흐름에 대한 막대한 정보를 분석하고 그 정보를 바탕으로 세상을 설계한다. 디렉터들이 세상에 영향을 미칠 만한 사람들을 고르고 지원한다. 그들은 잘 만들어진 자원을 관리한다. 그리고 나 같은 이들이 위기를 관리한다. 잘못되면 다 우리 같은 아랫것들 탓이고 잘되면 다 윗분들이 잘해서이다. 그러니 치프는 이 위기를 나처럼 절박하게 느낄 수 없을지도 모른다.

"후회하지 않나? 저기 저 자리가 우리 자리일 수도 있었어."

치프가 모니터를 바라보면서 말했다.

"후회하십니까?"

"……."

"저는 꼭두각시놀음에 광대짓은 싫습니다."

나는 치프를 바라보며 말했다.

"그래, 그런 게 어울리는 사람들은 따로 있지."

그런 게 어울리는 사람이 요즘은 정말 따로 있는 것이 아닌가 생각된다. 적절한 모델을 제시하는 것이 우리의 주요 임무 중 하나였다. 저편에서 이편으로 수직상승한 것처럼 보이는 사람들. 노력하면 누구든 그렇게 될 수 있다는 희망의 모델들. 하지만 요즘 트랜드는 그게 아니다. 처음부터 은수저를 물고 태어난 사람들. 부러워하고 동경하지만 자신이 절대 될 수 없는 것…….

세상은 지배하기 더 쉬워졌다. 가난은 극복할 수 없는 것이며 그저 그렇게 살다 죽는 건 억울한 일이 아니며 아무것도 바꿀 수 없다. 태어날 때부터 그렇게 정해졌다. 원망해야 하는 건 오로지 당신 자신뿐이다. 그래서 자살은 당연한 것이다.

하지만 이 당연한 일이 당연하게 자꾸 일어나면 세계가 흔들린다. 먹이사슬의 바닥을 장식할 인간들이 사라지는 것이니까. 최소한의 삶의 조건마저 고려하지 않은 생지옥으로 사람들을 몰아넣으면서도 자신들만의 세계는 굳게 유지되리라고 믿는 근거가 나는 정말 궁금하다.

"우리가 광대를 잘못 고른 거 같나?"

"너무 무식한 광대를 골랐죠. 너무 많이 나갔어요. 고집을 꺾고 무지를 깨우쳐야 합니다."

마키아벨리는 『군주론』에서 지도자를 그 능력에 따라 세 가지로 분류했다. 첫째 분류는 무슨 일이든 스스로 이해하고, 둘째 분류는 다른 사람이 설명해주어야 이해하며, 셋째 분류는 스스로 이해하지 못할 뿐만 아니라 남이 설명해도 이해하지 못한다. 첫째는 매우 탁월한 인물이고, 둘째는 우수한 인물이며, 셋째는 무능한 인물이다. 우리의 광대가 어디에 속하는지는 이제 자명해졌다.

"조금 더 두고 보지. 저 무지한 자의 의지가 가끔은 통할 수도 있으니까."

"도대체 무얼 기다리는 겁니까?"

"글쎄……."

"……"

"진짜, 혁명이 일어날 수도 있지 않겠나……."

치프는 지금 나를 비웃고 있는 것인가.

나는 치프의 라인이 아니다. 치프는 나의 예전 보스와 경쟁하던 사이였다. 치프는 지독한 현실주의자이다. 현실에만 충실하면, 눈앞만 바라보면, 미래가 사라질 수도 있다는 걸 치프가 그동안 벌인 일들을 통해 나는 생각하게 되었다. 얼마나 빨리 인간성이 파괴되고, 얼마나 빨리 자본주의가 활개를 치고, 자유민주주의가 퇴보하고 있는지.

"다 알고도 지금 모험을 하자는 겁니까?"

"움직일 때를 선택하는 건 우리야. 우리는 더 큰 그림을 봐야지."

그 무엇보다 문제가 되는 건 어차피 안 된다는 절망감이다. 아무리 말해도 듣지 않고, 말하지 말라고 하고, 말해봤자 소용없다고 한다. 그리고 두려움이다. 소리 소문 없이 사라질 수 있다. 이야기가, 의견이, 사람이. 더 멀리 적어도 이 게임의 끝을 내다보아야 한다.

그렇다. 그게 스파이이다. 더 멀리 더 크게 더 높이 보는 자.

page 27

Y :
기록보관실 할아버지

"할아버지."

"오래간만이네."

"네. 건강하시죠?"

"노인네 건강이야 똑같지 뭐."

나는 훈련생 시절 할아버지를 처음 만났다. 건물에서 길을 잃었는데 할아버지가 나타나 방향을 알려주었다. 그리고 요원이 된 후 이 건물에서 다시 그를 만났다. 처음도 나중에도 지금도 그는 변함없이 노인이었고 기록보관실이라고 불리지만 아무 명패도 붙지 않은 끝을 알수 없는 방, 아마도 대부분의 사람들이 도서관이라고 부를 곳을 지키고 있다.

어릴 때 할아버지가 나에게 처음 한 말을 기억한다. 너무 힘들면 그만두어도 돼. 너는 아직 젊어. 아니, 심지어 어리지. 지금 내가 여기까지 온 이유는 그만둘 수 없기 때문이다. 아직 젊긴 하지만 어리지는 않으니까 힘들어도 그만둘 수 없다.

"부탁이 있어요."

"보고 싶은 게 있나보군. 어릴 때부터 원하는 게 있으면 너는 이런 표정이었어."

할아버지는 평범한 도서관 수위가 아닐지도 모른다. 똑같이 도서관을 출입하면서 자란 아이들 가운데도 할아버지를 한 번도 본 적 없다는 이들도 있었다. 언젠가부터 나는 할아버지가 레코드 키퍼일지도 모른다고 생각했다.

할아버지는 이번에도 내 부탁을 들어주었다. 그를 따라 뒷방의 입구로 들어갔다. 이런 평범한 곳에 무언가를 숨겨두었다는 말인가.

"이런 곳이 존재하는 줄 몰랐어요."

"존재하지 않네."

나는 할아버지의 눈을 마주 보며 고개를 끄덕였다.

"최초 파일 넘버야. 이것만 가지고 찾을 수 있을지 모르겠군. 하지만, 찾아야 하면 번호가 없어도 찾는 게 스파이의 운명이지."

작아 보이나 거대하고 끝이 보이지 않는 미로 같다. 길을 잃어 영원히 빠져나오지 못할 것 같은 공포를 느낀다. 입구는 하나. 출구는 없을지도 모른다. 열람등급이 있지만 등급은 사실상 무의미하다. 위치는 그 기밀서류의 담당자만이 안다. 그러니까 기밀도 스파이의 존재처럼 점으로 존재한다. 거기에 있지만 어디에 있는지를 아는 사람이 없다면 찾는 건 불가능하다. 열람등급은 위험을 암시하고 능력을 의미할 뿐이다. 더 깊이 더 멀리 갔다가는 길을 잃고 영원히 갇힐지 모른다는 위협.

나는 할아버지가 건네준 번호의 파일을 찾아낸다. 파일에는 먼지가 뽀얗게 앉았다. 아주 오랫동안 아무도 이 파일을 들춰본 적이 없다는 뜻일까.

내가 생각했던 것보다 훨씬 중요한 것 같다. 처음 파일을 작성한 누군가, 그리고 그다음 누군가, 또 그다음 누군가가 검은 매직으로 군데 군데를 지웠다. 너무 많이 지워서 알고 있는 사람이 아니라면 알아볼 수 없는 일종의 컨닝페이퍼가 되어버렸다. 백지에 점을 찍기 시작한 상태의 나로서는 알아볼 수 있는 것이 거의 없다. 선을 그을 수 있을 정도는 되어야 한다.

나는 파일을 처음 자리가 아닌 다른 자리에 꽂는다. 그러다가 본다. 평범한 듯 보이는 노트를. 그래서 쓰윽 꺼내본다. 이런 것이 왜 여기 있는 것일까. 나도 모르게 고개를 좌우로 돌리며 누가 있는지 보게 된다. 아무도 없는 것을 확인하고 페이지를 넘겨본다.

혹시 이 글이 발견될지 모르니 이 사실은 기록해두고 싶다.
......
마지막이 점점 더 다가오고 있다. 틀림없다. 안타깝지만 내가 이 이야기를 끝낼 수는 없을 것 같다. 나는 쓰는 도중에 죽게 되겠지만 그래도 살아 있는 동안은 쓰기를 멈추지 않을 것이다.
......
그들의 반대편에 그들이 있다. 그리고 그들의 그 책이 있다. 그들 은 그 책으로 서로를 알아보며 필연적으로 잠시 만나고 우연히 흩 어진다. 그 책은 그들의 암호이자 경전이다.

……

승자도 역사를 쓰지만 패자도 역사를 쓴다.

노트를 다시 그 자리에 꽂았다. 그리고 내가 원래 찾았던 파일을 다른 자리로 옮긴다. 위치를 기억해야 한다. 이것이 옮겨지면 옮겨진 이유가 있고, 아는 사람이 그리고 찾는 사람이 있는 것이다.

이제 여길 벗어나기 시작해야 한다. 출구를 찾지 못할까봐 두렵다. 숨겨진 방의 문을 닫고 나오니 출구에 할아버지가 앉아 있다.

"찾던 것을 찾았나?"

그가 묻는다. 뭐라고 해야 할지 모르겠다. 거짓말을 업으로 살아온 사람이 거짓말을 하지 못하게 만드는 저 깊은 눈. 그는 나를 보는데 나보다 많은 것을 보고 있는 것만 같다.

"저곳에서는 찾던 것을 찾다가 찾아야 할 것을 찾기도 하지."

도서관을 나오면서 신입요원이었을 때 할아버지가 내게 했던 말을 생각했다. 정말 해야겠다면 제대로 해야지. 멈추어 울고 있는 지금도 누군가는 나아가니까.

해야 한다면 제대로 해서 나아가야 한다. 누구보다 먼저.

page 28

X :
더 비싼 값어치

회사에 다시 출근하기 시작했고, 하던 일이라 믿어지던 일을 계속해서 사무적으로 했다. 윗사람도 아랫사람도 역시 너밖에 없다고 추켜세웠다. 다음 승진은 따놓은 당상이라고 넌지시 높은 자가 알려왔다. 그 와중에 연구소로의 이직 권유도 있었다. 그러니까 이다음 나의 선택은 승진이냐, 이직이냐, 유학이냐 세 가지이다. 어느 것을 선택하든 나쁘지 않을 것이고, 좋지도 않을 것이다. 그리고 이제 나에게는 고려해야 할 사항이 있다.

그녀…….

앞으로 내 인생에 무슨 선택을 하던 나 외에 생각할 것이 있다는 것이 아직은 딱히 좋지도 않고 나쁘지도 않다. 우리가 함께하는 것이 이대로는 무슨 의미가 있을지 모르겠다. 나는 그녀를 믿는 것일까, 믿고 싶어 하는 것일까. 그리고 그것은 어떤 차이가 있는 것일까.

*

휴대폰에 모르는 번호가 뜬다. 기억을 잃어버린 후 이전에 쓰던 휴대폰을 찾지 못했다. 휴대폰에 입력된 번호는 아니다. 입력할 수 없는 번호이기도 하다. 하지만 번호를 보는 순간 평범하지 않다는 느낌이 드는 번호. 그 남자다.

전화를 받자 그는 나를 만나고 싶다고 한다.

"여기로 오겠나?"

그리고 만남의 장소를 알려주었다.

그가 있는 곳은 평범한 듯 평범하지 않다. 그 정도 사람이라면 늘 있을 수 있는 곳이지만 아무나 들어갈 수는 없는 곳. 나는 로비에서 호수를 알리고 방문하러 왔다고 말했다. 경비원은 한쪽의 엘리베이터를 알려주었다. 로비에서 최상층으로 곧바로 올라가는, 허락된 자만이 탈 수 있는 엘리베이터.

엘리베이터 문이 열리자 그가 있는 펜트하우스의 복도이다. 5초 후 문이 열리고 그가 나를 맞이한다.

"앉게. 편하게 원하는 자리에."

나는 그의 맞은편에 오른쪽으로 약간 비켜간 자리에 앉는다.

"잘 이겨내고 있나?"

"솔직히 잘 모르겠습니다."

"처음 자신을 팔 땐 누구나 다 그래. 자네는 자신을 싸게 팔지 않았어. 더 비싼 값에 팔고 싶나? 그럼 성과를 내."

"아직도 잘 모르겠습니다."

"도대체 뭐가 아직도 그렇다는 건가?"

216

"사람을 믿지 못하는 것이 제일 힘듭니다."

"그게 자네 삶이야. 친구가 적이고 적이 곧 친구지. 그녀 때문에 그런 거로군. 우리는 다른 시대의 사람이긴 하지만 어차피 같은 길을 가게 될 거야. 날 편하게 생각해줬으면 해. 난 자네에게서 나를 보고 있으니까. 자네가 겪은 일을 나도 이미 겪었어. 관계의 진전은 좀 있나?"

"가까워졌습니다."

"원래 가까운 사이 아니었던가?"

"그랬겠지요. 하지만 그녀에 대한 기억이 돌아오지 않았습니다."

"그거 오히려 좋겠는데…… 새로운 여자를 만나는 기분이지 않나?"

"그녀에 대해 더 알아야겠습니다."

"무얼 원하는 건가?"

"그녀의 가족을 만나야겠습니다."

"가족?"

"결혼까지 생각하고 있습니다. 그녀와 진짜 가족이 되고 싶습니다. 그리고 혹 저에게 아직도 감시자가 있습니까?"

"그럴 리가……."

그들은 나에게 확실한 감시자인 그녀를 바로 옆에 붙여두었다. 그리고 그녀도 우리에게 감시자가 없을 거라고 했다. 하지만 나로서는 다시 확인이 필요하다. 나를 위해서라기보다 그녀를 위해서.

"확신이 필요합니다. 제가 충성하는 만큼 조직에서도 저에게 믿음을 보여주셨으면 합니다."

"자네 혼자만의 능력으로 여기까지 온 거라고 생각하나?"

"아닙니다."

"무언가 착각하고 있군. 내가 이야기하는 건 조직이 아닐세. 조직이 자네를 돕는 게 아니라 자네가 조직을 돕는 걸세. 어차피 똑같은 얘기인데, 입장 차이, 아니 견해, 아니 가치관의 차이라고 해두지. 난 내가 없으면 안 된다고 생각하는 사람이야. 그러니까 조직도 나에게 그런 자세를 취하지. 이것도 일종의 파워게임이야. 개인 대 조직? 말도 안 되지. 하지만 내가 조직의 약점, 아니 핵심을 거머쥐고 있다면, 내가 그 목덜미를 꽉 쥐고 내가 원하는 방향으로 보게 할 수 있지. 혼자선 그렇게 싸우는 거야."

"……."

"나와 자네는 다른 시대 사람이지. 하지만 같은 자리에 있다고 할 수 있어. 임금과 비용, 분배, 시장 분석이라는 전문지식으로 무장한 설계자. 우리는 이 복잡한 비즈니스 분야의 장인이지. 자네에게 거는 기대가 크네."

"시간을 좀 주세요. 상황을 정리할 수 있도록."

"흔히들 행복은 원하는 걸 얻는 게 아니라, 가진 것에 감사하는 거라고 가르치지. 하지만 그건 보통 사람들에게 해당하는 이야기야. 우리에게 행복은 원하는 것을 바로 망설이지 않고 가질 수 있다는 걸 아는 거야. 그렇다는 걸 알면 그걸 굳이 가질 필요도 없어지지. 내 경우엔 그랬어."

"그런 의미에서 그녀의 가족에 대한 정보가 지금 당장 필요합니다. 보스께서 그 정도 능력은 되는 걸로 알고 있습니다."

"진짜 뭘 원하나?"

"진실이죠."

"자네가 스파이이기 때문에?"

"물론입니다."

"잠깐만 기다리게."

그가 다른 방으로 간다. 어딘가로 전화통화를 하고 팩스를 수신하는 소리가 들린다. 그가 돌아와서 종이 한 장을 나에게 내민다.

"보다시피, 그녀의 어머니는 정신병원에 있어. 음……."

여기까지는 진실이다. 하지만 그다음은, 진실을 진실대로 알려준 의도가 있을까. 이 진실은 아무 의미도 없는 것일까.

Y :

남아 있는 나날

지금까지 나에게는 미행이 없었다. 나는 감시하는 자였지 감시받는 자가 아니었다. 보이는 스파이는 감시받고 보이지 않는 스파이는 감시한다. 그러나 이제부터는 혹시나 따라붙을지 모를 미행을 따돌려야 한다. 그리고 인간의 눈보다 더 정확한 각종의 감시 장치를 지나쳐가야 한다. 쉽지 않지만 나에게는 익숙한 일이다. 익숙할수록 방심을 조심해야 한다.

몇 개의 위장을 거쳐 약속장소에 도착했다.

"선배, 무슨 일 있어요?"

비상연락을 통해 긴급호출과 대기, 최고치의 경계태세 등을 의미하는 암호문을 확인하고 선배를 만났다.

"이제 언니라고 불러도 되잖아."

선배가 웃으면서 얘기한다. 조금 마르고 얼굴이 까칠해졌다. 도대체 무슨 일이 있는 걸까. 평범한, 아니 중산층의 주부로 위장한 양육자인 그녀에게…….

"우리 다시 못 만날 수도 있어."

"무슨 일이에요?"

"탈출할 거야."

누구나 사는 게 지옥인 여기 이 사회를 벗어나고 싶어 한다. 하지만 그게 가능한 것일까. 그나마 우리 스파이는 이곳에서 혜택을 받고 있는 사람들이다. 선배만 해도 실체는 없지만 해외에서 근무하는 것으로 설정된 남편 때문에 편안하게 잘 사는 것으로 되어 있다. 그 편안함은 아파트 대출이자를 걱정하지 않아도 되는 것으로 상징되는 정도이지만 여기 이곳 지옥에 사는 누군가에게는 부럽기 그지없는 현실이다.

"탈출한 사람이 있어."

"어떻게요?"

"배짱도 있고 운도 따라줬겠지."

"지금 남은 인생을 운에 맡기겠다는 건가요?"

"빈틈을 찾았어. 탈출 후 그들을 어떻게 피할 건지 연구했고, 추적에 대비해 제2안도 만들었어. 그동안 돈도 모았어. 움직일 때마다 돈이 들 테니까."

"불가능해요. 위험하다고요. 뭣 때문에 목숨을 걸려는 거예요?"

"딸이 있잖아. 탈출해야 그애가 사람답게 살 수 있어. 그애를 우리처럼 살게 할 수는 없어."

우리처럼 사는 게 뭐 어때서? 돈 걱정 안 하고 집 걱정 안 하고 시키는 일만 잘하면 아무 걱정, 아니 아무 생각 하지 않아도 된다. 무엇보다 우리는 특별한 사람이다, 그렇게 배웠다.

"언젠가 너는 그런 말을 했어. 나의 자기 확신이 부러웠다고. 나를 한 번만 믿어줘. 지금 내가 하는 말이 모두 미친 소리같이 들리겠지만 난 미치지 않았고 그 어느 때보다 정상이야. 이토록 확신을 가졌던 적이 없어."

이번에도 나는 선배의 확신이 부러웠다. 확실하게 믿을 수 있는 자기 자신, 아이, 그리고 미래.

"너한테 부탁이 있어."

"보험인가요?"

선배가 눈을 맞추며 고개를 끄덕인다.

언젠가부터 스파이들은 보험을 준비하기 시작했다. 보상 없이 사라질 것에 대비하는 최후의 대비책, 보험. 나는 보험을 딱 한 번 작성한 적이 있다. 그 보험은 아직도 유효할까.

나는 선배의 암호체계에 따라 보험에 접근하는 방식을 배운다. 이제 헤어질 시간이다.

"행운을 빌어."

"선배야말로 행운이 필요하죠. 제 것까지 가져가 쓰세요. 그럴 수 있다면……."

"고마워. 그리고…… 정말 미안하다."

종적을 감추고 사라지려면 빈틈없이 일을 처리해야 한다. 인연을 끊고 흔적을 지워버려야 한다. 완벽하게. 아무것도 남기지 말고. 그러나 양육자에게는 남는 것이 있다. 그 남아 있는 것을 위해 살고자 죽을 수도 있다.

B :
도서관 노인

오래간만에 도서관에 왔다. 상급자가 될수록 도서관과 멀어진다. 누군가가 요약하고 분석해놓은 걸로 충분하다는 자만도 한몫하지만 무엇보다 바빠서 개인적으로 책을 읽을 시간이 없어진다.

입구의 노인이 사서이다. 그는 내 얼굴을 흘낏 보더니 목례를 하고 다시 고개를 파묻는다. 예전부터 신기했던 게 노인은 요원들 모두를 아는 것일까.

도서관은 모두에게 허용되는 구역과 아무에게나 허용되지 않는 구역으로 나뉜다. 후구역은 전문요원부터 들어갈 수 있지만, 입구를 스스로 찾아야 하기 때문에 어떤 전문요원은 들어갈 수 없다. 사서 노인이 언젠가 말했다. 도서관 아이들이 아니면 들어갈 수 없는 곳이라고, 혹여 들어갔다고 해도 길을 잃고 영원히 나올 수 없을 수도 있다고.

나는 성인이 된 이후로 이 도서관에 출입하기 시작했으니까, 엄밀히 말하면 이 도서관 아이는 아니었다. 하지만 전문요원이 되고 후구역의 입구를 찾는 게 어렵지 않았고 길을 잃지도 않았다. 전문요원이라고 해도 후구역의 존재 자체를 모르는 이들이 있다는 걸 아주 나중에야 알게 되었다. 사서 노인에게 정말 그런 거냐고 물었을 때 노인은 웃기만 하더니 그 차이의 본질을 언젠가는 알게 될 거라고 했다. 사서 노인과 그런 이야기를 나눈 것도 벌써 십 년 전이다. 나의 예전 보스가 은퇴하기 전이었으니까.

이제 나는 조금 두렵다. 너무 오래간만이라 길을 잃을까봐. 내가 길을 잃지 않는 법을 알고 있을까. 그리고 찾아야 하는 것을 찾을 수 있을까.

어떤 구역의 책은 저자 별로, 어떤 구역의 책은 종류 별로, 또 어떤 구역의 책은 누군가가 꽂아놓은 대로 존재한다. 저자나 종류 별로 구분된 책도 어쩌면 누군가가 그렇게 스스로 분류하고 꽂은 것일지도 모른다. 책들이 그렇게 놓여 있음을 파악한 것도 전부 경험에 의한 추측이다.

알파벳으로 된 벽과 숫자로 된 책장, 책이 어디에 놓여 있는지 검색을 할 수 있는 컴퓨터도 없고 책이 어디에 놓여 있는지 가르쳐주는 사람도 없다. 여느 도서관처럼 책에 색인이 달려 있는 것도 아니고 외부로 책을 가져가는 것도 가능하며 반납 기한 같은 것도 없다. 어쩌면 외부에서 책을 가져와 꽂아두는 것도 가능할 것이다. 내가 그렇게 추측하는 것은 후구역에 책처럼 보이나 엄밀히 말하면 책이 아닌 것들이 있기 때문이다.

찾았다. 이 책장의 여섯 칸 중 세 칸은 내가 만들었다. 처음 아래 칸에 놓여 있던 책들을 읽었고 그 위 칸부터 세 칸을 내가 새로 조합했다. 그리고 그 위 칸과 위 칸에도 이제 책이 있지만 내가 만든 조합은 아니다. 나는 필요한 것들을 추려 책상으로 가서 자리를 잡고 앉아 읽기 시작한다. 노트를 펴고 필요한 것은 수기로 옮겨 적는다. 이곳에서는 스마트폰은 물론 디지털 전자기기들이 아예 작동하지 않는다.

지금 엉망이 된 세상을 누가 바로잡을 수 있는가, 누가 정말 세상의 편에 서 있는가, 누가 문제 해결 능력을 갖고 있는가에 대해 판단해야 한다.

—

이미 가진 자 위주로 삶이 흘러간다. 승자독식을 까발리는 글조차도 승자들의 세계에 나머지 사람들은 영원히 편입될 수 없다는 깨달음, 그것도 이미 알고 있는 사실을 공고히 함으로써 나머지를 좌절시키다 못해 무기력하게 만든다. 피부터 다르고 뼛속까지 다른 공기에 감염된 그들의 허세에 좌절하면 지는 것이다. 그들은 우리와 다르지만 우리만큼 위대해질 수 없다. 99층에서 100층으로 올라가는 것과 지하실에서 100층으로 오르는 걸 어찌 비교할 수 있으랴. 계급은 쓰레기이다.

—

완전한 절망과 약간의 희망은 차이가 있다. 단 1퍼센트, 아니, 0.1퍼센트, 0.001퍼센트라도 있는 것과 없는 것은 다르다. 안 될 걸 알면서도 하는 사람, 안 될 걸 알아도 해야만 하는 일이 있는 사람, 또 그런 누군가가 있는지 찾아야 한다.

—

이것은 과정이고, 과정이 혁명이다. 혁명보다 멋진 축제는 없다.

도서관에는 시계가 아예 없고 아날로그인 내 손목시계까지 멈췄다.
그만 자리에서 일어난다. 입구, 들어갈 때는 본체만체 하던 사서 노인
이 말을 건다.

"책은 다 보셨습니까?"

"네."

"참, 오래간만입니다. 데스크로 올라가시니 도서관에 올 일이 없으
시죠."

"네, 뭐 그렇죠. 건강하시죠?"

"이 노인네 건강이야, 아직 이곳을 지킬 정도는 되죠."

노인은 내가 신입요원일 때도 노인이었다. 내가 청년에서 중년이
되는 동안에도 노인은 변함이 없다.

"다행입니다. 어르신이 없으면 이 도서관에서 책을 어찌 찾겠습니
까."

노인이 안내하는 건 전구역에 있는 책의 위치 중 아주 극소수이다.
그 극소수에 대해 노인에게 뭔가를 묻는 것도 사실은 뭔가를 알아야
가능한 것이다. 기초부터 차근차근 아무도 가르쳐주지 않는다.

아주 거칠게 멘토들이 도서관에 아이들을 풀어놓던 시절이 있었다
고 한다. 하지만 이제 그런 방식으로 자기 라인을 가르치는 멘토는 없

다. 스스로 깨우쳐 길을 찾는 방식은 시간이 오래 걸린다. 효율의 시대에 어울리지 않을뿐더러 스스로 생각하기 시작하면 일을 시키기가 오히려 번거롭다고 생각하는 멘토들이 늘었다. 그런 사람들을 멘토라고 부르기도 뭣하다고 나는 생각한다. 선후배, 스승과 제자, 그런 낭만적인 관계도 시대가 변하면서 종결되었다.

"요원님이야 저 같은 노인네가 없어도 얼마든지 원하는 걸 찾으시지요. 하지만 요즘 애들이 이 도서관 출입이 가능해지면 그때는 정말 그럴 수 있겠다는 생각이 저도 듭니다. 개방 도서관에 출입하는 애들이 점점 줄어들고 있습죠. 덕분에 제 일은 더 편해졌습니다."

"이거 다행이라고 해야 할지 잘 모르겠습니다."

"참, 여기에 없는 책을 어디서 어떻게 찾는지 요원님은 아시죠?"

"……."

"아실 겁니다. 그런 건 다 선배한테 노하우로 듣는 거거든요. 잘 생각해보십시오. 멘토와의 추억을."

B :
따뜻한 나라의 평화로운 섬

보스가 말했었다. 가장 숨기 좋은 곳은 가장 평범한 곳이라고. 그는 이 나라를 떠나지 않았다. 심지어 내가 살고 일하는, 그리고 그가 살았고 일했던 도시와 아주 가까운 소도시에 있었다.

"대체 여기서 무얼 하고 계신 겁니까?"

"자네도 알지 않나? 내가 책을 무척이나 좋아한다는 걸."

"여기가 따뜻한 나라의 평화로운 섬입니까?"

"조직을 운영하던 사람이 여기서 헌 책이나 뒤적거리고 있는 게 이상한가? 다 포기해야 할 때가 있지."

"왜입니까?"

"안 그럼 죽었을 테니까."

"그래서 이름까지 바꾸셨습니까?"

"우리 같은 사람에게 이름이 뭐 그리 중요한가?"

"가게 아르바이트생은 당신을 안 지 아주 오래됐다던데요."

"맞아. 그애는 내가 자주 가는 밥집의 딸이야. 자라는 걸 줄곧 봐왔는데 이제 다 커서 여기서 아르바이트를 하네. 도스토옙스키를 원문으로 읽겠다며 올해 노어노문학과에 입학했지. 책을 좋아하는 아이야."

"이해가 안 갑니다."

"여기 사람들은 나를 그 이름으로 알고 있지. 자네에게도 그런 이름이 있지 않나?"

"위장신분이란 말입니까?"

"그때는 그랬지. 그런데 그 일이, 그 사람이, 아주 마음에 들더군. 그래서 난 그 이름을 버리지 않았고 여기서 그 이름으로 이십 년을 넘게 살았네."

"어떻게?"

"내가 스파이였을 때에도 이 동네 사람들은 나를 가끔씩 봤고 그때마다 인사를 하고 안부를 나눴거든. 그러니까 그들이 알고 있는 그 사람으로."

"이십 년 동안을요?"

"난 임무 때문에 마련했던 거처를 없애지 않고 시간이 날 때마다, 자네도 알다시피 우린 일 없을 때 갈 데도 없고 뭘 해야 할지도 잘 모르지 않나, 그럴 때마다 여기 와서 사람들과 어울렸지. 그리고 내가 좋아하는 책으로 둘러싸인 이곳에서 내가 좋아하는 책을 읽었지. 내가 되고 싶은 한 사람의 인생을 꾸민 거지. 그렇게 힘든 일은 아니야."

"그렇게까지 했던 이유가 뭡니까?"

"유비무환이지. 평행우주의 나를 상상해봤던 걸 수도 있고."

"철저한 이중생활이군요."

"이제 더는 아니지. 이제 남은 건 여기 이곳의 인생뿐이니까."

"대단하군요."

"칭찬으로 받아들이고 싶지만, 자네 표정을 보니까 아닌 것 같군. 소문은 어떻게 났나?"

"저는 지금의 디렉터가 상황을 정리했다고 생각했습니다."

"그러니까 내가 그자한테 밀렸다는 얘기군."

"사실이 아닙니까?"

"사실일 수도 아닐 수도 있어. 밀렸지. 하지만 나 스스로 원해서."

"……."

"나 스스로 원한 삶이 너무 초라한가?"

"은퇴한 스파이들의 천국은 아닌 거 같아서요."

"자네 표정을 보니 이제 모든 것을 의심하는군…… 그러지 마. 이제 나는 그저 평화로운 죽음을 기다리며 책을 읽는 노인일 뿐이야. 아무튼 왜 왔나?"

"당신은 내 멘토였습니다."

"믿음에 의심이 생겼나보군."

"저는 당신의 삶을 따라갔고 당신의 지금이 내 미래일 것 같아서요."

"내가 너의 미래일 수는 없지만…… 여전히 실력은 좋군. 아무도 못 찾는 나를 이렇게 찾아낸 걸 보면."

　나는 보스에게 그동안의 불평과 불만, 화를 쏟아냈다. 내가 그러는 동안 보스는 아래 서랍장에서 잔 두 개와 위스키를 꺼냈다. 사는 곳이 변해도 심지어 이름까지 바꾸고도 취향을 바꾸지는 못한 모양이다. 조그만 책방 노인이 마시기엔 글렌피딕 사십 년산은 너무 과하지 않은가. 덕분에 보스를 추적할 수 있긴 했지만 말이다. 얼음도 없이 스트레이트로 찰랑거리는 위스키를 마시며 그는 내 이야기를 들었다.

　내가 마침내 내 앞의 잔을 들어 위스키를 한 모금 마시자 보스가 물었다.

　"설마, 그것도 당신들 작품인가?"

　"지금 눈앞에 뻔히 보이는 일들은 작품이 아니라 쓰레기죠."

　"통제를 벗어난 일이 아니라 의도한 것이라면, 정말 눈을 감고 싶어지는군."

　"민망하고 부끄러워집니다."

　"그 부끄러움을 고백하려고 나를 찾아 이 작고 누추한 곳에 온 건가? 불온한 변수들이 스파이가 되고 있다는 이야기는 들었네."

　"정확히 무슨 뜻입니까?"

　"돈을 가장 많이 주는 사람의 일을 해주고 대의나 충성심 같은 게 없다는 뜻이야. 사람은 모름지기 신념이 있어야 하는데 말이지."

　"이 세계가 처음부터 이러지는 않았다는 이야기를 하고 싶으신 건가요?"

　"그래 보이나?"

　"네."

"사람이 세계를 만드는 것인지 세계가 사람을 만드는 것인지……나는 은퇴한 지 너무 오래돼서 이제 이도 저도 아닌 사람이야."

"이도 저도 아닌 사람이 된다는 건 어떤 겁니까?"

"진실이 무엇인지 알고 세상을 위해 거짓말을 하는 건 고귀한 임무지만 안타깝게도 나는 더 이상 진실이 어떤 건지 모르겠네. 혹시 자네도 그렇다면 생각을 좀 하도록 해. 이제까지 쓰지 않고 있던 뇌세포든 뭐든 활용하란 말이야. 자네의 추리력이 이 늙은이보다는 낫겠지."

"이런 일은 해결할 수 없다는 걸 누구보다 잘 알고 있습니다."

"그래도 왜냐고 묻고 싶나? 너무 복잡하고 고생스러우니까? 아니야. 그런 건 우리 일이 아니거든. 우리 일은 세상에 벌어지는 일에 질서를 부여하는 일이 아니야. 질서가 부여된 일들을 아노미 상태로 만드는 것이지."

"그래서 A와 B를 연결할 수조차 없게 만드는 것?"

"그래, A와 B를 연결할 수 없게 하는 사람이 스파이지."

"하지만 그건 우리 일의 일부일 뿐이에요."

"일부가 전부처럼 되는 것이 견딜 수 없는 건가?"

"일의 방식에 대해서라면 저는 그 반대 때문에 오히려 혼란스럽습니다."

"……"

"지금 우리는 어디로 가야 할지 길을 묻고 있습니다. 답은 분명합니다. 태어나서 죽을 때까지 돈 걱정을 하고 아침부터 밤까지 일만 해도 살아남기 힘든, 이런 지옥은 절대 아닙니다. 모두가 자유롭고 평등하고 행복한 세상에 일조할 수 있다고, 우리 모두가 꿈꾸는 세상을 앞당길 수 있다고 믿고 이 일을 시작했습니다. 나만 아니면 된다고 안심하는 괴물이 되기는 싫습니다. 아니, 애초에 어떤 사람들은 그런 괴물로 살 수가 없습니다."

"너의 분노 밑에는 뭐가 있지?"

"또 다른 분노요."

"그 밑에는?"

"……."

"그 밑에는 공포가 있지. 누군가 너를 배신하고 너를 죽일 거라는 공포. 뭔가 또 다른 속셈이 있을 거라는 공포. 그래서 도망치고 싶지. 우리는 마음속 깊이 공포를 느끼고 있어. 우리가 파헤칠 진실에 대해서."

"내가 이 시스템의 기획자라면 왜 가슴이 답답한 건가요?"

"생각해보라고. 자네도 시스템의 일부야. 바깥에서 조종한다고 믿고 싶겠지만 자네 같은 사람까지 포함해서 이 시스템을 진짜 움직이는 사람이 따로 있다고. 생각을 해. 그런다고 아무것도 달라지진 않겠지만……."

"그래서 떠난 건가요, 보스는? 이 참담한 무기력함을 참을 수 없어서. 내가 뛰어다니고 고민하던 세상이 정말 이 세상인 것입니까."

흔들리지 않았다. 믿음 때문이었다. 한 인간을 지탱하는 것은 때로 지극히 단순한 믿음이다. 그 단순한 믿음이 무너진다. 흔들린다. 흔들리지 않을 수 없다.

"저에게는 아직도 꿈이 있습니다."

"지중해 섬에서 느긋하게 보내는 거? 아무리 외면하려고 해도 보이는 게 있지. 자전거를 한 번 배우면 평생 탈 수 있는 것과 같아. 보는 법을 아는 자에게는 보지 않으려고 해도 보이는 법이지. 그래서 우리가 흔들리면 제거 일 순위가 되는 거네. 입이 무거워야 해. 우리가 그 생활을 하면서 익힌 가면은 정말 이럴 때 필요한 거라네. 우리가 볼 수 있다는 걸 그들이 알면 우리는 죽네. 이 사실을 자네에게 왜 이야기하느냐고? 자네에게도 곧 닥칠 미래의 가능성 중의 하나이니까."

"지중해 섬에서 느긋하게 보내는 게 싫어지면 어떻게 합니까?"

"그럴 때를 대비해서 자신을 보호해야 해. 자네 경력이 아니라 자네를 말하는 거야. 자넨 아내도 있고 아이도 있지. 어디에 있나?"

나는 그 의미를 깨닫고 웃었다.

"외국에 있습니다. 아직 헤어지지 않았습니다."

"보기 드문 경우군."

그도 웃었다.

"혼자라는 건 어떤 겁니까?"

"한없이 가볍기도 하고 무겁기도 하지."

"……"

"자네는 자기 자신을 믿나?"

"네."

"정말? 아직도?"

"네, 그리고 그 세계에서 나를 제외한 누군가를 믿어야 한다면 저에게는 보스밖에 없습니다."

"아까 내가 자네 멘토라고 했나? 그 말이 인상적이야. 내가 자네의 멘토라…… 호메로스의 『오디세이』엔 멘토가 반신반인으로 되어 있지. 과정과 결과의 일치를 대표하는 지혜를 인격화한 거지. 멘토는 트로이 전쟁 때 오디세이의 아들을 가르쳤어."

"저한테 전쟁이라도 가르치려고요?"

"가르쳐야 한다면…… 그리고 가르칠 수 있다면……."

취했다. 문 닫힌 밤의 헌책방. 창문 너머로 어둠만 가득하다. 그 어둠 속을 허우적거리며 걷는 사람들. 그들은 폭풍이 오는 줄도 모른다. 우리는 이 서커스 바깥에서 바라보는 자일 뿐이다.

X :
뭔가 특이한 것

보스는 원한다면 그녀의 어머니를 만날 수 있도록 조치를 취해놓겠다고 했다. 그녀의 어머니를 만나러 갔다. 프런트에서 관계를 물었다. 표시에는 가족과 보호자가 허락한 사람만이 면회가 가능하다고 명시되어 있었다. 뭐라고 말해야 이 문을 통과할 수 있을지 궁금했다. 그런데 갑자기 안내인이 컴퓨터를 다시 확인하더니 사위냐고 그러면 당연히 들어가도 된다고 말했다. 그리고 간호사를 불러 나를 병실로 안내하라고 지시했다.

병실은 깔끔한 호텔의 스탠더드 룸 같았고, 그녀의 어머니는 새하얀 이불이 깔린 침대에서 베개를 등 뒤에 받치고 앉아 멍하니 창을 보고 있었다. 나는 그녀에게 다가갔다.

"어머님!"

하고 불렀지만 쳐다보지 않았다. 간호사가 옆에 있어 사위로서 당연히 불러야 했던 어머님이라는 호칭은 뜻밖에도 느낌이 좋았다.

"말하셔도 소용없으실 거예요. 따님도 못 알아보시는걸요."

간호사가 건조하게 말했다.

나는 병실을 살펴보았다. 필요한 것이 있으면 뭐든 해드리고 싶었다. 별다를 것 없는 그냥 병실이었지만 뭔가 특이한 것이 있긴 했다.

"이 책들은 뭔가요?"

"이전 주치의가 독서처방을 내렸었대요. 그후로 멍하니 책을 쳐다보면서 시간을 보내십니다. 외부자극이 없는 한 그 상태가 가장 안정된 상태라고 저희도 결론을 내렸습니다."

"이 책은 누가 관리하는 건가요?"

"여긴 책이 널려 있어요. 도서실이 따로 있진 않은데 휴게실이건 어디건 책은 아무 데나 있죠. 아무도 안 읽어서 그렇지. 보호자든 봉사자든 의료진이든 누군가가 가져다두겠죠. 독서진흥 프로그램 같은 데서도 책이 오던데 그걸 제가 여기 책장에 꽂아둔 적도 있어요."

간호사는 이상한 걸 궁금해하는 보호자라고 생각하는 듯했다. 자기는 여기 계약직이라서 자세한 내막을 잘 모른다는데 사실은 알고 싶지 않은 것 같기도 했다.

"둘이 있어도 될까요?"

"네, 그러셔도 돼요. 위험한 환자는 아니니까요."

간호사가 나가고 나는 다시 어머님 하고 불렀지만 그녀는 역시나 반응이 없었다. 나는 주절주절 나에 대해서, Y에 대해서, 그리고 Y와 나에 대해서 이야기했다. 정말 좋아하는 여자의 어머니를 처음 만난 남자처럼. 내가 Y와 결혼하고 싶다는 이야기를 하자 그녀의 멍한 눈동자가 움직였다. 그리고 나는 보았다. 그녀의 눈에서 흐르는 눈물을. 그와 동시에 그녀는 몸을 움직였다.

나는 또 오겠다는 인사를 하고 병실을 나왔다. 어머니는 아무런 반응도 없었다. 병실을 나오면서 보았다. 병실을 비추는 CCTV를. 이 세상에는 숨어 있는 위험이 너무도 많다.

*

집으로 돌아와 평소처럼 같이 저녁식사를 하고 그릇을 식기세척기에 넣은 후 나란히 소파에 앉았다. Y는 저녁식사 때부터 오늘 무엇을 했는지 나에게 이야기했다. 저 이야기는 다 진짜일까. 나는 그녀에게 내가 오늘 간 곳을, 만난 사람을 말하지 않기로 한다. 그러고는 Y에게 묻는다. 아무것도 아닌 것처럼.

"당신 엄마 책을 좋아했어?"

"무슨 이야기야?"

"그냥 궁금해서……."

"응. 좋아하셔. 나 어릴 때 엄마가 많이 읽어줬어. 같이 읽기도 하고, 읽은 걸 이야기해주기도 하고. 그런데……."

"그런데?"

"재밌는 건 엄마가 해준 책 이야기가 말이야. 나중에 내가 직접 보니까 조금 다를 때가 있었어. 극단적으로는 멀쩡하게 살아 있는 사람을 죽었다고 하거나, 죽은 사람은 살아 있다고 하는 정도로…… 어떻게 그런 것까지 잘못 기억할 수가 있지? 하긴 술을 많이 마시긴 하셨어. 엄마는 요즘도 책을 읽어. 정신이 멀쩡할 때 책 가져다달란 얘기를

한 적도 있고, 이전 담당의사가 독서치료 중이라는 얘길 해서 자주 가
져다줘."

"어떤 책을 가져다주는데?"

"어떤 책이라니……."

"아무 책이나 가져다주는 건 아닐 거 아냐?"

"난 바빠서 그런 거 알아볼 시간도 없었고, 사실 책 고르는 게 여간
어려운 게 아니더라고. 그래서 아무 책이나 가져다줬어. 아! 새 책은
아니야. 그때 담당의사가 엄마가 새 책은 안 읽는다고 하더라고. 누군
가가 한번이라도 읽은 책이어야 된대."

"그런 게 어딨어?"

"일종의 강박증이지."

"그래서?"

"누군가 읽은 책을 가져다줘. 치료에 도움 된다는 데 그것도 안 할
수는 없잖아. 같이 있어주지도 못하고 일 때문에 자주 보지도 못하는
데, 봐도 멀쩡할 때가 거의 없지만."

"당신은 어떤 책을 가져다줬지?"

"엄마가 옛날에 읽던 책이 내 집이랑 대여 창고에 있어. 그거랑 헌
책방에서 구한 책이랑, 또…… 최근엔 내가 일 때문에 읽을 수밖에 없
었던 책이 있어서 그걸 가져다드렸지. 괜히 기분 좋았어. 내가 읽고 엄
마한테 줄 수 있어서. 이젠 시간 있으니까 그러려고. 네 책도 좀 가져
다드려도 될까? 저기 있는 거 저것들 다 읽은 거지?"

"읽었는지 안 읽었는지 기억이 정확하지 않아."

"당신 그런 쪽 기억은 정확하잖아?"

"미묘해."

"무슨 이야기야?"

"책 내용은 알아. 그런데 그 책과 관련된 개인적인 감상이나 느낌, 생각이 전혀 없어."

"그래서 지금 책 이야기를 꼬치꼬치 캐묻는 거야?"

"나도 모르겠어. 그냥 좀 끌려. 그쪽으로."

"당신 어설프게 스파이 흉내 내지 마. 당신은 전문분야가 달라. 그런 이야기는 나 같은 스파이의 영역이야. 그런데 말이야, 정말 당신 전문분야랑 아무 상관 없는 책이 여기 너무 많아. 잘난 척하려면 이런 책까지 읽지는 않잖아. 장식용도 아니고 과시용도 아니고, 이 책들의 용도를 모르겠어."

"그 책들을 이해하면 당신이 나를 이해하게 될지도 모르지. 그러면 내가 누구인지 좀 알려줘."

우리는 선과 악을 간단하게 나눌 수 없다는 걸 알지만 선과 악을 판단하면서 산다. 그런데 정작 나 자신에 대해서는 그 판단을 끊임없이 유보한다. 나는 좋은 사람일까, 나쁜 사람일까. 삶과 죽음을 바꾼다고 이야기 전체가 달라지지 않는다면 그때는 이야기를 다시 새로 써야 하는 것은 아닐까. 나의 과거를 바꾸지는 못하지만 우리의 미래를 바꿀 수는 있다, 고 생각한다면 지금 나는 선일까, 악일까.

B :
타락한 서커스

우리가 아는 사실은 얼마되지 않지만 조금만 알아도 충분할 때가 있다. 중요인물이 죽었고, 많은 관련인물들이 연기처럼 사라진 건 사실이다.

본능과 확실한 증거의 조합이 중요하다. 내가 이미 알고 있는 것, 내가 한 일의 연결고리, 도서관의 책 비슷한 것들, 그리고 멘토가 나에게 가르쳐준 것을 합치자 무언가가 확실히 보였다. 그것이 내가 전혀 알지 못했던 새로운 것이라고는 할 수 없지만 증거 없이는 어떤 주장도 무력해지는 시대에 하나의 증거가 될 수는 있을 것 같다. 하지만 힘 없이는 어떤 의미도 무화되는 시대에 하나의 증거는 빈약하기 그지없다.

그래서 그 증거에 힘을 싣기 위해 사람들은 목숨을 건다.

고민의 시간은 그리 오래 걸리진 않았다. 나는 결심하고 치프의 방문을 두드렸다.

"무슨 일인가?"

"여기 좀 보세요."

"삭제되었는데 뭘 보라는 거지?"

"여기 참조번호가 있어요. 시기와 위치, 인물을 일일이 상호 참조했더니 수백 개의 결과가 나왔는데 모두 이런 식입니다. 흔적을 다 없애도 맥락은 남습니다."

"맥락은 증거가 되질 않지."

아주 정교한 설계였다. 실질적으로 계획의 전말을 모두 알고 있는 사람이 있는지도 의문이다. 하지만 직간접적으로 관련된 사람은 수천, 수만 명에 이른다. 세분화된 시스템 때문에 기획하고 계획한 자들 외 나머지 사람들은 아주 부분적으로만 연관되어 중심 사건과 정서적 거리감이 있을 수밖에 없다. 어떤 사람들은 자기가 하는 일이 무엇인지 알지 못한 채 명령만 따르고, 어떤 사람들은 해야 하는 일이 어떻게 되는지만 안다. 모두가 소속도 다르고 하는 일도 다르며 심지어 아무 일도 하지 않는 것을 맡기도 한다. 그 점들이 모여 결국 계획이 완성된다.

나 역시 마찬가지였다. 내가 한 것도 그 일의 일부였고, 나도 그 점이었다.

"자네 위치를 기억해."

"제 위치는 제가 압니다."

"우리 같은 편이 맞나? 자네 말투로 보면 아닌 것 같은데."

"도대체 무슨 일이, 왜 있었는지 파악하려는 겁니다. 그래야 다시는 이런 일이 일어나지 않죠."

"이 파일이 그런 일이 일어나지 않도록 막아주나?"

"검은 줄로 지워진 그 밑에 뭐가 있는지 먼저 알아야겠죠."

"분명히 말하는데 이건 쓰레기에 불과해. 묻어둬."

"오랫동안 제 윗선이셨죠. 제가 뭘 묻어두는 거 보셨습니까?"

"지금부터 시작하면 되겠네. 자원은 교체할 수 있어. 일을 이어받을 용기 있는 친구는 늘 있기 마련이지."

"동의 못 하겠는데요. 기억하실지 모르겠지만 저는 감상주의자죠."

"사람들은 어려운 진실보다 쉬운 거짓말을 좋아하지."

"다들 그 거짓말을 믿지는 않아요."

"적어도 진실이 뭔지 알기 전까지는 어쩔 수 없이 그냥 놓아둘 수밖에 없어. 왜 이러는 건가?"

"중요한 일이니까요."

"밝은 태양 아래 떳떳하게 살고 싶어서? 물론 그것도 중요하겠지. 하지만 문제가 있어. 너무 밝은 빛 때문에 눈이 멀 수도 있으니까."

"진실이 너무 끔찍할까봐요? 당신은 여기에 있을 자격이 없습니다."

"나는 네가 상상도 못 할 책임 속에서 살고 있어. 잘못 판단했을 때 어떤 일이 생길지 확실히 이해하고 있는 건가? 직책을 잃을 것이고 가족을 잃을 것이고 세상이 무너질 거야. 감정에 휘둘리는 건 사치야."

"정확하게는 양심이겠죠. 그런데 어차피 양심도 없지 않습니까?"

"나는, 아니 우리는 해야 할 일을 한 거야. 가장 큰 적은 우리가 아니라 무관심이야. 무관심 때문에 소수의 절대적 지지만으로도 다수를 대변해야 할 사람이 있어야 할 자리에 다수를 대변하는 척하는 사람이 있을 수 있게 된 거야."

"브이아이피의 뒤처리를 하는 게 정의보다 우선이었습니까? 저는 지금 전화를 하고 글을 쓸 겁니다. 감추고 있는 비밀을 세상에 까발리겠습니다."

"어디에 전화를 하고 글을 쓰겠다는 건가? 거기에도 나 같은 사람이 있어. 설사 거기에 자네 같은 사람이 있어서 비밀이 세상으로 나간다고 해도, 누가 그걸 믿을까?"

"전부가 믿지는 않겠죠. 하지만 누군가는 믿을 겁니다. 그리고 결코 잊지 않을 거구요."

"그런 희생을 정말 하려는 건가?"

"저한테는 협박이 통하지 않을 겁니다."

"알고 있네. 그렇다면 회유를 하지."

"돈다발이나 보낸다고 해결될 일이 아닙니다."

"위협만으로는 충성심을 살 수 없는 법이니까. 자네 같은 사람이 필요해. 의문을 가질 줄 알고 확신이 서지 않으면 답을 받아들이길 거부할 줄도 아는. 우리는 우리가 믿는 것을 위해 뭐든지 할 수 있지만 확실한 동기 부여가 있어야겠지."

"……."

"금배지부터 시작하지."

"무슨 뜻입니까?"

"보이지 않는 스파이로서 사는 게 지겹지 않은가?"

"그렇지 않습니다."

이 바닥에서는 명성이 없어야 최고이다. 속삭임 같은 사람이 되어야 한다고 배웠다.

"자네 같은 캐릭터, 아직은 승산이 있어. 사실 자네 삶은 누구나 부러워할 만한 성공적인 삶이지. 지금까지 숨겨져 있었으니 신선하기도 할 거고."

"제가 왜 그래야 합니까?"

"자네는 이제부터 정책 결정에 영향을 미칠 수 있게 돼."

"지금도 그렇지 않습니까?"

"가끔은 주객이 전도될 때가 있지. 명성의 유혹은 생각보다 커. 그리고 사람을 죽이는 대신 살리게 되겠지."

"이미 죽은 사람은 살리지 못합니다."

"그러니까 그 자리를 자네가 대신하면 되지 않겠나. 그게 싫다면 자네는 조직에서 등을 돌리고 다른 편에 설 수도 있고 언제든 떠날 수도 있어."

"저에게 그런 선택권이 있는 줄은 몰랐네요."

"너한테는 항상 선택권이 있어. 그 선택의 결과를 감당할 수 있느냐가 문제지. 자네의 선택을 존중할 거야. 충분히 생각하고 후회 없는 선택을 하라고. 마음을 정리할 수 있도록 휴가를 갖게."

"그럴 필요 없습니다."

"자네가 며칠 쉰다고 그사이에 이 세상이 멸망하지는 않아."

X :
양심과 지성의 인간

여전히 추측한다. 기억에서 사라진 십오 년의 시간을.

내가 했을지 모를 과오가 두렵고 내가 하지 않았을지 모를, 그래서 일어나거나 일어나지 않았을 일을 상상해본다. 어쩔 수 없었다고 말할 수도 있을 일들이 나한테는 어쩔 수 없었던 일이 아니다. 기억하지 못하는 자에게는 책임을 물을 수 없을 테지만 일어난 일은 일어난 일일 것이다.

어떤 날은 내가 궁금하고 어떤 날은 내가 두렵다. 여전히.

*

의사를 만나 그동안 있었던 일들을 이야기한다.

"독서클럽의 초대장에 응하기로 했습니다. 익명으로 그들이 안내한 곳에 책에 대한 글을 썼습니다."

"무슨 일이 일어났나요?"

"아무 일도요. 그냥 그곳에서 익명의 사람들과 이야기를 나누었습니다. 소설 이야기를 하다가 자기 생각을 이야기하고 그러다가 세상이야기를 하고, 그렇게 어느새 무언가가 다시 시작되는 느낌…… 즐거웠습니다."

"좋군요. 그리고요?"

"그녀가 저를 궁금해하기 시작했습니다. 그리고 어제는 가족에 대한 이야기를 좀 나누었습니다."

"어떤 이야기였나요?"

"그녀의 어머니는 정신병원에 있습니다. 선생님의 전문분야죠. 언제 한번 봐주실 수 있을까요?"

"이미 제가 본 환자일 수도 있습니다."

"그럴 수 있어요?"

"이야기를 계속해보세요."

"어릴 때 그녀에게 사람이 아니라고 했다더군요."

"상처를 나누기 시작했군요."

"여전히 두려워요."

"욕망이 클수록 두려움이 커지는 건 당연한 일입니다. 욕망과 두려움 중 시선을 어디에 두느냐 하는 것이 우리가 어떤 사람인지를 설명해준다고 할 수 있죠. 두려움에 시선을 두는 사람은 행복해지는 데 시간이 오래 걸립니다."

"저는 좋은 사람이 되고 싶은 것이 아닙니다. 제가 나쁜 사람이었을까봐 두렵습니다."

"제가 보고 있는 책 이야기를 해드리죠. 사람을 조정하고 기억을 조작하는 조직에 관한 이야기입니다. 그러고도 자신들의 계획대로 되지 않으면 기억을 지워버리죠. 감정과 기억, 개성, 그 인간을 그 인간이도록 하는 모든 것을 지워버리죠."

"정신을 다시 만들었다는 건가요?"

"인간은 한두 가지 조건으로 만들어지는 게 아니잖아요. 많은 요소들의 지속적인 상호작용으로 만들어지죠. 어떤 부모 밑에서 자라서 어떤 학교를 다녀서 어떤 사람이 될 수도 있고 책이나 영화, 문화적 경험으로 달라질 수도 있어요."

"그런데 그 책에서는 왜 기억을 지워버리는 거죠?"

"어떤 사람들은 조정이 어렵기 때문입니다. 다양한 경험과 복잡한 생각을 가진 인간들은 조정이 불가능하죠. 그런데 이 소설이 다른 측면에서 절 공포스럽게 했어요. 생각해봐요. 요즘 애들 말이에요. 그애들이 어떻게 자라는지 생각해봐요. 먼 훗날에는 굳이 기억을 지우면서까지 조정해야 하는 인간이란 존재하지 않을지도 몰라요."

점점 더 알 것 같다. 세상에 나 같은 사람이 누구인지. 그리고 그런 사람을 나만 알고 있는 것도 아니란 것을. 양심을 팔고 정의를 외면하고도 아무렇지 않게 살아가는, 오히려 다른 사람들보다 더 잘 살아가는 우리를, 사람들은 부러워하기 시작했다. 살아남은 자가 승리한 것처럼 가진 자가 옳은 것이 되어버린 세상.

"선생님은 언제나 양심과 지성이 어떻게 형성되는지에 대해 관심이 있군요."

"기억은 가장 섬세하고 복잡하며 존재의 사활이 걸린 창조적 과정입니다."

만약 내가 소설 속 인물이고 누군가 내 기억의 일부를 지웠다면 그 이유는 뭘까. 태어날 때부터 상류층이어서 머리부터 발끝까지 부르주아였고 어른이 되어서는 영혼까지 자본주의자였던 내가 과연 작정하고 내가 속한 세상을 벗어나려고 했을까. 도대체 그렇게 해서 무얼 할 수 있다고 믿었을까.

"만약 그런 사람들이 진짜 있다면 그들을 이길 방법이 있을까요?"

"사람들을 모아 함께 노력해야죠. 적이 누구인지 아는 사람들이 있다는 것만으로도 진전을 이룬 것입니다."

지금 나는 떠나고 싶다고 생각한다. 그리고 어디로도 갈 수 없다고 생각한다. 우리 삶의 선택은 이것 아니면 저것이다. 그리고 둘 다 진실이다. 생각해본다, 내가 꿈꾸는 것들을 아주 사소한 것부터 정말 위대한 것까지. 상상해본다, 내가 할 수 있는 것들을 아주 작은 것부터 정말 큰 것까지. 불리하지 불가능한 건 아니다.

B :
믿음과 신념의 인간

"아고타 크리스토프가 쓴 『존재의 세 가지 거짓말』 있나요?"

"도리스 레싱의 『황금 노트북』을 읽는 건 어떤가?"

"도움이 필요해요."

보스의 책방을 다시 찾아갔다. 고즈넉한 오후의 햇살 속에서 정말 한 치의 빈틈 없이 그는 책방 노인 같았다. 한 폭의 그림 같았다. 너무 완벽해서 이상했다.

"전환 제의를 받았습니다."

"우리의 가치는 그들을 섬길 수 있는 능력이지."

"여전히 시니컬하시군요."

"스파이가 낙천적이면 오히려 정상이 아닌 거지."

"보스는 이제 스파이가 아니잖아요."

"나도 그렇게 믿고 싶어."

"한번 스파이는 영원한 스파이란 이야기를 하고 싶으신 건가요?"

"아니, 그 반대야…… 의지만 있다면 다 잊고 평화로워질 수 있다고도 생각했어."

"따뜻한 나라의 평화로운 섬에서?"

"그래, 우리의 낙원, 따뜻하고 평화로운 섬…….."

"그 섬이 현실에 있는 곳은 아니잖아요."

"다 컸네. 그래, 우리의 정신 어딘가에 있는 휴식처지. 누군가에게는 아름다운 지중해의 섬이고 누군가에게는 오로라가 보이는 북극이고 누군가에게는 동물의 낙원인 아프리카이고 누군가에게는 오래된 건물이 있는 유럽이고…… 아무튼 나는 그곳에 머무를 수가 없었어."

"보스를 여전히 불편하게 만드는 것이 있다는 이야기군요."

"하지만 이 늙은이에게 무슨 힘이 있겠나?"

"어쩐지 후회하는 것처럼 들리는데요."

"후회? 후회해야 한다면 이렇게 태어난 걸 후회해야 하겠지. 이런 세상에 스파이로 태어난 걸."

"고민하고 있습니다."

"자네가 변한 건가, 세상이 변한 건가."

"세상도 변하고, 나도 변하고, 스파이도 변했습니다."

"내가 젊었을 때 세상은 믿음으로 가득하다고 생각했지. 프롤레타리아가 결국에는 승리하리라는 믿음, 기계문명이 인간을 편안하게 살게 하리라는 미래주의적 믿음, 인간이 인간 스스로를 구원하리라는 인간주의에 대한 믿음…… 우리는 모두 믿음과 신념의 인간이었지."

한 인간을 지탱하는 것은 때로 지극히 단순한 믿음이다.

"보스는 어떻게 선택했습니까?"

"나는 시대를 따라가지 못했고 그래서 권력 다툼에서 도태되었지만 챙길 거 챙겨서 은퇴한 후 지중해의 섬으로 갔지. 여기까지가 사람들이 아는 거고…… 네가 찾아낸 대로 나는 지중해의 섬 대신 나만의 섬, 이곳을 선택했지."

"모두들 그렇게 알고 있길 바라는 거죠. 아니, 그렇게 알고 있도록 일을 꾸몄죠. 보스가 실패하고 조직에서 도태되고 줄에서 멀어진 걸로. 하지만 그 실패가 조용히 더 큰 건을 도모하기 위한 거라면요."

"더 큰 건? 그런 게 이 세상에 있다고 믿는다면 자네는 낭만주의자이고 이상주의자야. 그런 상상력은 버려. 조직에서 살아남는 데 아무 도움도 안 되니까. 난 자네가 성공하길 바라네. 더 크고 높이 올라가길 바란다고. 그래서 내가 만약 그때 실패했다고 해도, 결국에는 실패하지 않은 것이 되길 바란다네."

"보스야말로 지나치게 낭만적인 것 아닌가요?"

"이 시대는 차라리 노인이 낭만적인 시대야. 적어도 나는 희망이 현실이 되는 것을 목격한 적이 있지. 그것이 나중에 변질되었다손 치더라도. 하지만 요즘? 절망적이지. 젊을수록 어떤 희망도 본 적이 없으니까."

"전 어느 쪽에 충성해야 하죠?"

"그건 쉬운 결정이야. 우리는 항상 흑백 논리에 따라 결단을 내리고 행동하지. 하지만 세상의 가치는 그렇게 명확하게 양분되지 않아."

우리의 대화엔 우리의 스파이 문서처럼 검게 지워진 부분이 있다. 검게 가려진 그 뒤를 정확히 알 수는 없다. 하지만 짐작한다. 같은 자리에서 그 비슷한 걸 본 적이 있으니까. 말하지 말아야 할 것은 끝내 말하지 않는다. 하지만 해야 할 것은 반드시 한다.

"난 우선순위를 정했고 내가 할 수 있는 유일한 선택을 했을 뿐이야. 내가 그 일을 좋아하진 않았지만 잘하긴 했지. 너도 나도 결국 스파이야. 스파이로서 옳다고 믿는 것을 해. 아무것도 하지 않는다고 해도 너를 원망하지는 않아."

보스가 카운터 아래에서 위스키와 잔 두 개를 꺼낸다. 잔이 늘 하나가 아니라 두 개였다는 걸 이제야 깨닫는다. 그리고 저 잔은 늘 거기에 있었고 이제 여기에 있다. 하나가 아니라 둘이다.

"살아남는 법을 알고 있나?"

"누가 선수를 치든 공격에 대비하면 되죠."

"자네는 매우 영리한 사람이지. 대어라면 과감히 낚아서 내장을 따야지. 지저분하더라도 할 수 없어. 좋은 사람이 되려고 애쓰지 마. 나는 그때도 매니저였고 지금 여기서도 매니저야."

웃어야 할지 울어야 할지 모르겠다. 우리는 공식직함이 없다. 나 정도 단계부터는 모두 매니저이긴 하다. 하지만 아랫점들은 윗점을 보스라고 부르고, 나 정도의 매니저들은 그 윗점을 디렉터라고 부른다. 수많은 디렉터가 있지만 그 윗자리는 단 하나다. 프레지던트.

"프레지던트가 끝이라고 생각하나?"

"끝이 아니라 제일 위죠."

"아니야. 프레지던트는 끝이야. 그 가면은 한번 쓰면 영원히 벗을 수 없는 가면이니까. 그 위가 있어. 의자에 앉아서 그 모든 가면들을 움직이는 사람. 체어맨. 그리고 또 그 위가 있어. 모든 이의 등 뒤에서 절대 사라지지 않는 사람…….”

“데우스 엑스 마키나, 전지전능한 신.”

“신은 아니지만 신과 같은 힘을 가진 자. 지금 자네가 하려는 일이 무엇인지 아나?”

“네.”

“정말 전향자가 되려고 하나?”

“저는 전향하는 것이 아닙니다. 원래 자리로 돌아가는 것뿐입니다. 제가 스파이가 되겠다고 결심했을 때는 평생 보이지 않는 곳에서 이 세상을 위해 살겠다는 뜻이었습니다.”

“그렇다면 지금의 자네 결심은 스파이를 그만두겠다는 뜻인가?”

“아니오. 그때 그 스파이로 죽겠다는 뜻입니다.”

스파이로 살면 자기 자신이 누구인지 모른다. 그리고 이제 나 자신이 누구인지 알지만 그 나로서는 살 수 없을지도 모른다.

*

넘어지지도 않고 휘어지지도 않고 부서지지도 않는, 보기만 해도 싸늘함이 온몸으로 느껴지는 완벽하고 완전한 스파이가 내 삶의 이유와 방식이 되었다. 이제 무엇을 선택하기만 하면 전혀 다른 세상에 있을 것처럼 여겨졌던 단련되지 않은 젊은 날들은 거의 다 지났다. 원하는 걸 가지지 못한 적은 없었다. 가질 수 없었던 지난 것들은 내가 진정으로 원하지 않기 때문이다.

세상에는 의심하고 경멸하고 회피하고 거부하고 선언해야만 지킬 수 있는 것들이 있다. 나는 태어날 때부터 스파이였다. 스파이로 태어나 스파이로 살았다. 그리고 스파이로 죽을 것이다.

이것은 내 죽음에 관한 이야기이다.

3부

Happy New Year

B :
나 하나로 세상은

이 일을 시작할 때 맹세했다. 적으로부터 내가 믿는 세상을 지켜내 겠다고.

이제부터 내가 할 행동은 내부의 적에 맞서는 것이다. 여러 비상사 태에 적들이 어떻게 반응할지 머릿속에 그려보아야 한다. 역사에서 중 요한 건 세부적인 과정이 아니라 요약된 결과이다. 우리가 하는 일은 세부를 건드려서 결과를 만드는 것이다. 심호흡을 하고 눈을 감자 머 릿속의 세세한 생각들이 마치 지그소 퍼즐조각들처럼 맞추어진다. 세 심하게 연출된 일렬의 장면들이 정확한 그림으로 눈앞에 펼쳐진다.

*

나의 최초의 청문회이다. 그리고 앞으로 무수한 청문회가 펼쳐질 것이다.

"중요한 사람이 되고 싶습니다."

"지금보다 더 중요한 사람이 되고 싶다는 이야기인가? 이 일을 계속하면 당연히 그렇게 돼."

"내가 중요하다는 걸 나만 아는 게 싫습니다. 다른 사람들이 모두 알았으면 좋겠습니다. 내 일뿐만 아니라 내가 존중받고 싶습니다."

달라지는 건 세상이지 내가 아닐 것이다. 나는 내 소신에 따라 해야 할 일을 할 것이다. 계속해서. 하지만 지금은 내가 달라질 수 있는 것처럼 보여야 할 순간이다.

"폴 도넬리를 아십니까?"

나의 질문에 누구도 선뜻 대답하지 못한다.

"그럼, 닐 암스트롱은요?"

"아폴로 11호의 우주인 아닌가. 달에 제일 먼저 착륙한."

"그럼 버즈 올드린은요……."

"아폴로 11호와 관련된 사람들인가?"

"아폴로 우주선에는 선장 닐 암스트롱과 함께 사령선 조종사 마이클 콜린스, 착륙선 조종사 버즈 올드린이 타고 있었습니다. 선장 암스트롱과 조종사 올드린은 사령선 콜럼비아에서 분리된 후 달착륙선 이글로 옮겨 타고 달 표면에 착륙했습니다. 1969년 7월 21일 2시 56분. 달 착륙 후 약 여섯 시간 반 만에 닐 암스트롱은 달에 역사적인 인류의 첫 발자국을 찍었고, 함께 이글에 타고 있던 올드린도 곧 내려가 달의 표면에 성조기를 세우고 사진촬영을 했습니다."

나는 지금 닐 암스트롱이 달에 착륙할 때 차고 있었다는 시계를 차고 있다. 사람들의 생사여부를 결정할 수 있다는 A면허를 땄을 때 나는 기념으로 이 시계를 샀다.

"폴 도넬리는 아폴로 11호의 발사담당관 이름입니다. 세상은 우주비행사만을 기억하고 그 배후 인물은 잊어버립니다."

폴 도넬리에게는 폴 도넬리만의 역할이 있고 닐 암스트롱에게는 닐 암스트롱만의 역할이 있고 버즈 올드린에게는 버즈 올드린만의 역할이 있다. 나는 그렇게 믿는 사람이었기에 지금까지 용케도 이렇게 살 수 있었다. 하지만 내 자리에서 내 일을 잘하는 걸로 충분하지 않을 때가 있다는 걸 알면 그다음은 달라진다. 달라질 수밖에 없다.

"알다시피 우리가 제일 잘해야 하는 일은 상황을 보고 판단하는 일이야. 그런데 자네의 판단 능력에 문제가 있다는 이야기가 들려."

"우리는 누군가를 구하기 위해 여기에 있는 게 아닙니다. 모두를 구하기 위해 여기에 있는 것입니다. 저는 그 사실을 잊지 않을 뿐입니다."

"모두를 구하기 위해서 자네는 자네 자신부터 구해야 할 걸세. 살아남아야 다음도 있는 거야."

"비겁한 변명 같습니다."

"역시 직설적이군."

"이 마당에 제가 못 할 말이 있겠습니까. 누군가는 죽어서 다음을 만들기도 합니다."

"그 사람 이야기를 하는 건가. 자네는 그 일과 관련 없는 걸로 아는데."

각본에 따라 짜인 사건들…… 중요한 사건들은 그렇다. 어떤 배우들은 자기도 모르게 한몫을 하게 된다.

"그 일과 관련 없는 사람은 없습니다."

"걱정하지 말게. 양심이 남아 있어 가책에 시달리더라도 곧 잊게 될 거야. 자네는 세상 모두가 부러워하는 삶을 살 수 있으니까. 가족들 모두, 조금만 더 노력하면 손자손녀들까지. 어차피 자네 하나로 세상이 바뀌지는 않아."

나 하나로 세상은 바뀌지 않는다…… 얼마나 많은 사람들이 그 생각으로 그 자리에서 멈출까. 나 하나 이런다고 세상은 변하지 않고 나 혼자만 죽게 될 뿐이다…… 억울하지만 더 억울해지기는 싫다…… 어떤 방법으로도 세상이 변하지 않을 거라고 심지어 목숨을 걸어도 세상이 변하지 않는다고 믿게 되면 세상은 절대 변하지 않는다. 악의 악순환을 바꾸어야 한다.

시작은 나 하나로도 세상은 바뀐다는 것이다.

최후의 아폴로인 아폴로 17호가 지구 사진을 찍은 1972년 12월 11일 우주에서 찍은 지구의 사진으로는 유일하게 태양이 우주선 바로 뒤에 위치한 상황이라 검게 그늘진 곳 없이 지구 전체가 환하게 나왔다.

최후이자 처음이다. 시계를 본다. 시작이 있으면 끝도 있을 것이다.

지금 나는 수직적 경계 너머의 세계에 있다.

Z :

영원한 친구

책 읽는 시간은 꿈꾸는 시간이고 생각하는 시간입니다. 인생에서 꿈꾸는 시간과 생각하는 시간을 삭제한다면 무엇이 남을까요…… 저희 독서클럽은 책을 좋아하는 사람들 몇 명이 아주 오래전에 만든 모임으로 백 년이 넘은…… 누군가는 천 년이 되었다고 농담처럼 말하기도 합니다. 작가님을 저희 모임에 모시고 싶습니다…….

이 초대장의 무엇이 내 마음을 움직이는 것일까. 어쩌면 손글씨로 된 편지 때문일지도 모른다. 자신이 독서클럽에 나를 소개했으며 자신에게 나는 최고의 작가라고 만년필로 또박또박 썼다.

저는 작가님의 첫 책을 읽고 인생을 바꿨습니다. 언제부터인가 저는 제가 살고 있는 이 삶이 아니라 내 삶은 다른 곳에 있는 것이 아닐까 생각했습니다. 그러다가 작가님의 소설에서 원래 내가 살았어야 하는 삶을 만났습니다. 그리고 그때 내 삶은 바뀌었습니다. 내가 살고 싶은 삶의 가장 명확한 형태를 얻었으니 더 이상 망설일 것이 없었습니다.

이후로 저는 작가님의 신작을 기다리는 사람이 되었습니다. 그리고 제 인생을 바꾼 작가님의 첫 책을 해마다 다시 읽습니다. 그러면서 제가 얼마나 변했는지 그리고 어떻게 변하지 않았는지를 생각합니다.

내가 소설을 계속 써야 하는가 회의하는 순간마다 떠올리는 몇 사람이 있다. 그들이 나를 글로 만난 것처럼 나도 글로 그들을 만났다. 가장 최근에는 자신이 평생 읽은 책 중 가장 사랑하는 책으로 내 책을 꼽는 독자가 있었다. 그 독자는 중학생이니, 그의 평생은 십오 년일 것이다. 십오 년 살고 자기 인생의 작가로 나를 꼽은 어린 독자를 생각하면, 그리고 책을 낼 때마다 지지하는 독자를 생각하면 쓰기를 멈출 수 없다.

아주 오래전이라고 할 것도 없이 작가가 되기 전까지는 나도 독자였다. '내가 읽은 책을 친구들에게 선물하자. 그것이 혁명의 시작이다'라는 모토를 가졌던 고등학교 독서모임의 일원이었다. 그러면서 우리가 읽었던 책은 혁명이랑 아무 상관도 없는 소설이 대부분이었다. 책을 읽고 상상의 나래를 펴고 헛된 꿈을 이야기하고 미친듯이 웃고 때로 눈물을 찔끔거리면서 즐겁고 유쾌하고 행복했다. 실컷 떠들고 나면 감옥 같은 학교도, 불안한 미래도 견딜 힘이 생겼다. 언젠가는 진짜 무언가를 바꿀 힘이 우리에게 있을 거라고 믿었다.

하지만 저희 독서모임에 작가님을 모시기 위해서는 앞서 몇 개의 절차, 일종의 검증 과정이 필요합니다. 얼마나 대단한 모임이기에 그러느냐 하실 수도 있지만 충분히 즐겁고 의미 있는 결과가 될 것이라고 보장합니다.

그러면 첫 번째 절차를 안내합니다…….

채팅방 초대였다. 그 방에 들어가니 공지사항과 함께 질문이 나를 기다리고 있었다.

이곳에서 나눈 대화는 저장되지 않습니다. 대화가 끝나는 순간 모든 기록은 완전히 삭제됩니다. 기억하시기 바랍니다.

요즘 고민은?

불면증.

왜 잠을 못 자?

고민 때문.

잠을 못 자게 하는 그 고민은?

소설.

소설가로 사는 게 힘들어?

소설가는 잠재적 백수지. 영원한 비고용직에 해고 일 순위. 팔리면 일한 게 되고 안 팔리면 쓰면서 논 거지.

열심히 살아도 결국 아무것도 아닌 세상이지?

솔직히 난 별로 열심히 살지도 않아.

이런 시대에 작가의 역할은?

제대로 된 관찰자라도 되어야겠다, 생각해.

인생과 소설은? 소설과 세계는?

인생은 언제나 한 가지 이유가 하나의 결과를 낳는 식으로 굴러가지 않아. 어떤 소설은 조용히 마음을 건드리고 오래도록 생각을 하게 해. 처음에는 등장인물의 삶을, 다음에는 나의 삶을, 결국에는 이 세계를.

*

며칠 뒤 우편함에서 봉투를 보았다. 봉투를 열었더니 엽서 한 장이 있었다. 엽서의 앞면은 내가 좋아하는 작가의 책 표지였다. 그 엽서는 내 기억에 의하면 그 책의 초판에 책갈피처럼 끼워져 있던 것이었다. 이십 년 전의 일이다.

엽서의 뒷면에는 검정색 글씨로 다음과 같은 짧은 메모 글이 쓰여 있었다.

○○책방 1월 11일 14시 22분 영원한 친구.

도대체 뭘까. 스파이 놀이처럼 흥미진진해졌다.

Y :
스파이의 퍼즐

보스의 사무실에 왔다.

"결혼 준비는 잘 되어가나?"

보스가 물었다.

"예상보다는 천천히 진행될 것 같습니다."

"너무 서두르는 것도 좋지는 않지. 하지만 때로는 빠른 결정이 일을 쉽게 만들 수도 있어."

"결정은 제가 하는 게 아니라 그쪽에서 하는 거니까요."

"필요하면 뒷손질을 더 해. 진정으로 마음에서 우러난 것과 평범한 위장 사이에는 큰 차이가 존재하지. 자네는 승진, 승급을 하려고 몇 년이나 애썼잖아. 기회를 날리지 마."

위장을 현실로 받아들여야 한다. 진심으로 누군가를 사랑하고 내가 그 사람인 것처럼 살아야 한다. 이를테면 살인으로 끝내는 건 오히려 쉽다. 살인을 하면서 계속 살아가는 게 힘들다. 나는 얼마나 많은 인간을 죽음에 이르게 했을까. 그리고 앞으로 또 얼마나 많은 인간을 죽게 만들까.

"자네가 올린 보고서는 꼬박꼬박 보고 있어. 아주 훌륭한 보고서야. 소설을 좋아한다면."

"모두 사실이에요."

"진짜 사실, 진실은 빼놓았지."

"……."

"정말 오랫동안 나는 진실을 가리는 일만 했어."

보스가 달라졌다. 이것은 스파이로서의 감이 아니라 여자로서의 촉이다. 아니, 스파이로서의 촉이자 여자로서의 감이다. 스파이들 사이에 명예나 의리는 사라진 지 오래다. 그건 이전 세대, 혹은 전생의 이야기이다. 스파이의 세계도 동조자, 냉담자, 반대자로 구분된다. 동조자는 그저 따라가고, 냉담자는 냉소하며 가급적 가만히 있고, 반대자는 생각하며 다른 방식을 제시한다. 나는 보스를 냉담한 동조자로 생각했는데 요즘 그가 점점 반대하는 냉담자가 되어가고 있다는 소문을 들었다. 하지만 내 촉과 감은 그것보다 더 나아간다.

"질문해서는 안 된다는 것을 알고 있지만, 질문해야겠습니다. 왜 하필 그 사람인가요?"

"이제 그 사람을 제일 잘 아는 사람은 너야."

"보이는 스파이와 보이지 않는 스파이가 있습니다. 자신이 스파이임을 인식하고 있는 스파이와 스파이임을 인식하지 못하는 스파이입니다. 그는 후자였다가 이제 전자가 된 것입니다. 업계용어로 베일이라고 하죠. 그림자, 가면이라고도 하고요. 그들은 여전히 하던 일을 계속해야만 하며 보이는 임무와 보이지 않는 임무 사이에서 활동하고 활용됩니다. 그렇게 알고 그 사람을 맡았습니다."

"그런데?"

"베일이 왜 필요한 거죠? 자기가 스파이인 줄 모른 채로도 스파이 짓을 잘 하면서 살아가는 족속이 점점 늘어가고 있습니다. 굳이 그에게 스파이라는 정체성을 부여해야 하는 이유를 모르겠습니다."

"이유가 있겠지. 우리가 하는 일에는 늘 이유가 있으니까."

"진정으로 그리 생각하시나요?"

"너에게까지 소문이 퍼졌나?"

"저라고 귀가 없지는 않으니까요. 그리고 잊으셨나요. 저도 이제 전문요원입니다."

"스파이들에게 소문은 소문이 아니지."

"그것까지 감안했습니다."

보스는 이번 승진에서 경쟁자에게 밀릴 것이다. 정책이 잘못되었고 이대로 가다간 무슨 일이 일어날지 모른다고 주장했다가 그 예측이 빗나가면서 보스의 의견이 힘을 잃은 여파였다. 하지만 결정적으로는 처음부터 줄을 잘못 섰다는 설이 유력하다. 보스가 신입요원이었을 때부터 따르던 멘토가 소리 소문 없이 사라진 이후부터 보스는 끈 떨어진 연 신세였다. 보스가 이 자리까지 온 것은 오로지 실력 때문이라는 설과 정치에 능하기 때문이라는 설이 있다.

높이 올라갈수록 권력은 막강하고 자리는 줄어든다. 보스의 라인을 잇는 점들이 모두 불안에 떠는 것은 아니다. 왜냐하면 우리는 어차피 점이니까. 아랫점이 윗점을 선택하는 것이 아니라 윗점이 아랫점을 선택한다.

"이를테면 간단한 이야기야. 그들은 그가 자신의 진정한 모습을 보지 못하게 눈을 멀게 했어. 한순간 베일이 벗겨지면서 그는 그들의 진면모를 본 것이지. 그리고 그들이 자신의 인생에 무슨 짓을 저질렀는지 알아차렸던 거야. 나는 그렇게 확신한다네."

"음모론입니까?"

보스는 대답하지 않는다.

"왜 음모론입니까?"

"아르마니를 차려입은 멀쩡한 남자가 음모론을 얘기하는 것과 냄새가 날 것 같은 추리닝을 입은 백수나, 다 떨어진 더러운 옷을 입은 노숙자가 음모론을 얘기하는 것은 다르니까. 아니, 똑같은 이야기를 해도 다르게 받아들이는 세상이라더군. 인정해. 그 점은 내가 틀렸어. 사람차별이 정상인 세상이야."

"문제가 도대체 뭡니까?"

"나는 스파이들이 세상에서 누구보다 아는 게 많다고 생각했는데 가끔은 문제가 뭔지도 모르는 것 같아."

"스파이도 사람이니까요."

"자네는 날 믿나?"

"아니오."

"……."

"누구도 믿을 수 없고, 모든 증거를 의심하면서 진실을 찾는 것이 스파이니까요."

"하지만 스파이의 세계에서 진실이란 결국 견해 차이에 불과한 경우가 많지…… 나도 자네를 믿지 않아. 그러니까 지금부터 할 이야기는 믿지 않는 사람이 믿지 않는 사람에게 하는 이야기가 되겠군."

보스가 하는 이야기를 믿을 수 없다. Z의 소설 같다. 그래서 Z가 관리대상이 되었나. 그렇게 단순할 것 같지는 않다.

보스는 자기가 하는 이야기는 퍼즐의 한 조각에 불과하다고 말했다. 각자에게는 각자의 퍼즐이 있고 그 퍼즐의 몇 조각이 똑같은 모양인 사람들이 있을 뿐이라고…… 스파이에게는 퍼즐에 퍼즐이 있다. 전체를 다 맞춘 후 다시 거기서 진짜 자기가 찾는 걸 찾아야 한다.

나는 보스에게 물었다. 보스는 그렇게 했느냐고. 아직 전체 퍼즐을 다 맞추지는 못했지만 어떤 그림인지 알아볼 수 있을 정도라고 했다. 그래서 내가 다시 물었다. 퍼즐을 다 맞춘 후 생각하던 그림이 아니면 어쩔 거냐고, 그리고 생각하던 그림이라고 해도 거기 숨겨진 스파이만의 진실이 전혀 다른 것이면 어떻게 할 거냐고, 보스는 어떻게 되는 거냐고.

어찌됐든 스파이의 마지막은 죽음이라고 보스가 말했다.

그리고 우리는 문제가 아니라 해답일 수도 있다고.

page 39

Y :

스파이의 죽음

죽음은 더 이상 낯선 것이 아니다. 영정 사진조차 없고, 이름도 내가 알던 그 이름이 아니다. 하지만 내가 알던 그 이름조차 진짜일까? 물어본 적이 없다. 알던 대로 부르고 알아왔던 대로 믿는다. 하지만 이 죽음은 믿어지지 않는다.

보스의 호출을 받았다. 선배가 죽었다. 아무에게도 알리지 않는 것이 정상이지만 은퇴 전 비상연락망의 최근접점에 내가 있었다가 지워졌고 보스가 설계한 작전에 그녀와 내가 함께 투입된 적이 많았다는 점에서 혹시나 해서 마지막 인사를 하고 싶으면 하고 가라는 이야기였다.

영정 앞에 국화 한 송이를 놓고 기도를 대신해 묵념을 했다. 아무도 없다. 정말 아무도…….

"우리들 장례식은 처음이지?"

보스가 덤덤한 목소리로 말했다.

"딸은 어떻게 되나요?"

"딸?"

"……."

"그동안 정말 너하고 연락이 없었나보네. 서로 하는 일이 다르다 보면 그렇게 되지. 특히 여자들은. 딸은 일 년 전에 죽었어."

선배가 죽었다. 죽었는데 무덤에 자기 이름도 남길 수 없다. 아무도 기억 못 할 것이다. 그녀가 누구인지. 어떤 사람이었는지. 그들 짓일까? 진짜 죽은 것이 맞을까? 스파이는 자신의 죽음을 얼마든지 만들어낼 수 있다. 나도 필요해서 나를 죽인 적이 있다. 내가 아는 선배가 어떤 식으로든 죽었다면 담보물이 작동할 것이다.

*

장례식에서 돌아와 제일 먼저 한 일은 우리의 온라인 비상 접속루트를 확인하는 것이었다. 아이디와 비밀번호로 접속하자 동영상 화면이 떴다. 심호흡을 했다. 딱 한 번밖에 볼 수 없다. 영상은 일 회 재생 후 소멸한다. 진짜 마지막이다.

"지금까지 너에게 말하지 못한 게 있어. 너희 엄마가 내 사수였어. 내가 네 사수였던 것처럼 말이야. 처음엔 정말 몰랐어. 우리가 처음부터 사생활을 나눴던 건 아니잖아. 그리고 둘 다 현역이었을 땐 사생활이랄 게 사실 한줌도 되지 않았고…… 난 우리의 그 우연을 인연으로 받아들였던 것 같아. 하지만 너한테 말할 수는 없었어."

이해한다. 두 사람이 알아서 점이 선이 되면 비밀은 없다…….

"선배는, 그러니까 네 어머니는 정말 훌륭한 요원이었어."

훌륭한…… 정말 오래간만에 들어보는 수식어다. 그것도 요원 앞에. 스파이들에게 어울리지 않는 단어. '훌륭한'보다는 '완벽한'이 어울리는 세계. '훌륭한'에는 가치 판단, 정의로움 같은 것이 포함되지만 '완벽한'에는 그런 것이 없다. 우리는 우리가 맡은 것만 완벽하게 해내면 된다. 그것이 옳은 일인가, 잘못된 일인가의 가치판단은 위에서 한다. 나 같은 스파이는 설령 한다고 해도 의미 없다. 왜냐하면 안다고 해도 아무것도 할 수 없으니까.

"난 너희 엄마가 갔던 길을 가고 있어. 지금은 바로 그녀가 실패하고 좌절했던 시점이지. 난 이기고 싶고, 이겨야 해. 실패하면 어떤 결과가 기다리고 있는지 알거든. 그리고 넌 지금 내가 실패하고 좌절하기도 전에 타협했던 지점에 있어. 넌 나를 뛰어넘는 선택을 할 수 있길 바라."

그게 뭔가요? 라고 묻고 싶다. 그러면 선배는 이렇게 대답하겠지. 그걸 알았다면 지금 내가 여기 있지 않겠지.

그동안 나는 '왜'라는 질문 없이 살아왔다. 내게는 언제나 목적이 주어졌고, 그 목표는 '어떻게'가 중요할 뿐이었다. 어릴 때부터 나는 수단과 방법을 가리지 않고 목적을 달성시키는 방법을 배웠다. 목적을 달성시키지 못하면 도태되었고 순위권에서 밀려나면 생존이 어려워졌다. 왜 그래야만 하느냐는 질문은 사치였다.

처음에는 살아남기 위해 다음에는 비참해지지 않기 위해 그다음에는 남들보다 나아지기 위해 나는 목표를 향해 최선을 다했다. 처음에는 남들도 다 나처럼 산다고 믿었기에 가능한 일이었고, 다음에는 내가 남들보다 나은 삶을 산다고 믿었기에 가능한 일이었고, 그다음에는, 그다음에는 어떻게 해야 하는지 몰라서 가능한 일이었다.

영상은 완벽하게 파괴되었고, 영상의 제목만 남았다. 나는 그 제목을 삭제하면서 생각한다. 스파이는 진짜는 다른 데 숨긴다. 나도 그 책에 대해 들은 적이 있다. 스파이 세계의 로또 같은 것이라고…… 시시껄렁한 농담이라고 생각했다. 서글픈 자조라고 어설픈 위안이라고 생각했다.

그나마 가장 믿을 만한 이야기는 그 책이 스파이들의 암호책에서 시작되었다는 것이다. 책을 암호로 쓴다면 페이지, 줄, 몇 번째 단어 같은 것이었을까. 그렇다면 그 책에는 규칙이 있을 것이다. 베스트셀러는 아닐 것 같다. 쇄를 거듭하므로 같은 판형을 구하는 게 생각보다 쉽지 않을 수 있으니까. 일정기간 유통된 후 사람들의 관심 밖에 있을 것이다. 아니면 책에 암호가 숨겨져 있는 것일까. 암호해독을 목적으로 책을 구입하는 것이 아니라 그냥 책을 읽다가 암호, 그러니까 숨겨진 메시지를 발견하게 되는 것은 아닐까.

도서관에 가야겠다.

*

입구에는 변함없이 할아버지가 있다. 인사를 하고 들어가려는데 할아버지가 부른다.

"뭘 찾으려고?"

"책을 보려구요."

"혹시 그 책을 찾아?"

"……."

"여기 없어."

"……."

"처음부터 여기 없었어."

"그 책에 대해 쓰여진 뭔가를 봤어요. 그걸 다시 보려는 거예요."

"다시 볼 수 없을 거야. 벌써 누가 다녀갔어."

"누가요?"

"적이 아니면 동지겠지."

"왜 책일까요?"

"책은 위험하지. 책을 대신할 유희는 많지만 책보다 생각을 깊이 전달하는 것은 없지. 책은 만드는 데 돈이 덜 들고 이야기는 사라지지 않고 사람들 사이를 떠돌면서 불어나니까. 한때 작가는 시대의 양심으로 일종의 혁명가였어. 그리고 혁명가는 거의 모두 작가야. 그들은 말을 하고 행동을 하고 이야기를 남기지. 지배자들은 그래서 늘 책을 없애려고 해. 언제 죽을지 모를 세상에 책은 육체가 사라져도 살아남는, 영혼 같은 거거든."

그런데 이런 곳에서 우연이란 게 존재할까? 타이밍이 지나칠 정도로 잘 맞아 떨어지면 의심을 해보아야 한다.

"그럼 할아버지는 누구죠?"

"나?"

"……."

"난 이 도서관의 귀……신……이지."

Z :
비밀요원

헌책방은 평범했다. 주인은 초로의 노인이었다. 그는 돋보기를 끼고 책을 보고 있었다.

"무슨…… 책을 찾으시나요?"

"『영원한 친구』……."

"존 르카레요? 그 책은 지금 없습니다."

"그럼, 존 르카레의 다른 책은 있습니까?"

"스파이물을 좋아하십니까? 그럼 『비밀요원』은 읽으셨겠군요. 음모론에도 관심이 있으신가요?"

"이런 시대를 살면서 음모론을 생각하지 않을 수 있을까요……."

"요즘 세상은 내부가 아닌 외부의 쉬운 적을 만들도록 합니다. 약자를 공격하고 인권 개념이 희박해지고 꿈이 없어지거나 획일화되고 있죠. 어떻게든 무슨 수를 써서든 돈을 버세요. 안정된 직장에 취직해서 살아남으세요. 사람들이 그런 세상을 정상으로 믿도록 만듭니다. 이건 음모론도 아니고, 너무 뻔해서 음모 축에도 끼질 못할 것들이죠, 사실은. 모두가 알고 있으니까요."

나도 그렇게 생각한다. 남들이 모르는 것을 알아내야 음모이다. 모두가 다 알면서도 모른 척하는 건 음모가 아니다.

생김새와는 달리 말이 많은 노인이었다. 아는 것이 많은 사람이기도 했고 예리하기도 했다. 표정을 따라 그가 읽은 대로 나는 그런 사람이었다. 스파이물을 좋아하고 『비밀요원』을 읽었으며 그것도 아주 재미있게, 그리고 음모론에도 관심이 있었다. 어쩌면 그 독서클럽이 스파이 놀이를 즐기는 매니악한 사람들의 모임일지도 모른다는 생각이 들었다. 자기들끼리 암호명까지 있지 않을까 하는 생각을 하니 빙그레 웃음이 나왔다.

"존 르카레가 스파이였다더군요. 저도 스파이였습니다. 안 믿으시는군요. 세상이 제 고백에 이런 반응을 보이겠군요. 걱정 마세요. 작가님께 처음 말해보는 겁니다."

제대로 찾아온 게 맞았다. 이런 작은 책방 노인까지 알아볼 정도로 내가 유명한 작가도 아니고, 역시 영원한 친구가 일종의 암호였던 것이다.

나는 독서클럽의 통과의식을 위해 이곳에 왔다. 앞으로 몇 번의 단계를 통과해야 이 클럽의 정예회원이 되는지도 모른 채로 나는 단계를 차례차례 밟고 있다. 다행히도 테스트의 단계들이 흥미로웠다. 지금처럼. 스파이는 살벌하지만 스파이 놀이는 재미있다. 아무래도 이번 단계는 음모론에 관한 것인가보다.

"스파이라면 존 르카레가 한때 몸담았다는 그런 조직들을 떠올리기 싫지만 제가 몸담은 곳은 그런 데가 아닙니다. 오히려 제가 했던 일은 작가님의 소설에 나오는 그런 일입니다."

노인은 나의 소설 중 하나를 이야기한다. 그 소설이 그렇게도 읽힐 수 있나…… 매우 흥미로운 해석이긴 했다.

"저는 그 소설을 스파이 소설로 읽었습니다. 그 남자가 하는 짓, 그 남자가 당한 일, 모두 스파이들이 하는 짓이죠. 저는 이제 반대편에 섰습니다. 뒤늦게 깨달았거든요. 내 인생 절반을 그들과 같은 편인 척하면서 살아왔다는 걸. 이 세계는 바뀌어야 합니다."

"그냥 소설입니다."

"네, 소설이죠. 하지만 그 무엇보다 치열하게 현실적이죠. 세상에는 늘 음모론이 존재해왔습니다. 음모론은 패배자들, 약자들, 비관론자, 불평론자들, 심지어는 정신병자들의 논리로 취급되어왔죠. 소수의 의견이기 때문입니다. 그렇다면 음모론의 실체를 증명하는 방법은 무엇일까요. 그리고 음모론은 어떻게 유통되는 걸까요. 그런 소설이 그런 기능을 하고 세상을 변화시킬 겁니다."

책방 주인다운 희망사항이었지만 가만히 있기에는 뭔가 쑥스럽고 서글펐다. 내 소설이 세상을 변화시키리라는 생각을 단 한 번도 해본 적 없을뿐더러 요즘 세상에는 그러려고 소설은 물론 그 비슷한 일을 하는 사람이 있으리라고 생각할 수 없다. 문학은 개인적인 것이며 점점 더 개인적인 것이 되어가고 있다.

"뭔가 착각하신 거 같습니다. 나는 사람들이 주목하는 그런 작가가 아닙니다. 내 소설은 아무 영향력도 없습니다."

"아무도 읽지 않으니까요?"

설마 아무도 안 읽기야 하겠는가. 하지만 언젠가는 그런 날도 오겠지…… 그런데 그보다 먼저 내가 사라질 것 같다.

"실력 있는 사회부적응자들. 그들은 작가님 같은 사람을 그렇게 부릅니다. 그들이 우리에게 보여주는 건 권력입니다. 그들 자신에게서 나오는 것이 아니라 그들의 위치에서 나오는 것이죠. 작가님은, 아니 우리는 우리의 실력을 보여줘야 합니다."

"저에게 실력이 있다면 그 실력으로 무얼 할 수 있다는 겁니까? 소설은 아무 힘도 없습니다. 저 자신조차 구하지 못합니다."

"그것이 그들이 작가님에게 기대하는 것이죠. 자기 자신조차 구하지 못하는, 아니죠. 자신의 밥벌이조차 되지 않는 것으로 소설을 전락시키는 것. 그래요, 작가님 밥벌이조차 되지 않을 겁니다. 아무도 읽지 않고 그래서 다시는 쓸 수 없고, 쓰지 않으니 읽을 수 없고, 그런 악순환을 누군가가 만들어내고 있습니다. 이것은 구조적인 음모조차도 아닙니다. 음모에서 파생하는 부수적인 효과입니다. 그런데 그 부수적인 효과가 쌓이고 쌓여 결정적인 작용을 합니다. 우리는 그 악순환의 고리를 끊기 위해 작가님 앞에 직접 나섰습니다."

낮술에는 루저들만의 평온이 있지, 라고 그가 말했다. 패배자도 아니고 실패자도 아니고 잉여도 아닌 루저…… 어차피 같은 뜻이긴 한데 그의 입에서 그런 말이 나오자, 그것도 누군가가 선물한 발렌타인 십칠 년산을 마시고 있는 상황에서 그 루저라는 단어는 어쩐지 불안하면서도 딱 맞아떨어지는 단어 같았다. 그해 봄과 여름에 걸쳐 우리, 그러니까 그와 나, 그리고 몇몇은 낮술을 자주 마셨다. 우리는 모두 그 낮술의 시작이 그로부터였다고 기억했다.

우리는 번번이 지는 사람이 아니다. 우리의 세계에서도 승부가 있을 수 있지만 그 승부의 의미는 미미했고, 세상 어디에나 있는 작은 커뮤니티의 정치의 결과이기도 했다. 그랬다. 우리는 지고 또 지고 또 다시 질 것이 분명한 사람들이었다. 그리고 그보다 훨씬 전부터 이길 생각조차 해보지 못한 사람들이었다. 그런 우리들이 낮술을 주고받기 시작했다. 그리고 그 낮술에는 도저히 어쩔 수 없는 자포자기의 평온이 있었다. 우리는 무언가를 위해 모든 것을 포기했다. 그리고 그 무언가는 우리를 위해 아무것도 해주지 않는다. 아무것도 해주지 않아도 우리는 계속한다.

그가 아무것도 보지 않고 자기 머릿속의 내 소설을 읽었다. 내가 썼지만 내가 잊고 있었던, 나조차도 잊으려 했던…… 저 소설을 발표한 후 내 경력은 내리막길이었다.

"당신이 뭘 해야 하는지 알겠죠? 당신은 은둔자입니다."

내 소설을 굳이 스파이 소설로 읽겠다면, 은둔자는 스파이에 대항하는 스파이 같은 사람들이다. 속물적인 사회의 기준 자체를 무시하는 사람들. 타인과 경쟁하거나 비교하지 않고 인간의 존재 자체를 숙고하는 자들. 그래서 자신이 원하지 않는 건 아무것도 하지 않은 채 무정부적인 일종의 진공상태에서 계속 살아가는 자들. 그런 자들이 모여 국가와 규칙 안에서 사는 것을 거부하고 대규모 집단적 인간 파업을 한다면 어떻게 될까. 이 상황이 진정으로 끔찍한 자들은 누구일까.

"우리는 어디에나 있지만 대부분 자신이 이 거대한 흐름의 일부라는 것을 알지 못합니다. 왜냐하면 이런 정보를 기밀로 유지하고자 하는 자들이 있기 때문입니다. 작가님은 이들이 자신이 누구인지 깨닫도록 도와주는 것입니다. 하지만 자신이 누구인지 아는 일은 아주 어렵고 또 위험합니다. 때가 되면 우리는 서로를 알아볼 겁니다."

"지금 무슨 이야기를 하는지는 알겠지만 도대체가 말이……."

"되기도 하고 안 되기도 할 겁니다."

"당신들이 그 무엇이든, 나에게 이럴 이유가 없다는 것만은 압니다. 나는 아무것도 아닙니다."

"언제부터 아무것도 아니라고 생각하기 시작하셨나요? 지금은 아니라도 언젠가는 중요해질 수 있습니다. 우리에게는 많은 사람이 읽는 책이 아니라 바뀔 수 있는 사람이 읽는 게 더 중요합니다. 영향력이란 건 숫자가 아니란 말입니다. 작가님은 이미 그런 소설을 썼고, 쓰고 있습니다. 작가님의 소설을 읽고 생각을 바꾼 사람이 있습니다. 그 책이 그 당시에 그렇게 중요한 책이었다고 생각하십니까? 그리고 그 책을 읽은 모든 사람이 그렇게 생각했겠습니까? 오직 한 사람만이 그 책을 읽고 그렇게 생각했고 그 길로 나아갔고 실제로 세상 사람들로 하여금 세상을 바꾸게 할 실마리를 제공했습니다."

"스스로를 돕지는 못해도 누군가를 도울 수는 있다는 말입니까?"

"그리고 그 누군가의 변화가 결국 작가님을 도울 수도 있겠지요."

"정말 꿈같은 이야기네요."

테스트의 각 단계들은 아마도 독서의 레벨 테스트 같은 것일 수도 있겠다. 읽고 생각하고 상상하고 마침내 행동하는 것. 이들은 내 소설을 활용해서 소설 같은 현실을 만들었다. 그것이 허무맹랑한 현실이든 그저 그들만의 놀이든 점점 더 그들이 궁금해지는 것 또한 사실이었다. 이 정도로 치열하게 소설을 가지고 놀 수 있는 사람들이라니…… 만나보고 싶어졌다. 그리고 어떤 측면에서건 그런 그들이 내 책을 읽었다는 사실이 뿌듯했다. 작가가 독자를 선택할 수 있다면 이들을 선택하고 싶지 않을까.

"역사가 승자들에 의해 쓰여지는 건 상식입니다. 승자는 누구입니까? 야만적인 살인자들, 미친 왕들, 탐욕스러운 반역자들, 폭력적인 전쟁광들, 아마도 우리 역사의 대부분은 그 승자들이 조작하고 편집하고 날조한 이야기일 것입니다. 그렇다면 패자들은 무엇을 쓸까요? 패자들은 자신들의 이야기를 어떻게 남길까요? 승자들이 인멸한 증거를 상상력으로 극복하고, 이야기로 전달하고 유포시키겠죠. 최고의 이야기에는 진실이 담겨 있는 법입니다. 멈추지 마십시오."

"당신 같은 사람이 얼마나 있을까요?"

"나 같은 사람? 없을 수도 있습니다. 저 같은 사람은 없다고 믿으면 없는 사람들입니다. 하지만 그들 같은 사람들? 그들은 셀 수 없을 정도로 많습니다. 지금 이 순간에도 만들어지고 있으니까요."

X :

나를 아주 잘 알고 싶은 사람

하늘은 비온 뒤처럼 맑았고 세상은 어제와 달리 조용했다. 화요일 오후 일곱 시의 건물은 텅 빈 것처럼 보였다. 그 텅 빔은 입주 전의 콘크리트 냄새가 날 것 같은 건조한 텅 빔이 아니라 모두가 떠나버린 것 같은 축축한 텅 빔이었다.

그동안에도 나는 약속된 시간에 병원에 갔다. 갈 때마다 이전보다 보안이 강화되는 느낌이 들었는데 그것은 단지 나의 착각만은 아닌 듯했다. 나의 고백에 따른 선생의 배려일 수도 있고, 어쩌면 선생 역시 뭔가에 쫓기고 있는 것이 아닌가 싶기도 했다. 가면 갈수록 이 건물 전체가 그런 기운을 풍기고 있었다. 조심스러웠으나 부자들의 요란한 보안 체계와는 달랐고 비밀스럽게 조용했다.

오늘도 의사는 아무것도 기록하지 않았다. 몇 번의 상담을 통해 모든 것을 기억한다는 그녀의 기억력에 관한 이야기가 과장이 아님을 알게 되었다.

"저는 당신의 기억이 팰림프세스트 같다고 생각합니다."

의사가 나에게 말했다.

"중세시대 양피지에 쓴 글 말입니까?"

"네, 팰림프세스트는 '다시'라는 뜻의 그리스어 '팰린'과 '새긴다'는 뜻의 그리스어 '프센'을 합쳐서 팰림프세스투스라고 했던 것이 영어에서 뒤의 어미가 잘리면서 팰림프세스트가 된 것이라더군요. 팰림프세스트는 과거와 현재의 텍스트가 서로 중첩하고 교차하는 다의적 공간을 의미합니다."

"그러니까 제 기억도, 팰림프세스트의 특징처럼 지워지지 않은 과거가 불완전하나마 그 흔적을 남긴 채 새로 쓴 현재의 의미에 영향을 미친다는 거군요."

의사가 고개를 끄덕였다.

"그럼 보고 듣고 읽은 모든 것을 기억하는 선생님의 기억은요?"

"제 기억은 사람들의 고민을 전부 버전 별로 백업하는 타임머신 기능이 있는 외장하드겠죠."

그리고 의사가 나에게 물었다.

"이 세상에 대해 고민해본 적이 있으십니까?"

스무 살 이후의 기억이 사라졌다. 어쩌면 그것은 세상에 대한 고민이 사라졌다는 뜻인지도 모른다.

"지금까지의 일을 생각한다면 당신의 스펙은 인생에 대해 고민할 거리가 없는 것처럼 보입니다. 하지만 그것이 사실일까요?"

"저도 그렇게 생각했습니다. 저 자신도 저를 객관적으로 볼 수밖에 없으니까요. 하지만 지금의 저도 기억상실만 빼면, 어쩌면 기억상실조차 공식적 삶에는 아무런 지장이 없지만, 아무튼 지금의 저도 고민할 거리가 없는 것처럼 보이지만 고민이 있는 걸로 봐서 그때도 고민을 했을 것 같습니다."

"고민을 했다면 무엇을 고민했을 것 같습니까?"

"희망이 있는지 확인하고 싶었을 것 같습니다."

계속하라는 듯 의사가 조용히 미소를 짓고 고개를 끄덕였다.

"얼마 전에 드라마를 봤습니다. 전 세계 모든 사람이 동시에 의식을 잃었다가 깨어났고 그들은 육 개월 후 미래의 한순간을 보게 되었습니다. 그들 각자가 본 미래는 달랐습니다. 어떤 이는 그 미래에서 희망을 봤고, 어떤 이는 절망을 봤고, 아무것도 보지 못한 이는 자신의 죽음을 짐작했습니다. 그런데 그들이 본 그 미래는 반드시 일어나는 것일까요? 그 미래를 바꿀 수는 없을까요? 누군가는 그 미래를 현실로 만들기 위해, 누군가는 그 미래를 바꾸기 위해 애쓰기 시작합니다. 그걸 보면서 생각했습니다. 저는 현실을 분석해서 미래를 예측하는 사람입니다. 만약 그런 내가 본 미래가 아주 절망적인 것이라면 나는 어떻게 했을까? 그 사실을 확정된 미래로 받아들이고 포기할 수 있었을까? 그런데 제 마음이 대답하더군요. 너무너무 절망적이라면 오히려 죽을 힘을 다해 바꾸고 싶어질 것 같지 않은가, 라고."

"너무너무 절망적이라서 오히려 희망이 생길 수도 있다는 얘기처럼 들립니다."

"저는 경제적인 사람입니다. 아주 비관적으로 경제적인 사람······ 이었을 것으로 추측됩니다. 그런 사람에게는 어차피 살 수 있는 사람만 살아가는 세상은 어쩔 수가 없는 일일 겁니다. 내가 혹시나 대단히 양심적인 사람이었다고 해도 저를 희생하기가 쉽지는 않았을 겁니다. 하지만 일말의 양심이라도 남아 있는 사람이라면 움직일 수밖에 없는 순간이 있을 거 같습니다. 칼 폴라니는 경제에 휘둘리는 사회의 자기 보호운동이 인간의 역사를 만든다고 했는데, 저는 그 말을 믿습니다."

"요즘 우리의 저항은 어쩌면 안 하는 것인지도 모릅니다. 우린 아마 안 될 거야, 해봤자 아무 소용 없을 텐데, 라고 생각하면서. 냉정한 비관 속에서 우리는 지지 않기 위해 모른 척했는지도 모릅니다. 미래에 타임머신이 있어서 무언가를 바로잡으려 할 때 결정적인 시점, 최후의 시간이 언제일까요? 지금 우리에게 필요한 건 현명한 희망입니다. 이제 더 늦기 전에 결정해야 합니다. 무엇을 믿을 것인지, 아니, 무엇이 가장 중요한지를."

언젠가 의사가 자아는 사람이 자신에 대해 일관된 내러티브를 형성하기 위해 선택적으로 받아들인 기억을 축적한 것이라는 말을 한 적이 있다. 내 기억은 축적된 것이 아니라 지워진 후 다시 쓰여졌다. 내 자아는 지워진 것일까, 다시 쓰여진 것일까. 어찌되었든 둘 다 나의 것이고, 그 팰림프세스트가 나의 미래의 자아이다.

"양해를 구해야겠습니다. 병원 문을 닫을 겁니다."

"무슨 일이 있으신 건가요?"

"기억이 사라지는 것처럼 사람이 사라지는 일도 있습니다. 타의로 사라지기 전에 자의로 사라지는 것이라고 해두죠."

"그런 일이 종종 있죠."

"하지만 아무도 신경 안 쓰죠."

"선생님이 사라지면 전 신경 쓰일 것 같습니다."

"네, 그래서 사라지기 전에 예고하는 겁니다. 어쩌면 마지막일지도 모를 처방전을 드리죠. 아까 당신이 본 드라마를 얘기해주셨죠. 저는 제가 본 다큐멘터리에 대해 이야기하겠습니다. 아주 인상적인 장면이 있었는데 누군가에게 환경 문제를 해결하기 위해 우리가 할 수 있는 걸 물었을 때 그 누군가가 사랑이라고 대답하던 순간이었습니다. 너무 흔하고 뻔한 대답이라 미안하다는 듯이, 하지만 그래도 하는 수 없다는 듯 그는 그 단어, 사랑을 말했죠. 내가 사는 곳을 진심으로 사랑하는 마음, 그 사랑이 인간을 인간답게 만드는 근본이라고, 그 모든 깨달음으로부터 치유가 온다고, 스스로를 돌아보며 자신의 재능과 열정에 눈을 뜨고 공부를 통해 이해의 폭을 넓힌 뒤 참여하라고. 진부하지만 늘 사랑은 정답이죠. 그 이야기가 저에게는 환경 문제뿐 아니라 인생 문제의 해결책처럼도 보였어요. 지금 나는 내 주변의 사람들, 내가 살고 있는 이곳, 이 나라, 이 지구, 그리고 결국은 나의 인생을 얼마나 사랑하는가. 얼마나 사랑할 수 있는가. 당신은 혼자가 아닙니다. 사랑하면서 행복해질 수 있습니다."

"처방전을 기억하겠습니다. 다시 배울 겁니다. 숨 쉬는 법, 사는 법, 사랑하는 법, 싸우는 법. 그래서 내가 나 자신으로 살 수 있도록."

의사가 안심이 된다는 듯 고개를 끄덕였다.

"언제 다시 뵐 수 있는 건가요?"

"아마도 우린 다른 데서 만날 수도 있을 겁니다."

"우연히요?"

"어쩌면 필연적으로."

*

모호한 정의의 시대. 흐릿하게 말하면 막연하게 알아들었다. 그 누구도 정확한 정의에 집착하지 않았다. 상대방을 정확하게 파악하는 것, 그리고 상대가 나를 명확하게 인지하는 것에 오히려 두려움을 느끼는 것. 너는 이런 사람이야, 라는 말을 듣고 싶지도, 나는 이런 사람이야, 라고 말하고 싶지도 않은 채로 사는 것이야말로 요즘 사람들이 원하는 바였다.

그런데 나는 내가 이런 사람이라고 말하고 싶었다. 그래서 나는 이곳에 왔다. 아직도 잃어버린 기억은 돌아오지 않았지만 나는 이제 내가 어떤 사람인지 말할 수 있다. 나는 나를 아주 잘 알고 싶어 하는 사람이다.

"마지막으로 질문이 있습니다."

내가 의사에게 말했다. 의사가 고개를 끄덕였다.

"현실에 대한 냉소와 무관심으로는 세상이 바뀌지 않는다고 생각하고, 우리의 정당한 분노가 세상을 바꿀 수 있다고 믿고, 각자의 영역에서 각자의 방식으로 각자의 능력을 발휘하여 세상을 바꿔야 한다고 믿는 사람. 바꿀 수 있다, 해낼 수 있다는 격렬한 희망을 여전히 품은 사람. 그런 사람이 있다면 그는 어떤 사람일까요?"

"그는 철학자이고 박애주의자이고 천재인 동시에 필연적으로 패배자겠죠."

"……."

"그리고 이중스파이일 수 있습니다."

B :
스파이들의 암호책

창밖에서 보면 그저 평온하고 조금은 처연해 보이기까지 하는 헌책방일 뿐이다. 저 안에서 벌어지는 일들이 정말이라고 믿기엔 힘들다. 그리고 측은하게도 저 안에서 무엇을 꿈꾸든 책의 페이지 바깥으로 나올 수 없을 것 같다. 그것이 현실에 물들어가는 이상주의자인 내가 보는 저들의 꿈이다.

문을 열자 보스가 고개를 들어 나를 본다.

"책을 찾고 있습니다."

"어떤 책?"

"일종의 스파이들의 암호책이라고 하더군요. 전해 내려오는 이야기에 따르면 처음에는 그 책을 암호 해독을 위해서 구입했다고 합니다. 그런데 어떤 스파이가 정말 읽기 시작했고, 암호책은 바뀌었으나 책을 버리지 않았고 심지어 감동하기까지 했고, 그렇게 거듭해서 읽다가 그

안에서 뭔가를 발견했다고 합니다."

"그래서 그 스파이는 어떻게 되었나?"

"다른 쪽으로 가지 않았겠습니까. 그렇지 않다면 그 책에 그런 별칭이 붙지는 않았겠죠. 우리가 그렇게 되려고 스파이가 된 건 아니니까요. 저는 그렇게 추측합니다."

"스파이를 변화시키는 스파이의 암호책이라…… 자네같이 이성적인 사람이 그 책의 존재를 정말 믿는 건 아닐 거고, 정말 나에게 온 이유가 뭔가?"

"보스의 진짜 정체가 뭐죠?"

"나? 헌책방에서 혼자 사는 노인이지. 오래된 책들을 읽으면서 소일하고, 찾지 못하는 책을 찾아주는……."

"정치적이고 철학적인 시스템 엔지니어가 은퇴해서 그냥 이러고 산다는 말을 믿으라는 겁니까?"

"시스템 엔지니어, 요즘은 그 일을 그렇게 포장하나? 돌이켜보면 내가 한 일은 거의가 음모였어. 자네의 헌신적인 봉사의 결과를 생각해본 적 있나?"

밖으로 드러난 사건이나 현상 이면에 우리가 알고 있는 것과는 다른 실체가 있다고 의심한다. 사람 위의 사람. 세상 위의 세상. 뉴스에 나는 모든 기사가, 권력이 말하는 것들이 모두 진실이라고 믿는 이는 없을 것이다. 정보는 가공하는 조직의 구미에 맞게 교묘하게 재편집되거나 주장하는 바를 가리키기 위해 재배치된다. 그 과정에서 사실이란 왜곡하거나 조작하기 위한 원재료에 불과하다.

"수십 년 몸담아 충성한 조직을 배신한 이유가 궁금합니다."

"나는 배신한 적이 없어. 이제 그들이 나를 통제할 수 없을 뿐이지. 얼마 전에 다시 깨달은 게 있어. 죽을 때도 나는 혼자일 거라는 사실. 그리고 그게 스파이의 삶이지."

"독자적으로 움직이고 있다는 이야기입니까?"

"독자적으로 움직이는 게 배신이라면 나는 그 안에 있을 때도 배신자였어. 조직을 무조건적으로 따른 적은 없으니까."

"그래서 그만두셨습니까?"

"핑계를 대는 게 지겨워졌을 뿐이야. 경제니 정치니 이념이니 하면서. 하지만 피를 흘리는 건 그들이 아니라 나머지 사람들이지. 아무리 이 바닥이라도 한계는 있어야 하는 법이야."

"그 한계를 스스로 만들기로 한 것인가요?"

"그 한계조차도 만들 수 있다고 믿었던 우리가 틀렸다는 생각이 들었어."

"언제부터요?"

아주 잠깐 모든 것이 가능해 보였다. 진정한 자유와 평등과 평화. 그 꿈이 내 눈앞에 있었다. 진짜 슬픈 이유는 따로 있다…… 역사는 그런 사실에는 관심이 없다. 진실은 벽 뒤에 감추어져 있고 불태워지고 시간은 곧 우리를 묻어버릴 것이다.

"그가 잘못되고부터인가요?"

"부인하지는 않겠네. 그때가 결정적이긴 했지만 시작은 아니었어. 내가 한순간에 폭발했듯이 세상도 그럴 수 있다고 생각해."

나도 모르게 웃음이 나왔다.

"왜 웃나?"

"얼마 전에 회의에서 그렇게 경고했다가 미친놈 취급을 당했습니다."

"하지만 자네는 결국 자네가 원하는 걸 얻었지 않나?"

"그럼 보스는 저의 그 주장이 먹혀들었다는 겁니까?"

"아니, 나는 모르지. 난 그 시스템이 정상적으로 돌아가리라는 희망 자체를 이젠 포기했네. 자네도 그것 때문에 열 받은 것이 아닌가?"

"보스도 아까 말씀하셨다시피 저는 이성적인 인간입니다."

"다 계산에 있었다는 건가?"

"뭔가 확인할 게 있었습니다."

"확인했나? 그 뭔가를."

"아직입니다."

"설마 그래서 아직도 거기서 그러고 있는 건 아니겠지?"

"때로는 아무것도 아닌 자들이 주요인물로 떠오를 때가 있습니다. 그런 일은 통제 불능입니다. 때로는 한 사람을 관리하는 것보다 전체를 관리하는 게 쉽고 효과적일 때가 있습니다. 한 사람을 핵으로 전체가 뭉치는 것으로 세계가 변하는데 전체가 뭉치지 않으면 그 한 사람도 무력해지는 거니까요."

"그 한 사람이 키 메이커지."

"우리가 알던 그 사람이 그런 사람이었습니다. 하지만 이제 세상이 많이 달라졌습니다. 다시는 그런 일은 일어나지 않고 그런 사람은 나타나지 않을 겁니다."

"포기했나?"

"아닙니다. 혁명은 다른 방식으로 이루어질 겁니다. 그게 뭔지 모르겠지만, 제 생각은 그렇습니다."

"혁명이라…… 자신들이 죽여버린 그 단어를 스파이가 이야기하는 군."

"오래전에 그런 이야기를 들었습니다."

"전설의 스파이?"

"……."

"나도 그 이야기를 들었어. 하지만 이야기일 뿐이야."

"보스가 혹시……."

"내가 그 거물이라고 생각하나? 인형 안에 인형이 있고 그 안에 또 인형이 있겠지만, 난 그 어떤 인형도 아니야."

"때가 되면 저한테 헌책방을 물려주십시오."

"그런 생각을 하기엔 자네는 너무 젊고, 게다가 자네가 할 일은 따로 있어. 키 메이커를 보호해야지."

"후보자가 있긴 하지만, 아직은 모릅니다."

"사람이 어떻게 변할지는 아무도 모르니까. 태어날 때 모든 것이 결정된다고 믿는 건 그들의 신념이지. 우리는 그런 걸 믿을 수는 없지. 태생적으로. 만약 전설의 스파이가 있다면 그 사람은 한 사람이 아닐 거고, 만약 그 책이 있다면 그것도 한 권은 아닐 거야. 내 가정은 그래. 그러니까 자네는 자네의 키 메이커를 나는 나의 키 메이커를 지켜야지."

"두렵지 않습니까?"

그는 고개를 저었다.

"무엇을 기대하십니까?"

"가장 뒤편에서 일하니 내 이름을 남길 수도 없고, 나를 위한 책도 쓰여지지 않을 것이고, 어쩌면 납골당의 묘비명조차 없이 한줌의 재가 되어 흩어지겠지. 그런 나를 움직일 수 있는 것이 무엇일까? 젊을 때는 조금 달랐지. 하지만 나이 들고 여생이 그리 길지 않은 노인인 나를 움직일 수 있는 것이 무엇일까? 인생의 마지막 페이지를 의미 있게 마감하고 싶어. 아무도 모르겠지. 하지만 내가 알면 돼. 그걸로 흡족할 거야."

헌책방에 그를 남겨두고 떠나며 마지막 인사를 했다.

"뒤를 조심하세요."

"당연하지. 스파이니까."

X :

다시 읽기의 시간

어떤 이들은 밤을 낮처럼 즐겼고, 어떤 이들은 밤을 낮처럼 일했다. 누군가는 일 없이 휴식하고 누군가는 휴식 없이 일했다. 휴식 없이 일하는 자들로 인해 일 없이 휴식하는 자들의 자산은 늘어났다. 그들은 그 가치를 정당하게 배분하지 않았다. 독점은 습관이 되었고 당연한 이치가 되어갔다. 착취는 습성이 되었고 당연한 방식이 되어갔다.

밑줄이 그어져 있는 곳을 읽어보았다. 이 책을 읽은 기억도 이 책에 밑줄을 그은 기억도 없다. 어쨌든 밑줄이 있다면 읽은 책일 가능성이 높지 않을까. 나는 그녀의 어머니에게 가져다줄 책을 고르고 있다. 반드시 읽은 책이어야 한다는 규칙 때문에 나는 내 서재의 책을 뒤적이고 있다.

개인적인 추억이 사라진 책의 목록에서 내가 읽은 책을, 나아가 내가 좋아하는 책을 어떻게 찾을 수 있을까. 어떤 책에는 밑줄이 그어져 있고 어떤 책에는 읽은 날짜 혹은 구입한 날짜가 적혀 있고 어떤 책에는 포스트잇이 어떤 책에는 낙서가 있다. 그 지극히 사적인 나의 기록을 훔쳐보듯 살펴보고 추측하고 분석한 지 제법 되었다. 나는 나란 사람을 염탐하는 스파이가 된 것일까.

어머니가 제정신이 아니라지만 최선을 다하고 싶다. 대화는 불가능하지만 어떻게든 내 마음을, 그리고 내가 어떤 사람인지를 전하고 싶은 마음으로 책을 고른다. 페이지를 넘기다보니 어떤 문단에는 별표까지 있다. Z의 이 소설책으로 결정했다.

그러나 확신을 갖기 위해서는 결국 처음부터 다시 읽는 수밖에 없다.

*

입구를 아무 제지 없이 통과한다. 병원은 오늘도 살벌하게 조용하고 지나치게 평화롭다. 병실 앞에서 심호흡을 하고 노크를 한다. 대답은 없다. 어머님 저 들어갑니다, 라고 말하고 문을 연다.

어머니에게 책을 건네자 폭탄을 만지듯 조심스럽고 신중하게 살펴본다. 그리고 잠시 품안에 안더니 옆의 자리에 소중하게 놓는다. 그리고 책 한 권을 가리킨다. 오늘은 정신이 꽤 맑으신 모양이다. 저렇게 엉망으로 놓인 책들 가운데 제대로 된 짝을 찾은 것을 보면. 그 책은 Z의 다른 책이었다. 아무래도 나에게 읽으라는 뜻인 것 같다.

나는 읽기 시작한다. 아마도, 처음 읽기의 시간.

어느 날 아침 눈을 떴는데 세상이 매우 낯설어 보인다면 당신은 그레고리 잠자의 후예이다. 비록 벌레로 변하지 않았다고 할지라도. 부연설명하자면 외양이 인간의 모습을 하고 있다고 해도 당신은 벌레라는 것이다. 그리고 어느 날 갑자기 일어난 것처럼 보이는 이 일이 사실은 당신이 이제껏 살아온 모든 시간의 축적이다. 그 사실을 알게 되었다면 이제부터 당신이 할 일은 카프카의 『변신』을 참고하는 것이다. 그러나 당신이 이제야 벌레인 것을 어렴풋이라도 알게 되었다면 카프카 따위 먼 나라의 죽은 소설가일 테고 『변신』이란 소설을 들어본 적이라도 있다면 매우 다행일 것이며 이제부터의 당신의 삶에 참조하려고 그 소설을 읽어도 이해할 수 있을 리 만무하다. 딱히 어려운 이야기를 하고 있지도 않은데 말이다. 당신은 첫 문장을 읽자마자 사람이 벌레로 변하는 게 말이 돼, 라고 편견부터 가질 것이다. 하지만 다시 말하지만 당신이 바로 그 벌레 비슷한 인간이다. 뭔가를 판단할 때 외적인 것을 기준으로 했을 때만 물론 당신은 아직 인간일 수 있지만, 쉽게 말해 당신은 인간이되 인간이 아니다. 인간이므로 인간이 아닐 수도 있고. 어찌되었건 당신은 인간적인 것과는 여러모로 거리가 멀다. 즉, 쉽게 말해서 당신은 벌레적이다.

책 속에서 툭 하고 무언가가 떨어진다. 이게 왜 여기 있을까. 인기척이 들린다. 본능적으로 나는 그것을 숨긴다. 간호사가 들어왔다.

"환자에게도 우편물이 오나요?"

환자의 상태를 살피는 간호사에게 심상하게 물어본다.

"네, 그럼요. 편지를 쓸 수도 있어요. 그게 도움이 되기도 하고요. 하지만 요즘은 우편물이라는 게 잘 오지도 않고 의미 있는 게 드물죠. 청첩장도 온라인으로 보내는 세상인데요.”

“저희 어머님 우편물은…….”

“가끔 따님이 정리하지 않으실까요. 저는 여기 온 지 얼마되지 않아서요. 오늘은 환자분이 반응도 있으시고 상태가 아주 좋으시네요.”

“그럼 산책을 해도 될까요?”

“한 번도 그런 적 없는데…….”

“세상의 모든 일에는 처음이 있어요.”

“담당 의사 선생님께 여쭤봐야 하는데, 오늘은 주말이라 당직 의사분만 계세요.”

“저기 정원에 나가 계시는 분들은 모두 의사 선생님에게 오늘 허락을 받은 건가요?”

“그건 아니지만, 저분들은 원래…….”

“제가 보기엔 저분들보다 지금 저희 어머님 상태가 더 좋은 것 같은데요. 제가 책임지겠습니다. 만약 문제가 생기면 간호사님에게 묻지도 않고 제가 마음대로 데리고 나갔다고 하겠습니다.”

그러면서 나는 간호사에게 작은 선물을 건넨다. 그 작은 선물의 구매금액은 결코 작지 않지만 말이다. 그녀는 계약직이다. 대우받은 만큼만 하면 된다. 최악의 상황은 잘리는 것이다. 하지만 언젠가는, 아니, 어떻게든 곧 잘리게 계약되어 있는 사람이다. 미래가 없으면 책임도 가벼워지는 법이다.

“네, 정 그러시다면…….”

산책을 나갈 준비를 하는데 어머님이 갑자기 내 팔을 잡는다. 멈추라는 뜻인가. 그러고는 책의 무더기 속에서 낡은 책 한 권을 가리킨다. 이번에는 저 책을 가지고 나가자는 뜻인 모양이다. 나는 그 책을 챙겨서 그녀와 함께 밖으로 나간다.

정원의 벤치에 앉았다. 그녀가 숫자를 말한다. 쪽수인 것 같아 페이지를 넘기고 소리를 내어 읽기 시작하자 그녀가 조용히 하라는 듯 입술에 손가락을 가져다대며 고개를 흔든다.

나는 눈으로 책을 훑어본다.

강렬했던 꿈은 먼 이국에서 보낸 짧은 여름휴가의 추억처럼 희미해져갔다. 내용은 흐릿해지고 느낌은 또렷해졌다. 단단한 나무를 조각도로 매일 조금씩 깎아낸 것처럼 점점 더 작아졌지만 어느새 가지고 다니며 아무 때나 꺼내볼 수 있게 되었다. 그녀는 손안의 그 나무 조각 같은 꿈을 만지작거렸고 손때가 묻은 조각은 반질반질해지면서 점점 더 특별해져갔다.

그리고 마침내 꿈이 꿈같지 않아지는 순간이 왔다. 어떤 사람들은 그 순간을 꿈이 현실이 되었다고 말할지도 모르겠지만 그녀의 경우와는 사뭇 달랐다. 그녀의 꿈은 시작부터 현실에 어떤 기반도 두지 않은 것이었기 때문이다. 이를테면 그 꿈의 조각이 정말 나뭇조각이라면 그것을 사람들 앞에 꺼내 이게 뭐냐고 물으면 열이면 열 다른 대답을 할 것이다. 어쩌면 백 명 정도에게 물으면 두 명 정도는 비슷한 대답을 할 수도 있다. 그러니 그녀의 꿈의 현실은 백 명 중 두 명 정도가 공유하는 그런 종류의 것이었다.

여기까지 읽고 그녀를 바라본다. 이제까지와는 전혀 다른 눈으로.

다시, 읽기의 시간.

그녀를 처음부터 다시 읽어야 한다.

Y :

승자가 되는 스파이

한편에서는 신화처럼 떠도는 책 이야기가 있다. 이 모든 것의 시작
이자 전부인 책. 패자의 서. 그리고 다른 한편에서는 전설처럼 떠도는
스파이 이야기가 있다. 이 모든 것의 전부이자 끝인 사람. 패배자의 편
에 서서 자기 주위에 패배자를 불러 모아 결국 승자가 되는 스파이.

*

"당신의 본모습을 알고 싶어. 그들이 당신 비밀을 알아낸다면 당신
을 구할 사람은 나뿐이니까. 그동안 아무에게도 할 수 없었던 이야기
를 나에게 해줘."

어두운 밤 조용한 방. 남자와 여자, 혹은 감시하는 자와 감시당하는
자, 혹은 스파이와 스파이, 같은 이야기일 수도 있고 다른 이야기일 수
도 있는, 팽팽한 반대편…… 마주 앉아서 서로를 바라보는 것일까. 나

란히 앉아서 같은 방향을 보는 것일까.

"……엄마는 완전히 미쳐버렸지. 내가 딸이라는 사실을 부인하더니 나더러 사람도 아니라고 하기 시작했지. 이제는 나를 기억도 못 해. 그 이야기는 했던가. 그런데 어떤 날은 엄마가 옳았다는 생각이 들어."

거짓말로 더 이상 버틸 수 없는 상대에게는 비극적인 진실을 이용하는 편이 낫다. 필요하다면 울 수도 있다.

"무슨 말이지?"

"난 사람이 아니야."

"당신 엄마가 진실을 말하고 있는 거라면?"

"무슨 말이야?"

"당신 엄마가 미친 게 아니라면?"

"미친 게 아닌 사람이 왜 정신병원에서 그 오랜 세월을 그러고 있겠어?"

"……."

"설마, 설마……."

선배의 마지막 메시지를 통해 엄마가 스파이였던 것을 알게 된 후 나는 그 일이 결국 엄마를 미치게 만든 것이라고 생각했다. 정도의 차이가 있을 뿐 스파이에게 정신질환은 흔한 것이었기 때문이다. 그런데 엄마가 자신을 완전히 미친 것으로 위장한 후 이십 년을 정신병원에 갇혀 있었다면, 그렇게 지내면서도 견뎌낼 수 있는 이유는 단 하나뿐이다.

"단순히 미친 척하는 걸로는 충분하지 않았을 거야. 그들의 감시에서 벗어나 당신을 지키려면 좀 더 극단적인 게 필요했을 거야…… 당신 엄마 스파이였어."

"당신이 그걸 어떻게 알아?"

"어머님이 알려줬어."

나는 자리에서 벌떡 일어났다. 엄마가 위험하다.

엄마의 정체를 알게 된 이후로 나는 병원에 가서도 멀리서 엄마의 안전을 확인한 후 얼굴도 보지 않은 채 돌아왔다. 내가 아무리 능수능란한 스파이라지만 엄마의 얼굴을 보면서 가면을 쓰고 더 이상 연기를 할 자신이 없었다. 아무것도 모르고 엄마를 원망했었다. 아무것도 모르고 엄마를 그렇게 만들고 나를 이렇게 만든 그들이 시키는 대로 살았다.

"당신이 지금 이러는 게 더 위험해. 그 오랜 세월을 버텨오신 분이야. 내가 알 수 있게 했다면 이유가 있을 거야."

그가 만류한다. 그가 옳다. 이럴 때일수록 더 침착해야 한다. 나의 한 걸음, 나의 한 마디가 엄마를 더 위험하게 만들 수 있다. 선배의 말에 의하면 엄마는 훌륭한 스파이였다. 그의 말대로 엄마가 내가 아닌 그에게 알렸다면 이유가 있을 것이다. 점들은 연결되어 있거나 점들을 연결해야만 한다. 나라는 점이 사라지면 엄마와 그는 연결할 수 없는 점이다. 하지만 두 점이 처음부터 상관없지 않았던 거라면……

"도대체 당신이 목적이 된 이유가 뭘까?"

"돈으로 돈을 버는 방법을 아니까."

"단지 그 이유뿐일까?"

"돈으로 모든 걸 바꿀 수 있어. 나를 스카우트한 사람이 이렇게 표현하더군. 임금과 비용, 분배, 시장 분석이라는 전문지식으로 무장한 설계자라고. 복잡한 비즈니스 분야의 장인이라서 나한테 거는 기대가 크대."

"정말 그것 때문일까? 그런 능력을 가진 사람이 당신뿐인 건 아니 잖아. 다른 각도로 조사해보면 실마리가 보일지도 몰라. 처음부터 뭔 가 이상했어."

"뭐가 이상하다는 거야?"

"내내 수상했어. 적어도 난 그렇게 느꼈어. 당신은 십 퍼센트야. 전 체 인구의 상위 십 퍼센트로 태어날 때부터 축복받은 사람들. 그런 사 람들은 벗어나지 못해. 자기 자신에게서 도망칠 순 없는 법이니까. 도 망칠 수 없고 도망칠 필요도 없는 그런 당신이 왜 벗어나려고 했을 까."

"나도 그렇고 어쩌면 당신 어머니도 그렇고 책 때문일지도 몰라."

"……."

"왜 무슨 책인지 묻지 않지? 당신도 알아?"

책이라면…… 알 것도 같다. 스파이들의 최선이자 최후, 선배의 마 지막 메시지 파일의 제목, 그리고…….

"어머니를 만나고 곰곰히 생각했어. 어머니하고 나 둘 다 초대장을 받았어. 초대장에 대해선 당신은 모르나보군. 독서클럽 초대장……."

"알아, 그 초대장…… 엄마에게 가끔 왔지만 나는 정말 아무것도 아 닌 건 줄 알았어. 당신이 아는 그 책 이야기를 해줘."

"처음에는 이렇게 생각했어. 결정적 인물들이 그들의 책을 숨겨놓 았다는 거지. 내가 어렸을 때 좋아했던 이야기인데, 서로 다른 책들의 문장들을 합치면 진짜 이야기가 드러난다거나 어떤 책에 다른 책이 담겨 있어 특수한 상황에서만 보인다거나, 필사본 위에 다시 필사하는 그런 이야기. 하지만 그건 그저 신화를 확산시키려는 시도에 불과하고. 결국 문제는 책이 머물거나 멈추지 않고 스스로 확장한다는 것이 아닐까."

"한 권이었던 책이 없애려는 세력에 맞서 분산되고 첨부되어 방대해졌다는 거야?"

"책의 한 부분, 문장 문장이 합쳐져서 하나의 역사서를 형성하는 게 아닌가 싶어. 특정한 한 사람이 쓰는 건 아닌 거 같아. 누군가 핵심을 쓰겠지만…… 그리고 자기가 그 책을, 혹은 그 책의 일부분을 쓰고 있다는 사실을 그 사람은 모를 수도 있어."

"누군가 자신도 모르게 그 책의 일부분을 쓸 수도 있다는 얘기야?"

"가능한 얘기일 거 같지 않아? 나는 스파이였지만 내가 스파이인 줄 몰랐고 세상에는 그런 사람이 아주 많잖아."

이야기는 머물지 않고 흐르고 합쳐진다. 예를 들면, 이제 내가 세상에서 제일 잘 아는 소설가가 된 Z는 어릴 때 할머니가 해준 이야기를 모티브로 첫 번째 장편소설을 썼다. 그 소설 전체가 할머니가 거듭해서 이야기한 몇 개의 문장의 메시지를 확장하고 있다. 그리고 그 이후 Z가 쓴 소설들은 모두 그 이야기에서 더 나아간다. 더 현실적이거나 더 이상적이거나 더 절망적이거나 더 희망적이거나 더 복잡하거나 더 단순하거나…… 끝없이 다르게 영원히 같은 이야기를 쓰고 있다.

"왜 책일까?"

"옛날에는 무언가를 써서 간직하는 것보다 암기하는 것이 더 안전하다고 생각했대. 합창처럼 서로의 목소리를 들으며 내용을 복기하는 거지. 책으로 쓰게 된 건 박해가 시작되면서부터였고, 굶어 죽거나 쫓기거나 늙어가면서 생존에 위험이 다가오자 후세를 위해 보존해야 할 필요를 느끼게 된 것인데, 우리 시대도 여전히 그런 것 같아."

한 사람으로 끝날 문제가 아니다. 우리는 그저 실에 불과하다. 하찮은 실 한 가닥일 뿐이다. 그 실 한 가닥이 꼬여 있는 굵은 로프를 찾아야 한다. 우리가 해야 할지도 모른다. 특기를 살려서. 그는 돈을 추적하고 나는 사람을 추적해서 해답을 찾아야 한다. 그리고 우리가 알고 있다는 것을 알면 먼저 찾아올 것이다. 적이든 동지든. 사실은 이미 그러고 있는지도 모른다. 그 누구는 언제든 변할 수 있지만 왜는 진화할 뿐이다. 명확한 정체성이 없는 시대를 살고 있는 우리는 누구든 스파이가 될 수 있다.

찾아야 한다. 그 책을. 기다려야 한다. 그 책을 가진 자들을.

패자의 서

일곱 평 남짓. 책상 하나. 노트북 하나. 커피포트 하나. 그리고 소설가 하나. 방을 하나 임대했다. 세상에서 내가 가졌던 방 중에 가장 작다. 한 달 전 집 앞 건물에 늘 붙어 있던 플래카드를 보고 전화를 걸었다.

"선금으로 세 달 드릴게요."

단기 임대라서 주소 이전도 아무것도 하지 않았다. 실제로 효력이 있을지 없을지 모를 계약서 하나를 손글씨로 쓰고 사인했을 뿐. 살던 집에서 조금씩 필요한 것들을 가져오면서 매일 이 작은 방에서 글을 썼다. 인터넷이 된다더니 과연 그랬고 그 외 처음부터 있던 건 아무것도 없었다. 매일 조금씩 글의 페이지가 늘어나듯 짐이 늘었다. 꼭 필요한 물건들만 챙겼다. 이곳을 떠날 때는 이십 인치 캐리어 하나면 충분할 것이다. 사실 세상 어디로 떠나도 그럴 것 같았다.

자정이 훌쩍 넘은 시간에도 도시의 불빛은 찬란하게 반짝인다. 어둠이 짙을수록 빛은 더 선명하고 침묵이 무거울수록 소리는 더 날카롭다. 옆집의 개들이 짖는다. 이 건물에 누군가가 들어왔다는 뜻이다. 층계를 오르내리는 소리…… 그 누군가가 가까이 오면 더 크게 짖을 것이다. 옆방에는 큰 개와 작은 개, 두 마리가 산다. 개들은 하루 종일 경계하며 짖는다. 같이 사는 남자와 여자가 무사히 귀가할 때까지.

일곱 평 공간 사람이 바뀐다. 사람 하나가 감당하기는 조금 버거운 부피와 무게의 짐을 옮기는 소리가 가끔 들린다. 정확히 어딘지는 알 수 없다. 누군가 밤마다 짐을 조금씩 옮긴다. 달아난다. 도망쳐온다. 살아간다. 죽어간다.

그리고 백지에 채워진다. 지워진다. 사라진다. 다시 백지다.

어디서부터 언제부터 무엇부터 어떻게 이 이야기를 시작해야 할지 모르겠다. 내가 알고 있는 것부터 이야기를 시작해야 한다는 것을 알고 있지만 내가 모르는 게 너무 많다는 사실 때문에 시작부터 망설이고 있다. 나는 어떤 남자에 관한 이야기로부터 이 이야기를 시작해야 한다고 생각한다. 왜냐하면 지금은 기억할 수 없는 그 누군가가, 아니 알고 있으나 말할 수 없는 그 누군가가, 그 이야기를 나에게 들려주는 순간 나는 나 자신의 이야기를 깨닫기 시작했기 때문이다. 새로운 질문이 제기되었고 나는 내 의지와 상관없이 점점 더 이야기 속으로 빠져 들어갔다. 내가 처음에 어떤 남자에 관한 이야기를 들었던 것처럼, 나의 이야기도 어떤 이야기가 되는 것으로 전해지기를 바란다. 그러므로 나는 내가 겪은 일을, 그리고 내가 믿고 있는 사실을, 사실 그대로 기록할 수도 없고 기록하지도 않을 것이다. 증명할 수 없고 증거할 수 없으므로 이 이야기는 허구의 형식을 띠어야만 한다. 그것이 내가 살아남을 수 있는 방법이며 내가 속한 이야기가 살아남을 수 있는 방식이기 때문이다. 그리고 이 이야기에서 나는 나만이 아니며, 나의 이야기는 나의 이야기로만 끝나지 않을 것이다. 나는 어떤 책의 페이지가 될 것이고, 사람들은 나의 이야기를 매번 다르게, 그리고 새롭게 또 그 자신만의 버전의 이야기 속으로 밀어넣을 것이다.

그렇게 밤이 지나고 새벽이 오고 또 아침이 올 것이다.

동이 터오는 새벽 다섯 시 옆 건물에 주차해놓은 트럭이 시동을 건다. 십 분 빠르거나 오 분 늦거나 매일같이 그 혹은 그녀는 어딘가를 향해 떠나려고 한다. 낡은 트럭이 부르릉 크르릉 거리는 소리는 지친 중년 사내의 가래 끓는 기침 소리 같다. 이 집에서 가장 밝은 곳인 화장실에서 나는 그 소리를 듣는다. 가장 개인적인 곳. 전기가 끊긴다면 빛을 볼 수 있는 유일한 곳. 물이 끊긴다면 가장 먼저 냄새를 풍기게 될 곳. 그리고 언제나 소리가 공명하는 곳. 아침마다 나는 살아 있다.

소설을 쓰기 위해 가장 중요한 것은 살아 있어야 한다는 것. 살아 있어야 쓰고 싶은 게 있을 테니까. 살아 있어야 했다. 이 소설을 다 쓸 때까지는. 진정으로. 진심으로. 어떻게든.

예전에 그 녀석이 했던 이야기를 이제야 이해했다. 매순간 한 사람 한 사람이 피우는 장미가 모여 백만 송이 장미가 된다고. 십 년도 더 된 그 생각에 이제 답한다. 고요한 밤의 눈처럼 아침이 오면 알게 되는 달라진 세상이 있다고.

*

    기꺼이 패자가 되어 세상을 바꾸는 사람들…… 패자의 서는 정해져 있는 책이 아니다. 이미 쓰여져 있는 책이 아니다. 어떤 책이 패자의 서가 될지 모른다. 패자의 서는 앞으로 쓰여질 책, 우리 모두가 쓰게 될 책이다.

우리 모두의 이야기

Z: 나는 이제 이 글을 쓰기 전의 나로 다시는 돌아갈 수 없다. 그리고 내 소설을 읽은 그 누군가도 그 소설을 읽기 전으로 다시 돌아갈 수는 없을 것이다.

X: 내가 아는 건 내가 나라고 믿는 것은, 믿어야 하는 것은 내가 아니라는 것이다. 나는 여전히 그때의 나를 기억하지 못한다. 눈을 감고 상상해본다. 대학 때 매고 다니던 배낭, 그 안에 필요한 것들을 챙겨 넣고 사라지는 내 모습을. 어쩌면 놀라울 정도로 간단할 수도 있을 것이다. 하지만 그것으로 끝일 수 있을까. 언제 어디를 가건 그들이 있을 것이다. 그래서 결정했을 것이다. 눈을 뜬다. 적을 알게 되자 내 삶이 분명해졌다.

B: 내가 알고 있는 것은 사실들이다. 그 사실들이 합쳐져서 하나의 그림이 되면 진실이 된다. 하지만 전체적인 그림, 진실은 다시 어떤 진실의 사실일 뿐이다. 그날 이곳 이후로 나는 죽지 않고 살아남았다고 생각하면서 살았다. 때로는 그것이 승리라고 생각했고, 때로는 그것이 패배라고 생각했다. 그러나 대부분의 나날은 그냥 아무 생각하지 않고 사는 대로 살았다. 그날은 생각했지만 이곳은 생각하지 않았다. 그날은 지나갔지만 이곳은 여기 있었다. 이 퍼즐은 나를 위해 만들어진 것이다. 내가 하지 않으면 그 누구도 하지 않는다.

D : 내가 잊으면 세상이 잊는다. 부정할 수 없고 부인할 수 없는 그 일이 수면으로 떠올랐다. 예상했던 일, 예정되어 있었던 일, 일어날 수밖에 없는 일이 일어났다. 아무것도 하지 않아 패배하지 않기보다는 무엇이든 해서 패배하겠다. 나는 내가 하는 일이 옳다고 믿기 때문에 이 길을 선택했다. 내가 진짜 있어야 할 곳을 찾았다. 이제는 그곳에 가는 일만 남았다. 지금까지의 내가 우연이었다면 이제부터의 나는 의도적이고 계획적이고 체계적으로 확고하게 내 남은 삶의 목표, 그곳을 향해 나아갈 것이다.

Y: 가끔은 아쉽기도 할 것이다. 내가 포기해버린 것들. 찬란하고 빛나고 바라 마지않는 승자의 것들. 그럼에도 나는 기꺼이 패자가 될 것이다. 승자가 되어 죽이느니 패자가 되어 죽임을 당할 것이다. 짓밟히고 쓰러지고 피 흘릴 것이다. 그리고 누군가는 바닥에 쓰러진 나를 볼 것이다. 그리고 기억할 것이다. 또 궁금해할 것이다. 질문할 것이다. 대

답을 찾으려 할 것이다. 이제 나는 적어도 내 남은 생의 목적을 알고 있을 것이다. 그렇다고 믿을 것이다.

Z: 이 이야기는 지워지고 잊혀졌다가 다시 살아나고 쓰여지고 또 지워진, 이미 오래전부터 끊임없이 누군가 쓰고 또 썼지만 제대로 알려진 적 없는 이야기이다. 그럼에도 한 번도 끝나지 않은 이야기이고, 그 누구도 전체를 알지 못하는 이야기이다. 단 한 번도 완전히 승리하지도 패배하지도 않았기에 진실은 사실로 기록되지 못했다. 지금 시작하지만 이것은 진짜 시작도 아니며 언젠가 끝내야 하겠지만 그것이 끝도 아니다. 이 이야기는 다만 쉼표이거나 말줄임표이거나 마침표에 지나지 않을 것이다. 포기하지 않는다. 망각에 맞서기 위해 기억한다. 누군가는 쓰고 누군가는 읽는다. 그리고 또 누군가는 다시 쓰고 또 누군가는 다시 읽는다. 계속해서, 계속해서, 계속되고 있다.

프롤로그

나는 스파이이고, 이 세계를 위해 다시 태어났다.

'목적 없는 수단'의 삶과
'목적 없는 수단' 너머의 삶

2016년 제6회 혼불문학상 본심 무대에 오른 작품은 모두 다섯 편이었다. 올해는 예년과 좀 달랐다. 다양했고, 다채로웠다. 특이하게도 본심에 오른 작품 모두가 각기 다른 시대를 각기 다른 시선으로 바라보고 있었다. 『혼불』은 지나간 역사를 다룬 소설이지만 그 역사를 현재적 의미로 충만한 그것으로 되살려낸 소설이다. 한마디로 『혼불』은 인간 역사의 영구적인 것과 일시적인 것의 관계를 정확하게 읽어낸, 그래서 역사적이되 현대적인 소설인 것이다. 하지만 혼불문학상의 투고작들은 『혼불』이 다룬 시대만을 주목할 뿐 『혼불』을 관통하는 현대적인 의미, 그러니까 통치성에 대한 깊은 천착은 가볍게 여기는 듯했다. 그런데, 그랬던 것인데, 올해는 『혼불』에 깃든 현대적인 의미, 그러니까 과거부터 오늘날까지 이어져오는 통치성의 구조에 대한 깊은 이해를 충실히 계승하는 작품이 여럿 있었다. 반가웠다. 드디어 『혼불』을 가로지르는 그 도저한 문제의식이 『혼불』 이후의 작품들에게 계승되기 시작하는 것일까.

　본심 무대에 오른 다섯 편 중 『역모를 품다』는 '기축옥사', 그러니까 '정여립 모반 사건'을 다룬 소설이었다. 무엇보다 '정여립 모반 사건'을 둘러싼 미스터리를 화두로 던져놓고 두 가상의 인물을 통해 그 미스터리를 푸는 구성 방법이 흥미로웠다. 그 독특한 구성 하나만으로 저 먼 시대에 벌어졌던 역사적 사건을 오늘날 우리의 사건으로 받아들이게 하는 한편, 소설을 끝까지 흥미진진하게 읽게 만들었다. 놀라운 솜씨였다. 여기에 저 먼 시대의 인물이나 사건, 그리고 풍속 등에 대한 능수능란한 묘사가 덧붙여지면서 역사물을 접할 때의 이물감을 느낄 수 없는 것도 특이했다. 하지만 정여립 모반 사건의 새로운 해석을 찾기 힘든 점은 아쉬웠다. 『역모를 품다』는 당시 정여립이 높이 내건 '대동사상'에 주목하면서도 그것을 그 사상 자체에 담긴 폭발적인 혁신성 혹은 '질서화 되지 않은 혁명적 에너지'에 초점을 맞추기보다는 단지 당시의 당파싸움의 맥락에서 자리매김한다. 그 결과 『역모를 품다』는 엄격한 신분 사회 안에서 신분 없는 계급 없는 세상을 꿈꾸었던 정여립의 미완의 꿈과 그 좌절 과정이 현재적 의미로 충만한 과거로 되살아나지 못하고 대신 조선 후기에 있었던 당파싸움의 한 사건 정도로만 다가온다. 안타깝게도.

　본심에 오른 또 한 편의 역사소설인 『마지막 한 방울』은 일제강점기 일본 제국에 의한 민족의 상처를 다룬 소설이다. 그간 충분히 보고되지 않은 일본 제국의 잔학상과 그 야만적인 탄압을 뚫고 진정한 해방을 이루려는 새로운 역사적 계보를 복원하고 있다는 점이 무엇보다 눈에 띄었다. 하지만 기시감이 문제였다. 역사물이야말로 새로운 시각, 새로운 장면이 필요한 터. 그러나 『마지막 한 방울』은 전시대의 역사를 전시대의 시각으로 반복하고 있다는 느낌을 지울 수 없었다.

오늘을 사는 현대인의 실존형식을 '대리남편'이라는 풍속을 통해 묘사한 『그녀들의 남편』은 무겁지 않게 현대인, 그중에서도 여성들의 존재론적 고독을 다룬 소설이었다. 적당히 도덕적이고 적당히 비도덕적인 속물적 인간들에 대한 진지하지 않으면서도 통렬한 냉소가 유쾌하지만 그러한 냉소와 풍자가 작중화자 자신에게까지 가해지지 않는다는 점은 아쉬웠다. 하지만 보다 결정적인 문제는 화자를 통해 오늘날 여성들의 실존적 고독을 다루면서도 그 고독을 전혀 오늘날의 통치성과의 관계 속에서 찾아보려는 노력이 없다는 것이었다. 오늘날을 살아가는 현대인의 실존형식, 그리고 그 실존형식을 결정하는 오늘날의 통치성에 대한 보다 진지한 성찰이 필요해 보였다. 반면 『찬란한 상실』은 현대인의 실존 형식을 오늘날의 통치성과의 관련 하에서 논해야 한다는 문제의식이 지나치게 철저한 소설이었다. 작중인물들이 나누어 가지고 있는 병증을 통해 임박한 파국을 암시하고 그 파국을 넘어설 길을 제시한 이 소설은 그러나 그러한 문제의식이 너무 전면적이고 너무 직설적으로 제시된다. 그 결과 『찬란한 상실』에서 다른 소설에서는 보기 힘든 '신성한 디테일'들과 매력적이고 매혹적인 문제적인 인물들을 여기저기서 발견할 수 있으나 오히려 너무 많은 신성한 디테일들과 문제적인 인물들 때문에 작품에 집중하기 힘들다. 강약 조절이랄까, 긴장과 이완의 변증법이랄까, 아니면 전체와 부분, 서사와 묘사 사이의 유기적 배치랄까 하는 것이 효과적으로 관철되고 있지 않은 까닭이다.

오랜 토론 끝에 제6회 혼불문학상의 영예를 안은 『고요한 밤의 눈』은 단연 특이한 소설이었다. 『고요한 밤의 눈』은 뭐라 이름붙이기 힘든 식별 불가능한 스파이 집단을 등장시킨다. 한 사회를 움직이는 이 너서클 같기도 하고, 아니면 현재의 상징질서를 구성하고 움직이는 원리와 그 각각의 구성 요소를 인격화시켜 놓은 듯한 집단의 일원들을 『고요한 밤의 눈』은 스파이라 부른다. 아마도 이들을 스파이라 부르는 것은 이들이 왜 무슨 이유 때문에 이런 행동을 해야 하는가 묻지 않고 오로지 주어진 일을 위해, 그러니까 '목적 없는 수단'을 반복하기 때문일 것이다. 그래서 『고요한 밤의 눈』은 스파이 소설이면서 스파이 소설이 아니며, 스파이들의 암약을 다루지만 정작 현대인들의 실존 형식과 그 실존 형식을 결정짓는 통치성을 암시하는 소설이 된다. 이를 통해 『고요한 밤의 눈』은 현존재들의 실존 형식을 오로지 목적 없는 합목적성에 자신의 모든 것을 투신하는 존재들로 특칭하기에 이른다. 현재의 상징질서는 자체의 운동 법칙에 따라 연속되고 다만 사회구성원들이 상징질서 바깥으로 엑소더스 하지 못하도록 감시할 뿐이지만, 그 순간 현대인들은 '목적 없는 수단'을 반복하며 그 감옥에 스스로 갇힌다는 것, 이것이 『고요한 밤의 눈』이 그려낸 현대상이다.

뿐만 아니다. 『고요한 밤의 눈』에는 이러한 악무한의 순환을 깰 중요한 성찰도 제시한다. 『고요한 밤의 눈』은 그 방법으로 각 개인이 '목적 없는 수단'을 반복하여 자신을 소진시키며 얻어낸 자신들의 욕망과 진리를 하나의 기억의 저장소에 모으고 공유하고 전파할 것을 제시한다. 그러면 '목적 없는 수단'이 아닌 삶이 비로소 가능해지고 이러한 개인들이 모일 때 현재의 상징질서 너머의 삶이 가능해질 것이라는 것. 이 정도면 근사하지 않은가. 제법 밀도가 높지 않은가. 물론 『고요한 밤의 눈』은 지나치게 사변적인 요소가 강하고, 몇몇 에피소드는 기시감이 강하며, 또 이 많은 에피소드들을 하나의 사건으로 모아 말하고자 하는 바를 분명하게 소설적으로 전달하는 긴장감이 상대적으로 약한 것이 사실이다. 하지만 문제적인 모자이크 소설이 그러하듯 『고요한 밤의 눈』은 퍼즐처럼 널려 있는 조각들을 하나하나 모아 그 퍼즐의 참의미를 발견하면 자신도 모르게 무릎을 치게 하는 독서의 참의미와 참 즐거움을 안겨주는 소설임에 틀림없다. 그만큼 내용과 형식, 전체와 부분, 서사와 묘사의 유기적 조화가 압도적이고 현대성에 대한, 그리고 인류의 오랜 통치성에 대한 성찰도 만만치 않다.

『혼불』의 분위기와 사뭇 이질적이지만 저 깊은 곳에서는 『혼불』의 문제성을 밀도 높게 계승한 문제적인 소설을 드디어 만난 듯하다. 아무래도 『혼불』에 대한 새로운 깊은 해석과 '혼불문학상'의 또 하나의 역사가 시작되는 모양이다.

수상자와 모든 응모자의 정진을 기대한다.

심사위원: 현기영(심사위원장)
류보선, 은희경, 이병천, 하성란
(대표집필: 류보선)

지적인 글쓰기가 돋보인다. 반어법 사용이 능숙하다. 어찌 보면 소설 형식을 빌린 사회·정치적 장편 에세이라고 할 수도 있겠다. 사유와 관념에 참다운 육체를 부여하기 위해 고투한 기색이 여실히 보인다. 이 소설은 감시사회나 다름없는 이 사회의 구조적 모순에 저항한다. 사회 구성원들은 보이지 않는 손에 의해 조작·감시당하여 정체성을 잃고 '내가 아닌 나로 사는' 무기력한 존재다. 이 소설의 주요 등장인물인 스파이들은 이러한 구조적 모순의 세상을 바꿔야 한다는 신념에서 고심참담한 지적 시련을 앓고 있는 중이다.

_현기영(소설가)

이 소설은 어떤 기록에도 올라 있지 않은 일란성 쌍둥이 자매 중 언니의 실종, 그리고 15년의 기억을 잃은 채 병원에서 깨어나 누군가가 알려주는 그대로의 인물을 자신으로 알고 조종당해야 하는 남자의 의심으로 시작한다. 그러나 이야기는 사건의 해결이 아니라 그들의 정체성에 대한 각성과 회의에 초점이 맞춰진다. 특히 스파이들이 세상을 바꾸고자 하는 혁명과 구원의 길을 『패자의 서』, 즉 책에서 찾았다는 점이 흥미롭다.

주변이나 정황 설명이 생략된 미니멀리즘 방식의 서술이 밀도를 높이고, 그 밀도 또한 처음부터 끝까지 균일하다. 불친절함을 무릅쓰고 하고자 하는 이야기를 속도감 있게 밀어붙이려는 작가의 뚝심이 느껴진다. 문장에 공력을 들인 나머지 때로 에피그램의 사용이 지나치지만 안정된 주제의 흐름이 완충효과를 거두고 있다.

"최고의 이야기에는 진실이 담겨 있는 법입니다. 역사가 승자들에 의해 쓰이는 건 상식입니다.'그렇다면 패자들은 무얼 쓸까요. 진실을 쓸 때까지 멈추지 마십시오." 강렬한 메시지이다.

_은희경(소설가)

소설처럼, 우리 주변에는 이렇게 많은 스파이들이 암약하고 있을까? 하지만 이 소설은 단순한 스파이 소설에 그치지 않는다. 스파이들의 감시망에 포착된 세상의 거대한 음모(陰謀), 그리고 『패자의 서』라고 이름 붙여진 문학 자체를 다루고 있기 때문이다. 그리하여 소설 세계는 한없이 음울하기만 하다. 그럼에도 불구하고 우리 소설이, '혼불문학상' 당선작이 여기까지 이르렀다고 내세워야 할 만큼 아주 독특한 경지를 보여주는 작품이다.

_이병천(소설가)

『고요한 밤의 눈』은 곳곳에 장치를 두어 조지 오웰의 『1984』를 떠올리게 한다. 조지 오웰이 예견한 미래 1984년이 지난 지 오래이지만 2016년에도 거대한 음모가 존재하는 그 미래가 계속되고 있다고 깨닫게 되면 공포감은 더욱 커진다. 그 세련된 방식에도 놀랐지만 조지 오웰의 윈스턴 스미스의 실패와는 달리 실패해도 누군가 다시 시작하리라는 믿음을 버리지 않는, 『고요한 밤의 눈』의 인물들을 통해 드러난 작가의 믿음이 좋았다. 어쩌면 이 이야기는 감시 카메라가 닿지 않는 '모퉁이'에서의 은밀한 이야기, 사랑에 관한 이야기인지도 모른다. 모퉁이에서의 음모가, 결국은 사랑이, 거대한 음모를 전복시킨다. 작가의 그 믿음, 그 진심에 마음이 움직였다.

_하성란(소설가)

작가의 말

나는 소설가이다. 그러므로 지금 내가 쓰고 있는 것은 소설이다. 지금은 소설이 아닌 그 무엇처럼 보일지라도 언젠가는 반드시 소설이다.

아직도, 소설을 쓰고 있다.

지난 몇 년 동안 극심한 슬럼프였다. 뭘 해도 되지 않았고 아무것도 진행이 되지 않는…… 그런 가운데 절망적인 죽음들이 이어졌다. 왜 어떻게 살아야 할지 모를 날들이 지나가고 있을 뿐이었다. 이런 세상에서 나는 어쩌다가 소설가가 되었을까를 생각했고 그냥 모든 것을 멈추기로 했다. 그러고도 쓰는 것을 완전히 멈추지는 못했다. 그러면서 생각했다. 나에게 써야만 하는 소설이라는 것이 있을까.

희망도 없이 혼자 조용히 쓰기로 했다.

쓰는 동안 내가 읽고 본 무수한 것들로부터 영향을 받았다. 대부분 소설 속에서 직접적으로 언급하는 것으로 표현되었지만 흐름상 생략

된 것들이 있다. page 41에서 X가 이야기하는 드라마는 『플래쉬 포워드』이고 D가 이야기하는 다큐멘터리는 『11번째 시간』이다. 패자의 편에서 패자를 끌어 모으는 작가의 천성에 관한 이야기는 귄터 그라스의 노벨문학상 수상연설을 읽어보면 좋겠다. 마이클 무어의 다큐멘터리 〈자본주의: 러브스토리〉, 스테판 에셀 『분노하라』, 레이먼드 윌리엄스 『기나긴 혁명』, 노무현 『진보의 미래』의 영향 아래에 있는 단어나 구절을 알아볼 수 있을 것이다. 그러나 이 모든 것들이 나의 기억으로 재구성되는 과정에서 원본의 맥락과는 다른 의미로 쓰였을 수도 있음을 밝혀둔다. 그 무엇보다 이 소설을 쓰는 데 직접적인 참고가 되었고 영감을 준 것은 지난 몇 년, 그리고 지금도 계속되고 있는 현실이다.

죽음을 기억하고 살아가기 위해 이 소설을 썼다.

그 죽음들을 생각하면 매 순간이 후회스럽지만 언제까지 후회만 하면서 시간을 보내지는 않을 것이다. 그래야 한다. 슬퍼하기에 충분한 시간이란 어디에도 없지만 슬퍼하며 아무것도 하지 않는 시간은 이제 끝내야만 한다. 그 죽음의 순간마다 내가 한 약속들을 기억한다.

소설가로 살아야겠다.

2016년 가을
박주영

고요한 밤의 눈

초판 1쇄 인쇄 2016년 9월 27일
초판 1쇄 발행 2016년 10월 4일

지은이 박주영
펴낸이 김선식

경영총괄 김은영
사업총괄 최창규
책임편집 백상웅 **디자인** 문성미 **크로스교정** 김현정, 김정현 **책임마케터** 양정길
콘텐츠개발2팀장 김현정 **콘텐츠개발2팀** 백상웅, 김정현, 문성미, 윤세미
마케팅본부 이주화, 정명찬, 이상혁, 최혜령, 양정길, 박진아, 김선욱, 이승민, 김은지
경영관리팀 권송이, 윤이경, 임해랑, 김재경

펴낸곳 다산북스 **출판등록** 2005년 12월 23일 제313-2005-00277호
주소 경기도 파주시 회동길 37-14 3, 4층
전화 02-702-1724(기획편집) 02-6217-1726(마케팅) 02-704-1724(경영관리)
팩스 02-703-2219 **이메일** dasanbooks@dasanbooks.com
홈페이지 www.dasanbooks.com **블로그** blog.naver.com/dasan_books
종이 한솔피앤에스 **인쇄** 민언프린텍 **제본** 정문바인텍 **후가공** 평창P&G

ISBN 979-11-306-0990-4 (03810)